BEST SELLER

Jordi Sierra i Fabra (Barcelona, 1947) es uno de los autores más prolíficos y premiados del panorama literario español y, con ocho millones de libros vendidos y dos docenas de premios literarios a ambos lados del Atlántico, uno de los autores más sorprendentes por la versatilidad de su obra. Viajero impenitente, circunstancia que nutre buena parte de su extensa producción, y comprometido con la realidad, ha creado además la Fundació Jordi Sierra i Fabra en España y la Fundación Taller de Letras Jordi Sierra i Fabra en Colombia, para impulsar la lectura, la cultura y ayudar a jóvenes escritores en sus primeros pasos.

www.sierraifabra.com

JORDI SIERRA I FABRA

Cuatro días de enero

DEBOLS!LLO

Esta obra ha sido publicada con una subvención de la Dirección del Libro, Archivos y Bibliotecas del Ministerio de Cultura, para su préstamo público en Bibliotecas Públicas, de acuerdo con lo previsto en el artículo 37.2 de la Ley de Propiedad Intelectual.

Primera edición en Debolsillo: marzo, 2009

Printed in Spain – Impreso en España

ISBN: 978-84-8346-901-9
Depósito legal: B-367-2009

Compuesto en Fotocomposición 2000, S. A.

Impreso en Novoprint, S. A.
Energia, 53. Sant Andreu de la Barca (Barcelona)

P 869019

A Francisco González Ledesma,
maestro en mi infancia,
amigo en mi vida

Día 1

Lunes, 23 de enero de 1939

1

El silencio era extraño.

Tan cargado de presagios.

La vieja comisaría parecía haber sido arrasada por un huracán: mesas resquebrajadas, armarios volcados, papeles por el suelo... En lo primero que pensó fue en la madera, apta para alimentar la estufa, aunque no podría llevarse una mesa o un armario él solo.

¿Cuántos silencios existían?

¿El de un bosque, el del mar en un día plácido, el de un bebé dormido?

¿El de la desesperación final?

No quiso quebrar aquella calma a pesar de que su cabeza estaba llena de gritos. Ni siquiera hizo ruido al caminar sobre las baldosas gastadas por años y años de servicio. Todavía se veía la que había roto el Demetrio en el 27, al caerse y romperse la cabeza contra el suelo.

El pobre Demetrio.

De cuando los chorizos eran legales.

Se movió igual que una sombra furtiva por los despachos, sin saber qué hacer. No buscaba nada. Tan sólo resistía. No quería darle la espalda por última vez sin dejarse atrapar por el sentimiento de la resistencia, o de la rebeldía, o de lo que fuera menos la derrota. Ni aun en el peor de sus sueños hubiera creído que llegaría un día como el que vivía.

O moría.

Todas las voces permanecían en el aire, y los ecos, las risas, las broncas, el humo del tabaco. Una vida entera que pasaba de pronto de un plumazo. Vista y no vista.

Se acercó al patio. El árbol había sido cortado en el invierno del 38. Resistieron lo que pudieron pero al final también cayó; se repartieron la madera democráticamente, sin rangos. El árbol les había dado sombra en los veranos y vida en las primaveras. Luego les dio calor unos días en su invierno final. Todos juraron que cuando acabase la guerra plantarían otro.

Se estremeció por el frío que se filtraba a través de uno de los cristales rotos a consecuencia del bombardeo de diez días antes, pero también porque la comisaría era ahora un inmenso espacio, tan gélido como el día al otro lado de la puerta y las ventanas.

Nevó en su mente.

Y el hielo bajó por su cabeza, su pecho, brazos y piernas.

Fue entonces cuando sacó su credencial del bolsillo interior de la chaqueta y la miró, atrapado por una nostalgia que ya no consiguió apartar de sí, porque todo él se convirtió en una estatua de nieve que se fundía al sol:

MIQUEL MASCARELL FOLCH. INSPECTOR

Le pesó en la mano. Mucho. Un peso superior a sus fuerzas. No tuvo más remedio que cerrar la carterita de cuero ennegrecido por el uso para dejar de leer su nombre y su cargo, y depositarla sobre la mesa más cercana.

El abandono final.

Iba a sentarse en una silla, dispuesto a cerrar los ojos y escapar por unos segundos de aquella presión que le amenazaba, cuando escuchó la voz.

—¿Hay alguien?

Provenía de la entrada. Voz de mujer. Voz cauta y respetuosa.

No se movió.

—¡Oigan!

No iba a marcharse. Fuera quien fuese, había ido a por algo. Y por encima de todo, de las mismas circunstancias, una comisaría era una comisaría.

Y él…

—¡Pase!

La reconoció al momento a pesar de los años, del tiempo y la edad grabados en su rostro, minuciosamente cincelado en cada una de las arrugas que lo atravesaban abriendo caminos de ida y vuelta por su piel. No era vieja, pero sí mayor. Mostraba las mismas huellas que cualquiera en la ciudad, las del hambre, el frío y el miedo.

—Hola, Reme, ¿qué quieres?

La ex prostituta depositó en él una mirada extraviada, mitad perdida y mitad alucinada. Las paredes vacías, la sensación de abandono, la tristeza, todo convergía de manera irreal en sí mismo, el último vestigio animado de un mundo que estaba dejando de existir.

—¿Qué ha pasado aquí, señor inspector?

—¿Qué quieres que haya pasado, mujer?

—No sé.

—Pues que se han ido.

—¿Adónde, al frente?

—Al exilio, Reme. Al exilio.

—¿En serio? —Pareció no entenderlo.

—Ayer el Gobierno dio orden de evacuar la ciudad, y eso afectaba a todo aquel que pudiera ser víctima de represalias.

—¿Ah, sí?

—Claro.

—¿Tan cerca están?

—Sí.

—¿Y usted?

Se encogió de hombros.

—¿No se irá? —insistió la mujer.

—No.

—Entonces puede ayudarme, ¿verdad?

Miquel Mascarell la envolvió con una mirada neutra. La Reme no daba la impresión de sentirse asustada por la inminente llegada de las tropas franquistas, ni mostraba demasiada pena o lástima por los que se habían ido ni por él, que se había quedado. Era como si su mente estuviera aislada, blindada en lo que le preocupaba y nada más.

Porque algo le preocupaba, hondamente.

Si estaba en la comisaría era por alguna razón.

—¿En qué puedo ayudarte, Reme?

—Es por mi hija Merche. Ha desaparecido.

—¿Tu hija?

—¿No la recuerda?

Tenía una hija, sí. Le vino a la mente de golpe. La última o la penúltima vez que la había detenido. Una mocosa insolente y guapa, desafiante, de enormes ojos negros y mirada limpia. De eso hacía algunos años, siete, nueve, tal vez más, cuando la Reme todavía era guapa y su cuerpo se pagaba bien. Desde entonces el abismo la había devorado, abrasándola en muy poco tiempo.

—¿Qué edad tiene ahora?

—Quince.

—¿Cuándo cumple los dieciséis?

—El mes que viene.

—Entonces es como si tuviera dieciséis.

—¿Y eso?

—Pues que no es una niña, y más en estos días. Dadas las circunstancias…

—Inspector…

Reme movió las manos. Las tenía unidas bajo los senos. Miquel Mascarell recordó vagamente aquel detalle: lo mucho que le gustaron las manos de la prostituta las veces que la había detenido. Manos cuidadas, uñas largas, dedos suaves. Hacía la calle pero mantenía su dignidad. Ahora sus manos ya no eran bonitas, ni sus uñas largas. Al moverlas se hizo evidente su crispación. Manos y ojos la delataron.

Y la voz, al quebrársele.

—Tranquila —le pidió el policía.

—¿Cómo quiere que lo esté? ¡Es una niña! ¡Le ha pasado algo malo, seguro!

—¿Por qué tendría que haberle pasado algo malo?

—¡Ella no se habría ido sin decirme nada!

—¿Desde cuándo la echas en falta?

—Anteayer.

—¿El sábado?

—No vino a dormir.

—Así que han sido dos noches, la del sábado y la de ayer domingo.

—Sí, señor inspector. —Contuvo las lágrimas.

—¿No tienes ni idea de dónde pueda estar?

—No, ninguna.

—¿Has preguntado a sus amigas?

—Sí, y ninguna sabe nada.

—¿Novio?

—¡No!

—¿Segura?

—Bueno… que yo sepa… —vaciló.

—Que tú sepas.

—Yo no le notaba nada raro.

Quince años, casi dieciséis. La edad en la que los amores se notan.

—El sábado, antes de desaparecer, ¿te pareció extraña, nerviosa…?

—No.

—¿Y estos últimos días?

—Como siempre.

—¿Y eso qué significa?

—Pues... No es muy habladora, así que...

—¿Os llevabais bien?

—Normal.

—¿Qué es normal para ti?

—Eso, normal. —Se encogió de hombros con indiferencia—. Tiene sus arrebatos y ya está.

—Cosas de la edad.

—Supongo.

No sabía cómo preguntarle si había seguido sus pasos, así que dejó de lado el tema. Siendo hija suya, con casi dieciséis años, tenía que ser una joven muy guapa.

—¿Cuándo fue la última vez que la viste?

—A mediodía.

—¿Quién la vio por última vez?

—No lo sé. —Unió y desunió tanto sus manos que se le blanquearon los nudillos y se le pusieron rojas alternativamente.

Luego se echó a llorar.

—Por favor, señor inspector... Por favor, ayúdeme.

Se sintió muy incómodo.

Miró su credencial, solitaria y perdida sobre la mesa.

—¿Cómo quieres que te ayude, mujer? —le dijo en tono tan triste como crepuscular—. ¿No ves que estoy solo, que aquí ya no queda nadie, y que los franquistas pueden entrar en la ciudad en cualquier momento?

—¿Y qué quiere que haga?

—Esperar.

—¿Esperar?

A él mismo se le antojó ridículo.

¿Cuándo había olvidado lo que era ser padre? ¿Al morir Roger?

No quería pensar en él, ni allí ni en aquel momento. Intentó ser lo más persuasivo y convincente posible con su visitante.

—Los jóvenes hacen locuras, que para algo lo son. Y en estos días, con todo patas arriba... La Merche estará buscando comida, o vete tú a saber si despidiendo a un chico antes de que se vaya o lo maten.

—Le ha pasado algo, señor inspector —el llanto se hizo angustia—, que se lo digo yo, que lo sé. Le ha pasado algo malo.

—¿Ha ido a la escuela mientras ha estado abierta?

—No, ¿para qué? Había que comer.

—¿Tú estás con alguien?

—¿Quién va a quererme a mí? —bufó.

—¿Lo estás?

—No. —Suspiró con un deje de furia.

—¿Algún... amigo?

—No, que eso se acabó.

—De acuerdo, perdona.

No quedaba mucho más que decir salvo, quizás, mentirle. Algo piadoso. Que Merche regresaría hoy mismo, seguro, o que investigaría para ver por dónde andaba. Lo primero era absurdo, porque no le creería. Lo segundo...

Investigar, ¿qué, cómo, cuándo?

Unos segundos antes había dejado de sentirse policía. El gesto de la derrota. Una existencia depositada allí mismo, en la mesa, en forma de credencial. Y de pronto ella se lo recordaba.

La vida, a veces, era mucho más que absurda.

—Veré qué puedo hacer. —Suspiró.

—Gracias, señor inspector. —Soltó una bocanada de aire ella.

—Pero no te prometo nada. Estoy solo. —Abrió las manos como si abarcara la comisaría entera—. Y en cuanto ellos entren...

—¿No seguirá siendo policía?

Los muertos no eran policías.

—Vete a casa, ¿de acuerdo?

—¿Cuándo...?

—Vete a casa, Reme. ¿Sigues viviendo en el mismo sitio?

—Sí, sí, señor.

—De acuerdo, buenos días.

Vaciló, volvió a estrujarse las manos y luego se rindió por completo. Embutida en su abrigo ajado, con los zapatos medio rotos y el pañuelo en la cabeza, sobre su pelo hirsuto y ya grisáceo, su imagen menguó aun antes de resignarse y dar media vuelta para salir de la comisaría, tan vencida por la vida como lo estaban todos por la guerra. Miquel Mascarell la siguió con los ojos y agradeció quedarse de nuevo solo, aunque la soledad ya no era lo mismo.

Toda la vida siendo un agente de la ley no se podía borrar de un plumazo.

Reme se lo acababa de recordar.

Sintió un extraño vértigo, pensó de nuevo en Roger y en el dolor de su ausencia, pensó en Quimeta y en el dolor de su cuerpo. Del dolor invisible al dolor real.

Alargó la mano, atrapó su credencial y se la guardó en el bolsillo.

Cuando salió de la comisaría ya no había ni rastro de Reme por la calle.

2

En el Hospital Clínic la desbandada era general. Todos los soldados más o menos útiles estaban siendo sacados del lugar con urgencia, tal vez para llevarles a combatir, tal vez para trasladarlos a la última resistencia, Valencia, tal vez para conducirlos a Francia. Los muy malheridos tenían dos opciones: quedarse y afrontar lo que pudiera pasar tras su apresamiento o ser metidos como sardinas en lata en los transportes que todavía pudieran quedar para marcharse de Barcelona con dirección a la frontera formando largas colas de resignación. Ninguna opción era buena. Las dos eran tan malas como morirse por el hambre, el frío o el agravamiento de sus heridas. Algunos eran casi niños. La Quinta del Biberón. La vida se les caía encima y ellos miraban todo con ojos de no entender por qué.

Su mundo se desvanecía.

No tuvo que sacar su credencial para entrar ni para dirigirse a los quirófanos. Las personas iban y venían envueltas en sus propios pensamientos, ajenas a lo demás. Lo peor que podía sucederle era que alguien le reconociese y le preguntase. Como si él supiera algo nuevo.

«La gente cree que los policías estamos en todas partes», se decía a menudo.

El centro médico formaba un recinto aislado dentro de la enorme vorágine bélica. Los médicos que no estaban en el frente se encontraban allí, o en Sant Pau, y poco importaba que más de uno, y de dos, tuvieran simpatías más o menos secretas o públicas por el bando rebelde y alzado en armas contra la República. Se les necesitaba y punto. Las vidas civiles no llevaban el color de ningún uniforme. Los médicos tenían bula.

No tenía pensado entrar; lo único que deseaba era regresar a casa, con Quimeta. No tenía pensado ponerse a buscar a una chica que, lo más seguro, estaba encamada con alguien, por amor o por calor, por necesidad urgente ante la separación o por ansiedad física ante lo que pudiera avecinarse. Pero aun así, no costaba demasiado hacer un par de preguntas, para estar seguro, tranquilizar su conciencia, sentir que cumplía con su deber hasta el final.

Y de paso hablaría con alguien más o menos cuerdo.

Bartomeu Claret era un médico de los de toda la vida, profesional, consciente, regio. El trabajo de ambos los había unido en no pocos casos, así que, por encima de lo habitual, entre ellos mediaban ya la amistad y la sinceridad que no precisaban de otras componendas. A veces, antes de la guerra, solían hablar en algún bar cercano, frente a una taza de café. La última vez lo hicieron en otoño, y en lugar de café bebieron achicoria. Era un hombre de unos cincuenta años, alto, de cierta envergadura, escaso cabello y bigote cargado de tonos amarillentos debido al tabaco. Lo encontró inusualmente quieto, apoyado en el quicio de una de las ventanas que daba a la calle Villarroel.

El médico no se sorprendió al verle.

—Hola, Miquel. —Le tendió la mano.

—¿Cómo va todo?

—Ya no queda mucho por evacuar, pero cada hora cuenta. Los últimos trenes saldrán pronto de la Estación de Francia rumbo a la frontera. Y siguen trayendo heridos, famélicos y muertos de frío. Eso sin contar a los refugiados que llegan de toda Catalunya. ¿Se sabe algo?

—No.
—¿Y tu mujer?
—Igual.
—Si está igual es una buena noticia.
—Bueno, ya. —Hizo un gesto ambiguo, para no entrar en detalles.
Las últimas medicinas para calmarle el dolor a Quimeta se las había dado él.
—Tú te quedas, ¿verdad? —preguntó Bartomeu.
—Ya sabes que sí.
—¿Ella…?
—No lo resistiría.
No hizo falta que le recordara que, puestos a morir, al menos él se salvaría. El médico no siguió por ese camino. Se enfrentó a sus ojos huyendo del cansancio. Miquel Mascarell dedujo que su amigo debía de llevar no menos de cuarenta y ocho horas en pie.
—He ido a la comisaría.
—¿Para qué?
—Para nada.
—¿La rutina de tantos años?
—Un despido simbólico.
—¿Sabes en qué nos diferenciamos los médicos de los policías? —No esperó su respuesta—. Vosotros volvéis siempre al lugar del delito, por si se os ha escapado una pista, para echar un vistazo final, por morbo. Nosotros en cambio operamos, cerramos la herida y no queremos volver a ver al sujeto. Señal de que hemos hecho bien el trabajo.
—Tú curas lo que provocan los que yo atrapo.
Por la calle Villarroel ascendía una columna de camiones de distintas marcas y tamaños, con las lonas echadas. Y también algún coche. Escasas personas, todavía arracimadas en las aceras ante cualquier novedad, como si salieran de las mismas alcantarillas de golpe, los contemplaron con aprensión. Una mu-

jer gritó algo. Un niño alzó una mano. Se decía que algunos economatos ya estaban siendo asaltados. La desesperación del hambre.

Prácticamente cercada y hundida, Barcelona era la ciudad más aislada del mundo.

—Coño, Miquel, menuda mierda —dijo Bartomeu Claret—. Para llegar a esto no era necesario que murieran tantos.

No hizo falta que mencionara a su hermano, ni a Roger.

El policía no quiso ceder a su abatimiento.

—¿Han traído a una chica herida o muerta en las últimas cuarenta y ocho horas?

—¿Estás trabajando? —se sorprendió el médico.

—No. —Se quedó sin saber a ciencia cierta si mentía—. Es por hacerle un favor a una amiga.

—¿Una chica?

—Quince años, casi dieciséis, Mercedes Expósito.

—No que yo recuerde, pero puedo preguntar.

—Te lo agradecería.

Dejaron la ventana al unísono y caminaron por uno de los largos pasillos del hospital, en los que sus pasos resonaban entre las frías baldosas blancas que cubrían las paredes. Miquel se acababa de dar cuenta de que conocía el apellido de la hija de Reme. Expósito. Como muchos hijos de padre desconocido.

Aquella niña morena que le había mirado con tanto odio la última vez que recordaba haberla visto, mientras se llevaba a su madre.

—¿Crees que haya podido sucederle algo malo? —se interesó Bartomeu Claret.

—No, pero dos días sin aparecer por casa dan que pensar.

—¿Y si se ha ido con los demás, a la frontera?

—Es posible, aunque improbable.

—Un novio soldado, y ella que decide acompañarlo, sin decir nada en casa, sabiendo que no van a dejarla marchar sola.

Era una posibilidad como cualquier otra. La Reme no había sido la mejor madre del mundo, aunque tampoco la peor. Primero había sido puta por oficio, después para mantener a su hija, finalmente...

Sacaban a un soldado sin piernas, en una silla de ruedas muy precaria, que podía romperse en cualquier momento. La medalla prendida en su uniforme parecía muy nueva. Brillaba como una luna llena sobre la noche oscura de su cuerpo enteco. Piel apretada sobre los huesos que la soportaban. Ni les miró. Se lo llevaron a toda prisa. Ellos tampoco hablaron. Para el médico era lo habitual. Para el policía, un sentimiento que se unía a otros a la altura de la garganta, donde le era imposible devorarlos. Cuando llegaron a un pequeño puesto de control no hizo falta que Claret preguntara nada. Tomó una tablilla con varias hojas sujetas a ella por la parte de arriba y le dio una rápida ojeada.

—Ninguna Mercedes Expósito.

—¿Alguien sin identificar?

—Un hombre, mayor. Se le cayó una pared encima aquí cerca; por eso lo trajeron rápido.

—¿Qué quieres decir?

—Nada que no sepas, Miquel —dijo taxativo—. Estamos en cuadro, y hay que preocuparse más de los vivos que de los muertos. Si alguien se muere hoy en mitad de la calle, lo más probable es que se quede ahí mismo, o que lo aparten a un portal o donde no moleste, pero nada más. Ya no hay casi vehículos que puedan recogerlos. Las ambulancias son para la guerra o para los heridos, no para los muertos.

—Así que si esta chica está muerta, puede encontrarse en cualquier parte, y si no llevaba documentación...

—Es más o menos igual.

—¿Y en Sant Pau?

—Lo mismo. ¿Dónde vivía?

—Por Gràcia.

—A mitad de camino entre Sant Pau y el Clínic.

—Ya.

No quedaba mucho por decir, salvo que hablaran de la guerra, de Barcelona, de la espera, y ninguno de los dos parecía mostrar mucho interés en ello. Claret se debía a sus pacientes, y él…

—Me voy a casa.

—Un beso a Quimeta.

—De tu parte.

Se dieron la mano. Entonces comprendieron que tal vez no volvieran a verse nunca.

El abrazo fue espontáneo, y las palmadas en los hombros y las espaldas también. Un pequeño estallido emocional que los envolvió, los atrapó y los serenó hasta conducirlos al relajamiento.

Ya no hubo más.

Miquel Mascarell enfiló la salida del hospital con el mismo paso cansino, aunque vivo, que solía acompañarlo siempre desde que la edad se había impuesto a su físico.

3

Se encontró con Amadeu Sospedra en la puerta del hospital, cara a cara, sin posibilidad de eludirlo. En algunas ocasiones prefería no hablar con él, porque era un gato viejo a la búsqueda de la noticia; en otras era todo lo contrario: le interesaba hacerlo por la misma razón. Ahora no era ni lo uno ni lo otro. Estaban allí, frente a frente, representando lo que representaban, que no era poco. El viejo periodista de *El Socialista* se lo quedó mirando con curiosidad, casi por encima de sus gafas redondas arqueadas sobre su aguileña nariz.

Fue el primero en romper el silencio.

—¿Qué hace todavía aquí, inspector?

—Trabajo.

—¿En serio? —Mostró su sorpresa.

—La vida sigue.

No le creyó. Su mirada se hizo más escrutadora. Los dos se estudiaron con la aprensión derivada de las circunstancias. Fueron apenas tres segundos hasta que el periodista esbozó una sonrisa cómplice.

—¿No va a marcharse? —preguntó.

—No —respondió el policía.

—Yo tampoco. —Asintió con la cabeza, mezclando en ello una parte de orgullo y otra de valor aderezadas con un profundo sentimiento de hidalguía—. ¿Leyó mi artículo de ayer?

—¿«Podemos evitar la derrota»?

—Sí.

—¿Cree sinceramente en ello?

—Ayer era ayer, hoy es hoy y mañana será mañana. —Hizo un gesto ambiguo—. Pero creo en lo que dije. Si consiguiéramos fortificar la ciudad los fascistas no se darían el paseo que se han estado dando desde que cruzaron el Ebro, recorriendo hasta quince o veinte kilómetros diarios sin oposición. Bastaría con que los especuladores y los emboscados utilizaran las palas, y que la clase obrera levantara la cabeza, que recobrara la confianza en sí misma. Una confianza que les hemos arrebatado entre todos.

—La gente ya no puede más.

—Pero ahora es el cara o cruz, amigo mío. Si no constituyen sus Comités de Salvación de la Revolución y sus organismos independientes del poder estatal burgués, como hicieron el 19 de julio del 36... Vamos a asistir a la repetición de la catástrofe del mes de marzo en el frente de Aragón, pero a una escala aún mayor: traiciones en el alto mando, la huida de nuestros gobernantes... ¡Todas las posiciones estratégicas construidas alrededor de Barcelona están siendo entregadas sin combatir! ¡Balaguer, el Segre, Borges Blanques, el cerco de Tarragona! Ahora sólo nos quedan el Garraf, el Tibidabo, Montjuïc y, más allá, las carreteras que vienen de Vilafranca del Penedès e Igualada.

—Suele decirse que Barcelona es indefendible.

—¡Tonterías! —se agitó Amadeu Sospedra—. Aunque por supuesto es más fácil defenderla desde fuera que desde la periferia urbana. ¡Es mucho más defendible que Madrid!

—¿Con qué armas?

—¿Actúa usted de quintacolumnista?

—Soy el abogado del diablo.

—El diablo no necesita abogados —negó el periodista—. El problema no es sólo que los facciosos estén mejor armados, y comidos, a consecuencia de la pasividad del proletariado internacional, adormecido por la política del Frente Popular. El problema es que la estrategia y la técnica militar están subordinados a la política, sobre todo en una guerra civil. ¿Sabe que se ha constituido el «gobierno de la victoria»? ¡El gobierno de la victoria! ¡Léalo mañana en el periódico! Nuestro ministro de Agricultura, el comunista Uribe, ha comunicado que se ha declarado el estado de guerra en lo que queda de la España gubernamental. ¡El estado de guerra! ¿Qué ha habido en este país los últimos tres años? Pero esto ni siquiera ha sido lo más extraordinario. Lo es que, mientras decían esto, ya se estaban marchando todos de Barcelona, ¡usted lo sabe! ¿Queda alguien en su comisaría? ¡Han pedido a los obreros cenetistas de Barcelona que derramen una vez más su sangre y salven la situación! ¡Y ellos a resguardo, en sus Rolls-Royce y sus Hispano-Suiza! Según esa caterva, el proletariado, en tiempos normales, debe respetar la ley burguesa, ser continuamente estafado, con sus militantes maltratados, pero en momentos de peligro, se afloja la cadena y se les pide que mueran generosamente. ¡Es patético!

—¿Sabe algo de la defensa de Barcelona, si es que existe?

—Se ha convocado con urgencia a García Oliver para que se ponga a la cabeza de seis divisiones confederadas y dirija las operaciones. Algo inútil, claro.

—García Oliver no es militar.

—Cierto.

—Y los obreros de Barcelona ya no pueden más, usted lo ha dicho, están desmoralizados por la marcha de la guerra, el hambre, los bombardeos...

—Amigo Mascarell —Amadeu Sospedra iba cargándose de adrenalina a medida que hablaba—, ¡se ha matado la revolución y con ello se ha matado la guerra contra el fascismo! Para comprender el presente hemos de remitirnos al 3, 4, 5 y 6 de mayo del 37. Fueron los estalinistas los que provocaron y organizaron aquellos acontecimientos, con el desarme del proletariado, la destrucción de sus organismos de lucha, los asesinatos de militantes obreros, instaurando un régimen de terror contra ellos. ¡Recuerde usted la forma en que se les echó de la Central Telefónica, propiedad del capitalismo americano, y cómo se les ametralló! ¡Usted es policía, aunque en su descargo debo reconocer que nunca ha sido un maldito burgués, porque tiene conciencia social! —Hizo una pausa una vez dejado claro ese punto, pero no menguó su ánimo combativo y cada vez más exaltado—. Mire, todo se justificaba por la política del Frente Popular de que primero había que ganar la guerra. Pero estábamos solos, no se ganó el apoyo de Francia e Inglaterra, y más solos estamos ahora. El proletariado catalán es el que más ha sufrido, y en consecuencia el que está más harto. Los obreros de Barcelona se daban perfecta cuenta de que Franco y los suyos representaban lo peor, pese a su desconfianza en Negrín, que a fin de cuentas es un españolista, pero desde mayo del 37 ¿qué les ha quedado? La mayoría del proletariado de Barcelona es anarquista, mientras que en Madrid es comunista. Aquí, el 19 de julio, aplastaron el embrión de la rebelión militar. Si hubieran hecho igual los obreros de toda España, los fascistas ya habrían sido expulsados. ¡Barcelona ha sido el latir de este país! De aquí, en apenas unos días, salieron doscientos mil voluntarios, con Durruti, Ortiz, Rovira o Domingo Ascaso al frente. Madrid ha resistido desde el comienzo de la guerra, pero a Barcelona le toca resistir después de treinta meses, cuando ya estamos desangrados. ¿Y con qué?

—¿Y los cientos de aviones y carros de combate franceses que se dijo que habían llegado hace unas semanas?

—¡Mentiras! ¡Para elevar la moral! Lo mismo se dijo hace unos días acerca de que tropas francesas habían cruzado finalmente la frontera para ayudarnos. ¡Incluso los habían visto! ¡Mentiras y más mentiras! ¡Todos sabemos que las últimas barricadas son las de los periodistas y los periódicos, o la radio, para quien pueda escucharla! ¡Por eso escribí ese artículo! ¡Defender Barcelona no es sólo posible, sino necesario! Pero quizás sea la voz que clama en el desierto. Si la defensa es sólo militar, se acabó. *Frente Rojo* publicará mañana un artículo titulado «¡Todos a las barricadas! ¡Como el 19 de julio!», acaba de contármelo un compañero. Sí, la defensa es posible, pero si los obreros se quedan en sus pobres agujeros, les entregamos la ciudad y entrarán como Pedro por su casa. Y esos obreros son conscientes de que si salen morirán. ¡Les han roto la moral, la combatividad, los han desmoralizado hasta llevarlos a la indiferencia! ¿Qué haría usted?

—El futuro con una dictadura fascista no es prometedor.

—¡Es que ni siquiera hay futuro! —gritó Amadeu Sospedra—. Y por supuesto no lo habrá ni para usted ni para mí.

Algunas personas ya no se limitaban a pasar cerca de ellos y mirarlos. Un par se había detenido, y otros iban menguando el paso, quizás con ánimo de intervenir, tal vez con deseos de enterarse de algo más, puesto que ambos daban la impresión de saber de qué estaban hablando, de manera especial el periodista. Cuando se dieron cuenta se apartaron de la entrada del hospital.

Apenas unos pasos.

Amadeu Sospedra se detuvo de nuevo, fuera del alcance de oídos ajenos, y lo sujetó por un brazo. Sus pupilas saltaron en mitad de las ciénagas oscuras de sus ojos. De pronto a Miquel Mascarell le pareció que deliraba.

—Mire, los obreros han tragado mierda toda la vida —insistió con voz de conspirador—. La tragaron con la burguesía, la han tragado en esta guerra por parte de casi todos, volverán a tragarla si resistimos a Franco y la tragarán con los fascistas si ganan la guerra. Así que en el fondo…

—Usted escribe que la defensa es posible pero no cree en ella.

—No, no. —Apartó su mirada con disgusto—. Hablo de la

realidad y de lo necesario, de lo posible, pero ateniéndome a la verdad y a las circunstancias. Las alternativas son simples: o asumimos una batalla a muerte por Barcelona o ellos estarán en la plaza de Catalunya en una semana. No creo que haya término medio. O todo o nada.

Deseó no haberse detenido. Se había hablado demasiado, y seguía haciéndose. La izquierda se detenía para hablar y la derecha avanzaba dándolo todo por hecho. La eterna diferencia. Los inteligentes se cuestionaban todo y los imbéciles actuaban con el monolitismo de los que lo dan todo por sentado. Su prisma era multidireccional.

Pero los otros iban a ganar la guerra.

Los muy hijos de puta…

El mundo entero presenciando la soledad de España.

—¿Tiene su pistola? —escuchó la voz del periodista como si regresara de una excursión por su conciencia.

—Sí.

—Bien —dijo su compañero sin que Miquel supiera a ciencia cierta de qué le hablaba—. ¿Y su hijo?

—Se quedó en el Ebro.

Amadeu Sospedra asintió de forma apenas perceptible. Toda su ira, su encendida oratoria, se desvaneció, y de ella surgió la débil pátina del ser humano abocado a la miseria, a la destrucción moral, espiritual y física.

—Lo siento.

—Seguiremos en nuestras trincheras. —Miquel Mascarell le tendió la mano—. Usted en las de la prensa y yo…

Inesperadamente el periodista le dio un abrazo, como poco antes hicieron Bartomeu Claret y él.

Sonó a despedida.

4

Al llegar a su casa, eludiendo cualquier otro encuentro callejero o vecinal, abrió la puerta sin hacer el menor ruido. El estado de Quimeta le hacía tomar todas las precauciones posibles. Para ella, una hora de descanso era una hora de bendiciones. Si dormía y la despertaba, no se lo perdonaba. Bastante hacía con callarse su dolor, morderse los labios, no gemir aunque el daño la devorase por dentro, lacerándola en carne viva. Y todo para no despertarlo a él, para no inquietarlo, aunque ya hubiese desarrollado un sexto sentido que le hacía abrir los ojos a la menor señal. Bastaba un movimiento en la cama, porque a pesar de todo dormían juntos.

Quería aprovechar su calor hasta el último día.

Sentirla.

Entornó la puerta, pensando en cerrarla después, y cubrió la breve distancia que le separaba de la habitación de matrimonio, la más cercana a la entrada del piso y el recibidor. La penumbra era suficiente, así que al atisbar por la puerta entreabierta con lo que se encontró fue con la cama vacía.

Entonces, el gemido.

Provenía de la habitación de Roger, pasillo adelante, dos metros más allá. Vaciló sin saber qué hacer, pero le pudo más la inquietud y la prisa. El gemido podía ser cualquier cosa, incluso que se hubiera caído al suelo. Por esta razón se deslizó hasta el lugar y se asomó a su interior.

Ya no quedaban persianas en las ventanas. Las habían quemado para calentarse. Y tampoco había cortinas. Con las últimas hicieron bragas y calzoncillos el invierno anterior. Los cristales estaban cubiertos con cartones, para no dejar pasar la luz. Claro que la corriente eléctrica hacía mucho que no funcionaba las veinticuatro horas, y por tanto el peligro de ser un reclamo para los bombardeos ya no existía.

Los malditos bombardeos, ciegos, cobardes.

Los aviones entraban por el Besòs, en pasadas rápidas, y descargaban sus bombas en la ciudad, en zonas humildes y densamente pobladas, para quebrantar la moral de los más firmes defensores de la República, y en el puerto, para causar daños a las infraestructuras bélicas, antes de salir por el Llobregat. En medio de las sirenas y las alarmas, las bombas retorcían cañerías, desventraban casas, destrozaban cristales, arrancaban árboles. Cuando eran incendiarias, el fuego lo abrasaba todo. Cuando eran de penetración, de cono de explosión, de proyección de metralla, de proyección de ruinas, succión, soplidos... Existían nombres diversos para la misma muerte que llegaba desde el cielo. Y había días en que los bombardeos eran dobles, o sólo de madrugada, o al anochecer... O, como en marzo del 38, cada tres horas. O, como en octubre del mismo 38, a diario. Las gentes acudían en masa a las estaciones de metro, preguntándose si al volver sus casas seguirían en pie. El terror era absoluto.

Quimeta estaba de pie, frente al armario de Roger, con los dos batientes abiertos. Su mano acariciaba la ropa de su hijo. La acariciaba y se la llevaba al rostro, para olerla, aspirarla, llenarse de los restos de una vida que solamente estaba ya impregnada allí. El primer gemido había sido el del dolor liberado. El segundo fue el de la impotencia.

Pareció a punto de desmayarse.

A espaldas de ella, Miquel Mascarell estuvo a punto de entrar en la habitación.

Una parte de sí mismo dio la orden. La otra lo obligó a retroceder. Pero no fue una huida, sino más bien la necesidad de volver a empezar, para darse la oportunidad de forzar una tregua. No quería sorprenderla, ni asustarla, ni sumarse a la agonía que no hacía sino acentuar la debilidad de su resistencia. Llegó hasta la puerta del piso, todavía entornada, y fingiendo que acababa de entrar la cerró con fuerza.

Se quitó el abrigo en el recibidor, para darle a ella tiempo para salir de la habitación de Roger.

Al darse la vuelta la vio en mitad del pasillo, igual que un moribundo perdido en el desierto, tan desvalida, desmejorada, apenas una sombra de la hermosa mujer que fue hasta dos años antes.

—Estás levantada.

No fue una pregunta, sólo una observación.

Tan neutra.

—¿Qué tal has pasado la mañana?

—Bien.

No sabía ni por qué preguntaba. Se retorcía de dolor y repetía aquella única palabra. Bien. Bien. Bien. No entendía de dónde sacaba ella tanto valor, o tanta resistencia. O sí. En el fondo sí. La sacaba de su voluntad y por él.

Moriría con una sonrisa, para regalársela con el suspiro final.

Miquel Mascarell se detuvo frente a su mujer y la abrazó, con cuidado. Los dos se quedaron así unos segundos. Sus labios buscaron un resto de vida por entre los cabellos secos mientras ella gastaba unas pocas energías en el contacto. Sin separarse, le preguntó:

—¿Qué tal por la comisaría?

—Intentamos dar sensación de normalidad —le mintió.

—¿Cuántos quedan?

—Menos de la mitad.

—¿Mariano?

—Se ha ido.
—Es natural. ¿Y Matías?
—También.
No sabía mentirle. Nunca había podido. Pero a su favor tenía el hecho de que seguían abrazados y que la penumbra hubiera impedido de todas formas que ella le viera los ojos.
—No estés tanto rato de pie.
—He pasado todo el día echada.
—Bueno, ya, pero…
Se apartó de su lado y pretendió conducirla a la habitación de matrimonio. No lo consiguió. Quimeta se movió en dirección contraria, hacia el comedor. No les quedaban sillas, tan quemadas como las contraventanas, las persianas o las puertas, a excepción de las de su habitación y la de Roger. A las dos butacas también les habían serrado las patas, pero seguían siendo útiles, aunque ella necesitaba de su ayuda para sentarse o levantarse. La radio, como un símbolo, se encontraba en medio de ambas, presidiendo la mesita salvada de la quema y en cuyos distintos estantes laterales e inferiores se concentraban la mayoría de las fotografías familiares.
Quimeta se hundió en la butaca de la izquierda.
Emitió un prolongado suspiro que derivó en un ronquido agónico.
Miquel Mascarell se arrodilló a su lado.
—Eso, como cuando te declaraste. —Su mujer le sonrió.
—Yo no me arrodillé.
—¿Ah, no?
—Una rodilla sólo no es arrodillarse, es hacer el ganso.
—Pues te salió bien. Fue lo que me convenció.
—Nunca me lo habías dicho.
—Un matrimonio que no se guarda algo para la vejez se queda sin energías.
Solían tener conversaciones triviales como aquélla. Puro despiste. Pero también reveladoras. Al único que no engaña-

ban, además de a sí mismos, era al dolor, que insistía en actuar como una cuña inesperada paralizándola de manera intermitente. Entonces Quimeta se quedaba rígida, conteniéndose, hasta que la sacudida menguaba lo suficiente como para restablecer su equilibrio.

—¿Alguna tienda abierta?

—Ya no.

—Dijeron que esta semana habría lentejas.

«Píldoras del doctor Negrín», las llamaban.

—Dicen muchas cosas, pero el racionamiento cada vez es peor.

—¿Y la comida de los almacenes? Tú dices que ahí hay mucha, y que la gente lo sabe.

—Puede que no tarden en asaltarlos a la desesperada.

Por alguna extraña razón recordó la pregunta de Amadeu Sospedra acerca de si tenía pistola. La llevaba en la funda, tan presente en su vestimenta como la corbata. Solía dejarla en el recibidor al llegar a casa. Ni siquiera recordaba cuándo fue la última vez que la sacó, y no para disparar, sólo para esgrimirla como elemento disuasorio. Nunca le había disparado a nadie.

Una pistola con dos balas.

Aunque era imposible que tuviera que detener a una multitud hambrienta, por lo tanto…

—¿En qué piensas? —quiso saber ella.

—Una tontería.

—¿Desde cuándo no me interesan tus tonterías?

—Pensaba en mi arma reglamentaria, y en que sólo llevo dos balas. Un mal chiste.

—¿Y por qué llevas sólo dos balas?

—Tuvimos que repartir lo que teníamos hace unas semanas, y me tocaron dos.

—¿En serio?

—Ya ves.

—No me lo habías contado.

Se encogió de hombros e hizo ademán de levantarse, porque empezaban a dolerle las rodillas. Quimeta se lo impidió sujetándolo por los brazos.

—Miquel, por favor, vete.

—No seas absurda.

—El absurdo eres tú. Vete, y cuando amaine el temporal vuelves.

—Sabes perfectamente que el temporal no amainará.

—Entonces sálvate tú. Yo puedo quedarme con mi prima, o incluso con la vecina del tercero, que ya lo hemos hablado.

—No me pasará nada.

—Has sido una persona leal a la República.

—He sido un buen policía. Y mande quien mande, seguirán haciendo falta los buenos policías.

—Miquel, yo ya no...

Casi se le echó encima, para sellarle los labios. Más que un beso fue un tapón en la boca. Le sujetó la cara con ambas manos y trató de absorber aquella sequedad para convertirla en humedad. Una vida juntos, a veces no basta. Demasiados olvidos o treguas suelen sembrar de minas todas las rectas finales. Notó cómo Quimeta luchaba apenas unos segundos, hasta rendirse, dejar de insistir y relajarse. En los últimos días cada hora era una lucha. Tiempo de decisiones. Trataban de dominar las emociones, no hacerlas tan y tan evidentes que resultasen aún más dolorosas, pero se les hacía difícil.

Los dos acompasaron sus respiraciones.

Luego se levantó, de manera pesarosa, apoyándose en el respaldo de la butaca, aunque sin ejercer mucha presión, no fuera a desencajarla. Le hurtó la mirada a su esposa y caminó hasta el balconcito con un deje de impotencia. Siempre había sido un hombre serio, reflexivo, pausado en sus formas. Un hombre de interiores más que de exteriores, de luces pálidas y sombras quietas. La guerra lo había sumido a veces en estados catatónicos, que lo paralizaban y lo empujaban a impulsos casi autodestructivos. La guerra, la muerte de Roger, la enfermedad de Quimeta…

¿Qué hacer cuando no queda nada?

Pensó en las dos balas de su pistola.

Abrió las cristaleras del balconcito y salió al exterior, pese al frío. El día era plácido, y el silencio tan brutal como solían serlo los ronroneos de los aviones que pasaban sobre sus cabezas en los bombardeos. Miró las casas de la otra acera. Nadie asomado a una ventana o a un balcón. La vida se ocultaba. A la izquierda, entre el vacío de un descampado, se veía un trozo de la Diagonal. Ni un coche, ni una bicicleta, ni un tranvía.

—Pobre Barcelona. —Suspiró.

¿De verdad esperaba alguien que los obreros, hambrientos, moribundos, cansados, se echaran a la calle a defender los restos de la República con palos y dientes frente al ejército franquista, bien armado y bien alimentado?

¿Alguien esperaba que Barcelona se sacrificase por nada?

Desde 1714, todo catalán sabía que la derrota no es el fin, sino el preámbulo de la nueva lucha.

Ellos, o sus hijos, o los hijos de sus hijos.

Iba a retroceder, para volver junto a Quimeta, cuando recordó a Reme y a su hija.

Y en ese mismo momento vio una figura conocida corriendo por la calle, desmadejado, al límite.

Su hermano Vicenç.

5

No quería hablar con Vicenç en casa. Sabía el motivo de su visita. No quería soportar la doble presión, ni podía decirle a su hermano los argumentos que precisaba delante de Quimeta. Abandonó el balconcito fingiendo despreocupación.

—He de hablar con el señor Arturo un momento. Vuelvo en cinco o diez minutos.

Ella tenía los ojos cerrados y la cabeza apoyada en el respaldo de la butaca. Su respuesta fue lacónica, tan difusa como aquella oscuridad interior. Pudo ser cualquier cosa. Caminó hasta el recibidor y no se molestó en coger el abrigo. Por la prisa de su hermano tal vez estuviese ya a punto de llamar a la puerta. La abrió y respiró aliviado al ver el rellano vacío. Al asomarse al hueco de la escalera lo descubrió un piso por debajo del suyo.

Fue a su encuentro.

Vicenç estaba congestionado y resoplaba. Pero, aunque no se llevaban más que dos años de diferencia, su trabajo siempre había sido más sedentario, sin apenas ejercicio físico. No se parecían demasiado. Él era más alto y de complexión más enjuta. Pese al hambre, a Vicenç le sobraban algunos kilos y le faltaban más cabellos en la cabeza. Los dos se quedaron mirando fijamente en mitad del tramo de escaleras donde lo acababa de interceptar. Apenas si se veían, porque la claridad que se filtraba por el vestíbulo de entrada era muy difusa. Pero tal vez por ello los rasgos se hacían mucho más agudos, las cuevas de los ojos más oscuras, las bolsas más evidentes, el hundimiento de las mejillas más acusado.

Y la angustia de cada gesto.

No se dieron la mano, no se abrazaron; sólo intercambiaron y mantuvieron aquella mirada en la que, de hecho, se lo estaban diciendo todo. La ansiedad del recién llegado, la tozudez incontrovertible de su hermano mayor, la distancia que los separaba.

Ya estaban a kilómetros el uno del otro.

—Te he visto llegar desde el balcón.

No hubo respuesta. La mirada se hizo súplica. Una tonelada de cansancio se apoderó de los ojos de Vicenç.

—Bajemos un poco. No quiero que Quimeta pueda oírnos —dijo Miquel Mascarell reiniciando la marcha en sentido descendente.

—¿Es que vamos a gritar?

—No creo.

Lo tomó del brazo y alcanzaron el rellano inferior. Una vez en él se detuvieron y quedaron de nuevo cara a cara. Decidió tomar la iniciativa para no convertir la escena en un acto patético.

—¿Os vais ya?

Su hermano pequeño asintió con la cabeza.

—¿Cómo?

—Tenemos dos bicicletas, de los Soler y nuestras. Les acoplaremos un carrito detrás para Amàlia y su mujer. Tendremos que pedalear, sincronizados, claro.

—¿Y los hijos de los Soler?

—Son demasiado pequeños. Los dejan con una tía.

—¿Se van sin ellos?

—Hasta que esto pase y las cosas se calmen.

Quimeta acababa de decirle que se marchara, que regresara cuando amainase el temporal.

Sueños.

—¿Y adónde vais?

—A la frontera, claro.

—¿Y si los franceses no la abren?

—¿Cómo no van a abrirla?

—También tenían que ayudarnos, y nada. Si mantienen la frontera cerrada será una carnicería: los que no mueran de hambre o frío morirán a manos de los franquistas.

—No van a dejar a miles de personas, con niños y ancianos…

No quiso decirle lo que opinaba de los franceses, ni siquiera en el supuesto de que abrieran la frontera y pudieran pasar al otro lado. No iban a llevarlos en coche a París, ni a ponerles alfombras rojas. A fin de cuentas, republicanos o no, leales a una democracia o no, eran los perdedores. Olían a muerto.

Una carga demasiado pesada.

—Miquel…

—No —intentó detenerlo.

—¿Por qué eres tan terco?

—No soy terco —manifestó de forma pausada—. Soy lógico.

—¿A qué llamas tú lógica? Te estás condenando a muerte. ¿Eso es lógico?

—No hay garantías de que…

—¡Por Dios! ¿Pero te crees que los fascistas van a entrar dando flores y luego dirán que pelillos a la mar, que aquí no ha pasado nada? ¡No dejarán títere con cabeza! ¡Cualquiera que se haya significado pasará por la piedra! ¡Si no te fusilan irás a parar a la cárcel igualmente, así que sacrificarte por Quimeta no te servirá de nada!

—Vicenç, no es un sacrificio.

—¡Sí lo es! —Elevó demasiado la voz, miró instintivamente hacia arriba y la volvió a bajar, pero sin menguar su furia—. ¡Sí lo es y lo sabes! ¡Maldita sea, Miquel!, ¿cuánto le queda?

—No puede precisarse.

—¿Tres meses, cuatro… seis? ¡Tú mismo lo comentaste a fines del verano pasado! ¡Dijiste que ya no vería el próximo!

—¿De veras me estás diciendo que la deje aquí, sola, moribunda, y que me vaya?

—¡No, te digo que os vengáis los dos!

—¿En un carrito tirado por dos bicicletas? ¿Contigo, Soler y yo turnándonos para pedalear y tres mujeres detrás? ¿Ni siquiera os lleváis nada, ni una maleta?

—¡Soler está de acuerdo, te debe mucho!

—Tal vez tengáis una oportunidad, pero con nosotros no. Y Quimeta ni lo resistiría. Para que muera en una cuneta y tenga que abandonarla mejor me quedo con ella, en casa, donde debe estar.

—¿Por qué eres tan terco?

—Vicenç, mírame: hago lo que debo. No hay otra fórmula.

—¿No es mejor que ella muera libre, aunque sea en una cuneta?

—Morirá libre aquí, porque no pueden arrebatarnos la dignidad.

—Por favor…

Habían llegado al punto álgido, el de la crispación final. Un choque de locomotoras en mitad de la noche. Pero lo peor no era eso. Lo peor, incluso, era el hecho de saber que se estaban despidiendo posiblemente para siempre.

Se trataba del adiós.

—Vamos, vete —lo apremió Miquel Mascarell—. Cada hora cuenta.

—No fastidies…

Tuvo que abrazarlo, porque empezó a llorar y a él se le doblaban las rodillas. La última vez que se habían abrazado así fue en la muerte de Roger. La penúltima, siendo apenas adolescentes, al morir su hermana pequeña de tuberculosis. Desaparecido Roger, y sin hijos ellos, la saga de los Mascarell terminaba bruscamente.

Claro que para el mundo que les sobrevendría...

Vicenç se apretó a él con todas sus fuerzas.

—Déjame... que suba... a verla —balbuceó.

—No. —Su hermano mayor lo apretó todavía más.

—No es justo.

—Nada es justo, pero es lo que hay.

—¿Qué... le dirás?

—Nada, de momento. Luego ya veré. Cuando esto acabe y ellos estén físicamente en Barcelona ya habrá tiempo.

—¿Te ha pedido...?

—Sí, la última vez hace un par de minutos.

El abrazo continuó, se hizo pura energía, vasos comunicantes de sentimientos que iban y venían en un flujo armónico aunque intempestivo. Un millón de escenas, imágenes, palabras y momentos desfiló por sus cabezas, resumiendo una vida en común.

Les costó separarse.

Lo hicieron cuando alguien empezó a subir por la escalera hablando en voz alta, solo.

6

Por alguna extraña razón, imposible de calibrar en su situación, una de las pequeñas cosas a las que se aferraba día a día era leer los periódicos. Primero creía que se debía a su deformación profesional, a su sed de conocimientos, de saber qué sucedía y también por qué y cómo. Con el deterioro de la guerra y el declive de Barcelona eso ya no era más que una excusa. Todos los periódicos iban llenos de palabras heroicas y soflamas políticas. Mantener alta la moral equivalía a mentir, o a rizar el rizo de la demagogia. Cada artículo era un grito predicado en el desierto de sus corazones, una forma de decir «no estamos solos».

Pero lo estaban.

Barcelona era una mujer solitaria y perdida, abandonada, a punto de ser violada.

Abrió *El Socialista* y se aclaró los ojos con el último retazo de luz que le quedaba en casa. Las palabras, hermosas, vivas, retumbaron por las paredes secas de su conciencia.

> Desde el principio de la guerra nos encontramos en posesión de la última baza, y ésa no la soltaremos; jamás nos desprenderemos de ella. La vemos y estamos seguros de la victoria que lleva prendida.
>
> Por ello la visicitud nos amarga, pero no nos descorazona,

sino que aumenta nuestro odio y nuestra combatividad, y no habríamos de tener la esperanza de la victoria y seguiríamos pegados a nuestra voluntad de independencia. Por fortuna este trance no ha llegado ni llegará. La fe mueve a las montañas. En el español es inmensa y, por ser así, mueve la conciencia universal, de tal manera proyectada que se le viene encima al invasor, con un peso que acabará por aplastarle.

A la prisa de ellos oponemos nuestra paciente labor de desenmascararles cada día, cada hora, hasta que les llegue el momento de la asfixia. Este instante se acerca, que todo su atuendo bélico no les valdrá para detener lo que es fatal e inevitable que les llegue. Eso sin sombra de dudas.

—¿Qué dice el periódico? —preguntó Quimeta.

—Lo de siempre.

—¿Y qué es lo de siempre?

—Que vamos a ganar.

Su mujer se tomó una pausa.

—¿Y del racionamiento dice algo?

Miquel Mascarell miró las escasas cuatro páginas.

—No.

—Vaya por Dios.

—¿Te preparo algo?

—Ya sabes que yo no tengo hambre nunca. Es por ti.

—A mí me ha invitado a cenar el comisario jefe.

Le escrutó con aquel tono burlesco que tanto le gustaba a él y forzó la sonrisa.

—El comisario jefe —bufó concediéndose un respiro por encima del dolor, siempre presente al anochecer, para recordarle que dormir seguiría siendo una utopía.

Miguel Mascarell intentó volver a leer pero ya no pudo. Ni con gafas.

—Hay un cabo de vela —estuvo al quite ella.

—No vale la pena —se resignó él.

Se levantó y entonces Quimeta se lo pidió, como si hubiera esperado el momento oportuno.

—¿Me ayudas a llegar a la cama?

No le preguntó si le dolía. La respuesta siempre era la misma. «Un poco.» Tampoco la reprendió por no habérselo pedido antes. Los códigos entre ellos formaban parte de sus papeles. La enferma-que-no-quiere-molestar, y hasta espera morir sin demasiados problemas, y el cuidador-cauteloso-que-trata-de-hacerlo-todo-fácil. Se levantó, cuidó de que su mujer se pusiera en pie y luego, pasito a paso, la acompañó hasta la habitación de matrimonio. La fatiga se hizo evidente en ella cuando se derrumbó sobre la cama, envuelta en un estertor que no debía de ser muy distinto al de la agonía final, al quebrarse el último aliento en el pecho. No se molestó en desnudarla. No valía la pena hacerla sufrir más. Desnudarla por la noche equivalía a vestirla por la mañana. Más dolor. Se limitó a descalzarla, cubrirla con las mantas y arroparla con mimo. A veces se quedaba a su lado, le cogía de las manos, le acariciaba la frente o se acostaba ya a su lado, para hacerle compañía. En otras ocasiones, cada vez menos por la falta de luz en invierno, le leía un libro.

Quimeta cerró los ojos y él regresó a la sala-comedor.

No tenía sueño.

Pensaba en su hermano y su mujer, en la huida, en el exilio.

Pero también en Mercedes Expósito y su madre.

Ojalá la muchacha hubiera regresado ya a casa, con la excusa que fuera, llorando o sonriendo feliz, según el color de su escapada. Ojalá en alguna parte alguien se acostara en paz. Alzó los ojos y su mirada no consiguió atravesar los cartones que cubrían los cristales. Eran como los barrotes de una cárcel.

No supo qué hacer.

Al día siguiente no tenía que ir a la comisaría.

Su único trabajo consistía en cuidar al máximo de Quimeta.

Volvió a pensar en Reme y su hija.

¿Era «un trabajo»?

La corriente eléctrica reapareció misteriosamente en ese momento. Lo aprovechó. Se acercó al aparato de radio y lo conectó. Era bueno. Tanto que escuchaba emisoras muy lejanas —francesas, incluso árabes—, dependiendo de la climatología y siempre de noche. A veces también captaba lenguas mucho más desconocidas, posiblemente eslavas. Rusia hablando a los compañeros de la casi agotada España. Su mano movió el dial en busca de alguna novedad, música, lo que fuera con tal de aislarlo de todo.

No lo consiguió.

La única voz clara que rompió el silencio provenía del «otro lado», de los asesinos de la democracia y la República. El tono era tan esperpéntico y duro como si se tratara de un aprendiz del diabólico Queipo de Llano.

—«... por lo que la ofensiva de las tropas del Generalísimo Franco sobre Cataluña ha dado comienzo esta mañana, principalmente en el sector ocupado por el XII Cuerpo de Ejército, mandado por el comunista Etelvino Vega Martínez. Por el río Segre, a veinte kilómetros al norte de la confluencia con el Ebro, en Mequinenza, atacaron el Cuerpo Italiano y el Cuerpo de Navarra, al mando de los generales Gastone Gambara y José Solchaga Zala, respectivamente. Una vez cruzado el río, los sorprendidos defensores claudican de inmediato al ser abandonados cobarde y cruelmente por sus oficiales. Así pues, el frente ha quedado roto en el primer día de nuestra decisiva ofensiva por la liberación de Cataluña...»

La liberación de Catalunya.

¿Por qué los «salvadores» siempre «liberaban» según sus creencias y circunstancias, aunque los «salvados y liberados» no lo quisieran?

Queipo de Llano había dicho: «De Madrid haremos una ciudad, de Bilbao una fábrica, de Barcelona un solar».

Arrasarlo todo.

Como en 1714.

Ésa era la última verdad.

Apagó la radio. No eran las mejores noticias, aunque cabía la duda de que fueran tan falsas como los gritos de victoria republicanos.

—Miquel…

Se levantó de inmediato. Lo llamaba muy pocas veces, pero cuando lo hacía era por motivos serios. Entró en la habitación con la angustia mal disimulada en sus facciones.

—Perdona, es que quería un poco de agua.

—Te la traigo ahora mismo.

Fue a la cocina. Llenaban el cántaro en la fuente de la esquina. Quimeta decía que el sabor del agua en el cántaro de loza era mucho mejor. Regresó con un vaso en la mano.

—Tómatela despacio, que está muy fría —le aconsejó.

La ayudó a incorporarse un poco y permitió que fuera ella misma la que bebiera un par de sorbos. Luego se lo dejó al lado, en el suelo, para que pudiera alcanzarlo con sólo alargar la mano, aunque lo necesitase a él igualmente para beber con un mínimo de comodidad. Al dejarla de nuevo apoyada en la almohada se encontró con sus ojos, siempre lúcidos bajo la tempestad anímica.

—Eres un buen policía —le dijo.

—Gracias.

—Mucha gente te debe favores.

Y muchos le odiaban, aunque nunca se hubiera metido en excesivos problemas ni significado en nada especial, pero eso no se lo aclaró.

—Alguien ha de ayudarte, ¿no?

No se trataba de que jamás hubiera pedido un favor a nadie. Se trataba de que todos aquellos a los que pudiera pedírselo estaban camino de la frontera, con Vicenç y los Soler.

—Habrá mucho caos.

—Tú y tu carácter —jadeó Quimeta.

—Tú y tu fe ilimitada en mí.

—Eres capaz de trabajar hasta el último momento.

Otra vez Reme, y Merche, y su maldito sexto sentido.

—¿Me vas a tener aquí de cháchara toda la noche?

—¿Qué decía la radio?

El cáncer la devoraba a bocados atroces, pero mantenía su fino oído para determinadas cosas.

—Que se combate encarnizadamente por el Segre, en Mequinenza...

—¿Cuántos hijos habrán de caer todavía por nada?

A veces se sentía atrapado, hiciera lo que hiciese, dijera lo que dijese.

—Descansa.

Sonó más a orden que a recomendación.

—No te pases la noche en vela. —Su esposa suspiró mientras él caminaba hacia la puerta de la habitación—. Luego de día no hay quien te aguante.

Día 2

Martes, 24 de enero de 1939

7

Los periódicos de la mañana no diferían mucho de los del día anterior. Soflamas y argumentos para la resistencia, siempre apoyados en una fe ciega en la victoria. La principal noticia era la resolución del Consejo de Ministros declarando el estado de guerra en todo el territorio de la República, como le había adelantado Amadeu Sospedra. La nota oficial manifestaba que, reunido el Gobierno el domingo 22 de enero bajo la presidencia del doctor Negrín,

> ... se acordó mantener la residencia del Ejecutivo en Barcelona, si bien desde hace tiempo adoptó las medidas necesarias para garantizar, ante cualquier eventualidad, el trabajo continuo de la administración del Estado y de la obra de Gobierno, preservándolas de las perturbaciones inherentes a las continuas agresiones aéreas de las que es objeto la capital catalana.

Se añadía que

> ... el Consejo de Ministros ha examinado la situación creada por la ofensiva de los invasores y rebeldes, acordando nombrar una ponencia compuesta por el ministro de Trabajo, consejero de Asistencia Social de la Generalitat y el alcalde de Barcelona, para proceder a organizar la evacuación ordenada y metódica

de la población civil afectada por las obras de fortificación y defensa.

La reunión, que había dado inicio pasadas las diez de la noche del domingo, concluyó en la madrugada del lunes 23 de enero. Lo que ya se sabía se convertía en letra impresa dos días después.

A Miquel Mascarell se le antojó una noticia tardía. El éxodo barcelonés hacía que lo demás sonara antiguo, irrelevante. La distancia entre la realidad y la ansiedad se hacía abismal. El bando militar no era muy distinto. Juan Hernández Saravia, general del Ejército, comandante del Grupo de Ejércitos de la Región Oriental, hacía saber:

> Que el Gobierno, en virtud de la facultad que le confiere el artículo 42 de la Constitución y por Decreto publicado en la *Gaceta* de hoy, ha acordado declarar el estado de guerra en todo el territorio de la República.
>
> Quedan suspendidos en el citado territorio los derechos y garantías que se consignan en los artículos 29, 31, 34, 38 y 39 de la Constitución de la República.
>
> Durante el tiempo de esta suspensión, regirá la Ley de Orden Público.
>
> Las autoridades civiles continuarán actuando en todos los negocios de sus respectivas competencias que no se refieran al Orden Público, limitándose en cuanto a éste a las facultades que la autoridad militar les delegare y deje expedidas.
>
> Transcurridas veinticuatro horas de la publicación de este bando, se aplicarán las penas del Código de Justicia Militar.

Leía mientras caminaba. Ya era un experto en hacerlo, sin tropezar, sin caerse del bordillo o meter el pie en un socavón. Hacía demasiado tiempo, multiplicado todo por el desarrollo negativo de la contienda, que cumplía con su cometido andando, yendo de un lado a otro de Barcelona a veces a un paso que se le hacía eterno, pero necesario para no alterar en demasía su quebrantada salud. Su fama de hombre tranquilo, taciturno, de gesto grave y pocas alegrías, agravada desde la muerte de Roger, convergía ahora en aquella amarga espera.

Cada paso, de hecho, era como si lo diera en círculos.

No iba a ninguna parte.

Aunque trabajara, o lo fingiera, o lo creyera.

La calle en la que vivía Reme era estrecha y tenía nombre de santo: Sant Gabriel, a la izquierda de Salmerón según se subía. Cortaba la Travessera de Gràcia aunque el tramo inferior era mucho más pequeño que el superior. No recordaba haber vuelto a pasar por allí desde la última vez que se llevó a la madre de Merche. La casa de la esquina se había caído, por vieja o por una bomba ciega, y dificultaba el paso. Salvó los cascotes que nadie tenía intención de retirar y se orientó por última vez. En su fuero interno no dejaba de decirse que aquello era una pérdida de tiempo, que la muchacha habría vuelto la noche pasada, y aunque no fuera así... ¿quién le decía que no estaba camino de la frontera, con un novio del que su madre no sabía nada?

—¿Qué más da? —se dijo en voz alta.

No le gustaba hablar solo. Y cada vez lo hacía más. Sobre todo por la calle, en sus largas caminatas en pos de una información o siguiendo una investigación.

—Tanto da quemar las horas muertas de una forma o de otra.

No llegarían en son de paz. Primero sí, triunfales, prometiendo serenidad, comida, abriendo los brazos. Pero después... ¿Cuándo un conquistador ha sido magnánimo con el derrotado? Tanto daba que se estuviese en la primera mitad del siglo XX. La barbarie siempre era la misma. En la Antigüedad los ejércitos entraban a sangre y fuego. Arrasaban, saqueaban, violaban, mataban y quemaban a su paso. Ahora el grado de civilización quedaba a merced del odio y su dimensión. Igual que en 1714. Se trataba de exterminar a un pueblo.

—Por eso tuviste que morir, hijo.

No, Roger había muerto por defender la legalidad, a la República, la democracia…

¿A quién quería engañar?

Dejó de pensar en todo aquello, aunque sin arrancarse la maldita cuña que le ardía cada vez que pensaba en su hijo, cuando vio el tumulto en mitad de la calle.

Justo frente a la casa de Reme.

Se guardó el periódico, doblado, en el bolsillo derecho del abrigo. No tuvo que sacar su credencial de inspector de policía. A la gente le bastó con verlo mientras se abría paso entre ellos. Como si lo llevara escrito en la frente. La mayoría eran mujeres, en una proporción de cuatro a uno. Los hombres, ancianos, eran los más callados. Ellas por contra hablaban en voz alta.

Una mezcla de impotencia y estupor.

El clamor murió cuando llegó al centro de su interés.

Reme llevaba la misma ropa del día anterior, aunque sin el abrigo, así que la reconoció a pesar de estar caída de espaldas, sobre el gran charco de sangre todavía a medio secar. Su cuerpo parecía no tener ni un hueso sano, porque la postura, además de imposible, era grotesca. La cara se le había quedado medio empotrada entre dos adoquines, con la boca a un lado, en un rictus de estupidez.

—¿Qué ha sucedido?

Nadie le respondió. Un par de mujeres dieron media vuelta, llevándose de allí a sus hijos. El pudor surgía de pronto. Algunos ojos se mostraban hipnotizados ante el cadáver. Para los más, la mueca era de tristeza.

—Vamos, vamos —subió el tono de su voz, hasta hacerlo conminante.

Entonces sí sacó su credencial.

—Se ha caído, ¿no lo ve? —escuchó a una mujer a su izquierda.

—¿Alguien lo ha visto?

La respuesta fue el silencio.

—¿Cuándo ha sucedido?

—Hará cosa de una hora o menos —dijo la misma mujer.

Las demás asintieron. El valor de la primera disparó la voluntad de otras dos.

—Hemos escuchado el ruido.

—El ruido, sí, muy fuerte.

Miquel Mascarell miró hacia arriba. Algunas mujeres más permanecían asomadas viendo la escena. No recordaba el piso de Reme, ni sus ventanas o…

—El tercero —se ofreció a ayudarle la primera de las mujeres que había roto el silencio.

—¿El del balconcito…?

—Sí, sí, señor.

Se mordió el labio inferior. No tenía estómago para inspeccionar el cadáver. Ni estómago ni ganas, y menos allí en medio. Y sin embargo era necesario aproximarse y escrutarlo, como había hecho otras veces.

—Ojalá entren de una vez y esto termine —suspiró otra mujer, indefinida entre el resto.

—¡Cállese!, ¿quiere? —la reprendió una segunda.

—Si es que vamos a terminar todos así —insistió la derrotista.

—¿Quiere callarse? —se puso amenazadora la más combativa.

—¿Y su hija? —preguntó él.

No hubo respuesta.

—¿Conocen a Mercedes Expósito? —insistió.

Algunas de las testigos asintieron con la cabeza.

—¿Alguien la ha visto?

—No —dijo la primera de las dos que habían hablado un poco antes.

—Llevaba dos o tres días sin aparecer por casa —sentenció

su compañera. Y mirando al resto aclaró—: Me lo dijo ella. Estaba muy preocupada.

Merche continuaba desaparecida.

Lo esperaba todo menos aquello. Que Merche hubiera vuelto, que Reme le llorara y le suplicara un imposible, que tuviera que decirle que en Barcelona ya no quedaba nadie con quien contar. Cualquier cosa.

Aquello sin embargo era la puntilla.

—¿Alguien la ha oído gritar?

Silencio.

—¿No ha habido grito? —Los abarcó a todos.

—Cuando alguien se tira por una ventana no grita —pronunció uno de los ancianos, apoyado en un bastón.

Las mujeres se volvieron hacia él y levantó la barbilla con desafío.

—La pobrecilla ya no podía más, claro. —Abortó una lágrima una señora menuda, más redonda que alta.

Daban por sentado que había sido un suicidio.

Miquel Mascarell se acercó un poco más al cadáver, procurando no pisar la sangre. Se arrodilló a su lado y lo miró con una mezcla de ternura y dolor. Veinticuatro horas antes Reme le había pedido ayuda. Un grito en el desierto. Y de hecho no hizo más que quitársela de encima, aunque luego entrase en el hospital a preguntar, y aunque estuviese allí a primera hora de la mañana para ver si su hija había regresado. En la comisaría se la quitó de encima.

Ahora estaba muerta.

Pero suicidada…

Calculó la distancia de su balconcito a la calle. El salto había tenido que durar un simple segundo. Ni siquiera dos. Uno o menos. Si Reme hubiese saltado de cara, como era lo lógico, se habría dado la vuelta en el aire y el impacto habría sido de espaldas, o le habría sorprendido a mitad de la vuelta, es decir, de cráneo, en vertical. En caso de no suceder ninguna de esas dos cosas, había caído de cara, sí, pero con la cabeza apuntando a la acera de enfrente. Sin embargo, por la forma del cuerpo en el suelo, boca abajo y con la cabeza apuntando a su propia casa, el salto parecía haberse producido de espaldas y desde luego había dado un giro en el aire.

Nadie se suicidaba saltando de espaldas.

Quedaba un segundo detalle: el instinto hace que ante el impacto los brazos busquen la protección final, delante del rostro.

Y Reme no se había protegido.

Si alguien la había empujado o golpeado, ya estaba inconsciente al caer.

Dominó las náuseas, venció la arcada que nacía en su estómago y apartó el cabello de la porción de cara que le era visible.

La contusión quedaba a la altura del ojo, y afectaba también al pómulo. Un golpe que raramente tenía que ver con el impacto de la caída sobre los adoquines, brutal y traumática.

—¿Quién estaba cerca cuando se cayó? —preguntó a sus espectadores.

Nadie dijo nada.

—¿Quién fue la primera persona que llegó?

Se miraron unas a otras. Apenas hubo unos murmullos.

—Yo vine cuando tú me llamaste.

—Yo al escuchar el grito de ella —señaló a otra mujer.

—Yo salí con Marciala.

—Yo...

Continuó inspeccionando el cuerpo. Sabía el resto de las respuestas. Nadie había visto nada. Nadie había retenido el detalle frente al todo. El efecto catárquico de la muerte las paralizaba, colapsaba los sentidos, a pesar de que en el transcurso de la guerra quien más quien menos se había familiarizado ya con los muertos.

—Pobre Reme —lo resumió todo uno de los pocos hombres.

El único indicio anómalo era el del ojo y el pómulo. Se incorporó resoplando y les dio la espalda a los testigos para entrar en la casa. Unos años antes había sacado casi a rastras a la ahora muerta para llevarla a la comisaría después de que un cliente la denunciara. La portería estaba como la recordaba, y la escalera olía a lo mismo que entonces, a sofritos pegados a las viejas paredes. Subió al tercer piso y se encontró con una mujer esperándole en el rellano. No había más luz que la que provenía del interior de su casa, difusa y lúgubre. La mujer, unos cuarenta y muchos años, rostro cuadrado, grave, con un moño muy prieto, llevaba un delantal a cuadros por encima de un grueso jersey. Sus manos eran grandes y estaban muy rojas, con sabañones evidentes. Calzaba unas alpargatas medio destrozadas.

—Buenos días —la saludó.

—¿Quién es usted?

Le mostró la credencial.

—No sabía que les hubieran llamado.

No se molestó en explicárselo.

—¿Era su vecina?

—Sí, señor.

—¿Tiene la llave de su piso?

—No, claro —se envaró.

—¿Qué puede contarme?

—No oí nada. Los gritos de la calle antes de asomarme. Sólo eso. Cuando me di cuenta de que era ella me quedé... —Se llevó una mano a la boca.

—¿Cuándo la vio por última vez?

—Ayer.

—¿A qué hora?

—Por la tarde. Estaba muy preocupada por su hija Merche.

—Ha desaparecido, lo sé.

—Ya no sabía qué hacer la pobre. —Cruzó los brazos por debajo de su prominencia pectoral—. Ni tampoco a dónde ir.

Creo que fue a la policía por la mañana, pero me consta que no le hicieron caso, que ya no quedaba nadie. Eso fue lo que me dijo.

—¿Cree usted que Mercedes se ha ausentado por alguna razón?

—No. —Plegó los labios alargándolos por ambos lados.

—Era su vecina, tendrá su propia teoría.

—Mire usted, esa chica… —El gesto se hizo pesaroso, como si le costara o no quisiera hablar.

—Siga.

—Demasiados hombres.

—Era una niña, ¿no?

—¿Niña? En una guerra no hay niñas, y ella desde luego hace mucho que no lo era, aunque la edad dijera lo contrario.

—Así que le gustaban los pantalones.

—Sí.

—¿Salía con muchos…?

—Mire, yo no soy quién para juzgarla aunque… —Decidió no comprometerse—. También es normal, guapa, con tantas necesidades… Pero Remedios no quería verlo, estaba ciega. Para ella, su hija lo era todo. Una bendición. Los demás tenemos ojos en la cara.

—¿Se dedicaba la chica a la prostitución?

—¡No! —Bajó el tono para agregar—: Al menos que se sepa, pero… no, no —ahora se hizo más terminante—. Tenía la cabeza llena de pájaros, nada más. Y no paraba en casa. Yo no sé qué hacía todo el día por ahí.

—¿La vio alguna vez con alguien?

—A veces la acompañaban jóvenes, hasta la esquina, o hasta la puerta de la calle.

—¿Algún nombre?

—No. Eran desconocidos para mí.

—¿Y sabe de alguien que supiera más de ella, una amiga, otra vecina…?

—No, de nadie. Remedios tampoco era de las que hablaban con todo el mundo. Algunas vecinas no le perdonaban que antes hubiera tenido…

—Conozco el pasado de Reme, no se preocupe.

—Ah. —Fue lacónica.

Miquel Mascarell dirigió una mirada hacia el interior del piso de la mujer. No se veía a nadie.

—Necesito entrar en casa de su vecina.

—Puede saltar desde mi galería, si quiere. —Se apartó ella de inmediato para franquearle el paso.

8

La distancia no era excesiva, pero la acción no dejaba de representar cierto riesgo. Tuvo que pasar una pierna por el otro lado del tabique de separación de los dos pisos, quedar colgado de ambas partes, en tierra de nadie, sentado con una pierna en cada barandilla, con la posibilidad de resbalarse y caer, y luego, tras afianzarse hasta sentirse seguro, pasar la segunda pierna y llevar su poco ágil cuerpo hasta su destino. Estuvo a punto de venirse al suelo cuando se soltó, ya en la galería de la casa de Reme. Trastabilló un par de pasos y se apoyó en la barandilla. El patio comunal era pequeño, casi podía tocarse la pared del otro lado con extender una mano. Por el hueco superior se veía un pedazo de cielo azul.

Entró en el piso de Reme por la puerta de cristal de la galería. Se encontró en una cocina diminuta, tan limpia como vacía. Ni rastro de comida por ninguna parte. Los fogones de leña parecían no haberse utilizado en mucho tiempo, porque no había rastro de astillas ni de ceniza y mucho menos carbón. La muerta debía de ser una maniática de la limpieza, algo característico en muchas prostitutas y ex prostitutas. La necesidad de quitarse las huellas del pasado imponía unas reglas propias.

La casa no es que estuviera limpia, es que estaba vacía.

Reme y su hija Merche vivían tan en precario que…

Primero fue al comedor, para inspeccionar el balcón por el

que había caído la mujer cuyo cuerpo yacía en la calle. Los restos de los cristales de las puertaventanas estaban en el balcón. O Reme se había vuelto loca, atravesando las puertas y llevándose por delante los cristales en lugar de saltar limpiamente desde el balcón, o a alguien se le había ido la mano al golpearla, de modo que la violencia del impacto la impulsó hacia atrás y cayó por encima de la barandilla.

—No te suicidaste, ¿verdad? —le preguntó al balconcito.

Los restos del forcejeo se hacían evidentes para el más lerdo a poco que prestara atención a los detalles: dos cuadritos caídos, un cubo de metal volcado y el agua que contenía esparcida por el suelo y ya casi seca, una arqueta de vieja madera desplazada unos centímetros de su posición habitual y atravesada junto a la pared...

Salió al balcón. Abajo la escena seguía casi igual, congelada en el tiempo y el espacio. El cadáver de Reme y el círculo de curiosas y curiosos, hablando en voz baja, observando aquel quebranto de la vida en forma de muerte inesperada. Si alguna de las testigos se retiraba, otra la sustituía. Los caminantes se acercaban a preguntar qué había sucedido, aunque a aquellas alturas ya nadie se sorprendía de encontrar un muerto en cualquier sitio.

Regresó al interior del piso, se subió el cuello del abrigo, porque allí hacía mucho frío, e inspeccionó la vivienda de las dos mujeres.

La expresión «vacío» cobraba allí una interpretación literal.

No había nada.

Nada.

Reme y su hija vivían en la indigencia; por lo menos la primera, porque en la habitación de la muchacha el panorama era diferente, y más desconcertante. La ropa, sin duda excesiva en cantidad tratándose de una joven, se hallaba perfectamente plegada en los estantes o colgada de las perchas. El armario ya no tenía puertas. Vio abrigos, jerséis, sueters, combinaciones, medias, zapatos... Y no eran los propios de su condición humilde. La ropa era buena, de calidad, las prendas de invierno gruesas, los zapatos, un lujo incluso por cantidad. Si Merche no se dedicaba a la prostitución, como su madre en sus buenos años, tenía a alguien que la mantenía como una princesa a falta de ser una reina. O eso o había asaltado un almacén de ropa.

Inspeccionó minuciosa y pacientemente las prendas plegadas o colgadas, sin dejar un detalle o un bolsillo pasados por alto. No encontró nada, ni una entrada de cine o un recuerdo perdido. Hizo lo mismo con los fondos del armario y tres cajones que había en la parte de la derecha. En ellos descubrió algunos retratos viejos, dos pulseras y tres anillos baratos, un abanico, un relojito que ya no daba la hora, una flor seca y un bolso de fiesta nacarado, muy deteriorado. Ninguna carta, ningún indicio de nada, y menos una dirección o cualquier detalle para iniciar una investigación.

Abandonó el armario y se concentró en la habitación.

No había cama. El colchón estaba sobre el suelo, directamente. La cama se había convertido en madera para calentar las frías noches de los tres inviernos en guerra. Se agachó para palparlo, palmo a palmo. Luego lo olió. Casi se sintió como un fetichista, porque el aroma era el de una mujer joven. Aspiró el leve perfume esparcido por aquella breve geografía cubierta por dos mantas roñosas. Cuando las apartó descubrió otros detalles más ínfimos, pero reveladores. La manchita de sangre no lavada de alguna menstruación reciente, el zurcido habitual para evitar males mayores al dormir, la estampita bajo la almohada. De san Cristóbal.

Se quedó con el aroma del perfume. No entendía de olores ni mucho menos de marcas. Tanto podía ser una simple lavanda como algo de mucha mayor prestancia. Pero la botellita no estaba a la vista.

Apartó el colchón empujándolo con ambas manos, aunque ni era grande ni se le resistió por el peso.

La baldosa suelta estaba justo debajo de la parte del colchón donde reposaba la cabeza de Mercedes Expósito. Ni siquiera parecía estar disimulada. La levantó con el dedo índice de la mano derecha e impidió que cayera del otro lado. De un hueco bajo la baldosa, de unos cinco centímetros de profundidad, extrajo una respetable cantidad de dinero, principalmente para tratarse de una chica que aún no había cumplido los dieciséis años. Contó las pesetas, inservibles en cuanto terminara la guerra, y especuló sobre la forma en que la joven habría podido conseguirlas, si no era vendiendo su cuerpo.

—¿Qué hacía tu hija, Reme?

Dejó el dinero en su sitio, devolvió la baldosa a su posición y arrastró de nuevo el colchón hasta situarlo en su lugar. Cuando Merche regresara tal vez lo necesitara todo, al menos para sentirse segura mientras pudiese. Luego se levantó y concluyó la inspección de la habitación palpando las cuatro paredes en busca de lo inimaginable.

En el resto de la casa había poco más digno de atención, salvo la botellita de colonia, no demasiado cara, una simple Lavanda Puig, que esperaba medio llena junto al lavadero, el lugar en el que madre e hija debían de lavarse cuando podían.

Su último examen fue la habitación de Reme.

Las fotografías, cinco, no tenían marcos, a excepción de una, que sí lucía uno de hierro muy trabajado, con hojas de acanto en los ángulos. Probablemente no valiese nada, por eso seguía allí. En ella se veía a un hombre y una mujer el día de su boda. Era del siglo anterior, por lo que dedujo que se trataba de los padres de la propia Remedios. El resto, de gruesa cartulina, se apoyaba en la pared y descansaba sobre un baúl centenario, de cuero ennegrecido. Salvo un retrato de la dueña de la casa, joven y guapa, retocado por el mismo profesional que lo había hecho, y otro de Mercedes, no supo a quién pertenecían las restantes. La de Mercedes debía de ser reciente, un año, dos a lo sumo, o como mucho de muy poco antes de la guerra, porque en la imagen de la muchacha, aun siendo una niña, ya despuntaban los rasgos de una mujer hermosa, de sonrisa franca y ojos vivos, rostro angelical, labios carnosos y bellamente dibujados sobre el óvalo de la cara, cabello muy negro, primorosamente peinado. Una versión mejorada de su madre. Un regalo para los sentidos.

La miró por espacio de unos segundos.

Sí, un regalo para los sentidos abriéndose a la vida en mitad de una guerra civil.

Ojalá Roger le hubiera llevado a casa algún día a una muchacha parecida a aquélla, feliz, enamorado, para hacerla su esposa, tener hijos, darle nietos a él y a Quimeta. Hijos y esperanza. La vida vulgar y corriente en un país en paz, en una España normal, en un mundo civilizado.

La fotografía le hizo daño.

La tomó entre las manos y optó por llevársela. Se la guardó en el bolsillo izquierdo del abrigo. Tal vez le hiciera falta. Tal vez ya nadie la reclamase si, como pensaba, Mercedes Expósito se había ido de Barcelona.

Aunque todavía faltaba la razón por la que no se había despedido de su madre.

Regresó al comedor, al balcón, comprobó los pedazos de los cristales rotos, casi uno por uno, con detalle, por si hubiera sangre en alguno de ellos. Examinó el tamaño de todos para deducir la intensidad del golpe y el ángulo de rotura. También miró los que todavía seguían pegados al marco, con aristas como cuchillos. Intentó no dejar pasar nada por alto y acabó rindiéndose a la evidencia.

No había nada más.

Salvo la firme convicción de que Reme no había saltado al vacío por decisión propia.

9

Las llaves del piso estaban en un bolsillo del abrigo de Reme, y el abrigo colgado de un clavo en el recibidor, a espaldas de la puerta. Las guardó en el bolsillo derecho de su abrigo, junto al periódico doblado, para no dañar la fotografía de Mercedes Expósito, que ahora le pesaba y le gritaba como un eco perdido resonando en su cabeza.

Salió en silencio, pensativo. La vecina de la puerta frontal ya no se encontraba en el rellano. Miró arriba y abajo de la escalera y se decidió por la planta superior. Mejor subir uno más ahora y bajar el resto que no descender una planta y luego tener que ascender dos. Tres años comiendo de racionamiento, y cada vez peor, no favorecían una buena resistencia física. Los veintiún peldaños, contados uno a uno, le hicieron jadear casi tanto como la subida de las tres plantas un rato antes. Primero llamó a la puerta de la derecha. Dos veces. A continuación hizo lo mismo con la de la izquierda. Otras dos veces. Nadie abrió y se encaminó con parsimonia al segundo piso. Su tercer intento tuvo el mismo éxito que con los dos de arriba.

Al cuarto, la puerta situada inmediatamente debajo de la de Reme y su hija, le abrió una mujer muy entrada en años, más de setenta, quizás ochenta. Era diminuta, como casi todas las ancianas, y su piel de pergamino formaba una máscara blanquecina en mitad de la penumbra que lo invadía todo y por encima de su cuerpo, enlutado de pies a cabeza. Su semblante era apacible.

—Buenos días, señora —le deseó.

Y acompañó su gesto mostrándole la credencial de inspector de policía.

—¿Sí? —vaciló ella sin acertar a comprender de qué iba la cosa.

—Inspector Mascarell, Miquel Mascarell.

La reacción de la mujer fue desconcertante.

Rompió a llorar.

—Señora... —no supo qué decir él.

—Perdone, es que mi marido, en paz descanse... era sereno, ¿sabe usted?

No le encontró la menor asociación, pero tampoco se mostró perplejo o grosero.

—Estoy investigando lo sucedido con su vecina.

—¿Qué vecina?

—La señora Remedios, la que vive encima de usted.

—¿Qué le ha sucedido?

No quería explicárselo. Camino cerrado. Buscó la forma de retirarse elegantemente pero tuvo su cuota de suerte. Primero escuchó la voz, procedente de la escalera.

—¡Abuela!, ¿qué hace?

Volvió la cabeza y se encontró con una joven de unos veinte años, uno arriba o abajo. Llevaba un abrigo de color castaño que probablemente había pertenecido ya a su madre o a una hermana mayor. Estaba muy delgada y mantenía el cabello recogido con pinzas, de forma que los rasgos del rostro se hacían aún más entecos. Cuando la muchacha llegó al rellano se metió en el piso, como si el visitante intentara colarse dentro.

—Adelina, este señor... —intentó explicárselo la anciana.

—¿Qué quiere?

Estaba muy pálida.

—... es policía —acabó de decir su abuela.

Miquel Mascarell le mostró la credencial.

—¿Es por lo de la señora Remedios? —preguntó la recién llegada.

—Sí.

—¿Quién les ha avisado?

—Era amiga mía. Venía a verla por lo de su hija Merche.

Les sobrevino un silencio apenas instaurado.

—¿Qué pasa, Adelina?

—Nada, abuela. Métase dentro, que está en medio de la corriente y como se resfríe vamos dados —la apremió su nieta.

Hizo algo más: la empujó con suave firmeza hacia el interior de la casa. La mujer no puso la menor resistencia. Lo del resfriado había sido determinante. Una vez solos, Adelina entornó la puerta.

—Oiga, lo de la señora Remedios ha sido... —Se llevó una mano a la boca, a punto de echarse a llorar.

—¿Ha visto u oído usted algo?

—No, he salido a ver cómo estaban las cosas, si habían traído comida, y ahora mismo he visto el cuerpo en la calle. Dios mío... —Se estremeció—. ¿Sabe usted qué ha sucedido? Dicen que se ha tirado por el balcón.

—¿Usted lo cree?

—Si creo ¿qué?

—Que se ha suicidado.

La pregunta actuó igual que una leve bofetada.

—No lo sé —admitió—. Aunque en estos días...

—¿Conocía usted bien a la señora Remedios?

—Bueno, era la vecina del piso de arriba.

—¿Pero la conocía bien?

—No sé qué decirle. Nadie conoce bien a los demás, ¿no? Ella era una mujer poco habladora, reservada, con un punto amargo debido a su pasado.

—¿Sabía a qué se había dedicado?

—Sí.

—¿Y?

—Era su vida. —Se encogió de hombros—. Supongo que a otras vecinas les parecería mal. Sobre todo a las más mayores.

—Un criterio moderno.

—¿El mío? Sí.

—¿De qué vivían ella y su hija?

—De lo que podían. La señora Remedios limpiaba casas, aunque últimamente...

—¿Dónde?

—No lo sé.

—¿Subían hombres arriba?

—Ya no, se lo aseguro. Eso se habría sabido. Y además, ella ya estaba muy mayor. Aunque por su hija habría sido capaz.

—¿La quería mucho?

—¿A usted qué le parece? —Se cruzó de brazos.

—Una chica muy guapa.

—Guapísima.

—¿Qué puede decirme de ella?

—Apenas la veo.

—¿No son amigas?

—No. —Fue categórica—. Nos llevamos demasiados años para tener cosas en común. Si nos encontramos aquí, en la escalera, nos saludamos, intercambiamos unas palabras y ya está. Lo único que sé de ella es lo que se dice por ahí, los rumores, los comentarios... Y esas cosas suelen salir siempre de las malas lenguas. —Hizo un gesto de fastidio.

—¿Qué se dice?

—Pues lo típico, que va por mal camino, como su madre años atrás.

—Entonces, alguien ha debido de verla acompañada.

—No lo sé. —Ahora el gesto fue de indiferencia—. A veces las guapas nacen con una especie de maldición.

Suspiró y hundió en su visitante dos ascuas negras que lo atravesaron desde una distancia muy corta. El inspector supo captar justo a tiempo la intención, el desasosiego, el resquemor, antes de que ella plegara de nuevo las velas de su resentimiento. No hablaba sólo de Mercedes Expósito. Hablaba del mundo en general, de la división entre tener y no tener. Su vecina de arriba era una rosa abriéndose a la vida.

A ella la vida le daba las espinas.

—¿Sabe de alguien que la conozca bien?

—¿Por qué?

—Mercedes ha desaparecido.

—¿Ah, sí? —Abrió por completo los ojos.

—Lleva tres noches sin pasar por su casa. —Apuntó al piso superior.

—No sabía…

—¿Conoce a alguien?

—El Oriol —dijo rápidamente.

—¿Quién es el Oriol?

—El chico de la carbonera, la señora Marianna, subiendo calle arriba, la segunda esquina a la derecha. Alguna vez he oído decir que son o fueron medio novios, o al menos que él bebía los vientos por ella, aunque eso…

—¿Qué?

—Más de uno de la escalera la repasa a base de bien con la mirada cada vez que la ve.

—Y ella, ¿es coqueta?

—Claro. —Distendió los labios hacia los lados—. Joven, simpática… Siempre se ríe. Y en estos días, que alguien ría es algo muy extraño, ¿no le parece?

Asintió con la cabeza. Empezó a subir más gente por la escalera, hablando a gritos. Las vecinas regresaban a sus pisos después de permanecer en la calle, junto al cuerpo de Reme, formando parte de la escena en primera fila. Miquel Mascarell no tenía más preguntas pero se quedó unos segundos quieto, por si captaba algo de interés. Las voces se quebraron al verle en el rellano con Adelina.

—Es policía —aclaró rápido—. Investiga la muerte de la señora Remedios. ¿Sabían que su hija Merche ha desaparecido?

—¡No! —Se llevó una mano a la boca la primera.

—¡Si es que en estos días…! —se escandalizó la segunda.

Se detuvieron en el rellano y a él le pareció que era el momento de retirarse. Una conversación a tres bandas era difícil, pero más aún un interrogatorio. Y con mujeres afectadas.

—Buenos días —se despidió de todas ellas. Y dirigiéndose a Adelina agregó—: Gracias por su ayuda.

10

En la carbonería no había carbón. Más aún, era como si alguien hubiese rebañado las paredes, hasta retirar toda huella o residuo de polvo, para aprovecharlo. Y una carbonería sin carbón era como una antesala del infierno, un espacio ennegrecido y situado fuera del tiempo. La puerta que daba al exterior marcaba el camino de la luz. La que daba al interior se asemejaba a una gruta misteriosa, la cámara oscura de los horrores.

—¡Buenos días!

No obtuvo respuesta. Tal vez la señora Marianna fuese una de las que seguía rodeando el cuerpo de Reme, calle abajo, cubierto ahora con un trapo a modo de sudario. No había miedo de que alguien le robase nada. La vida se había detenido para todos. Paralizada a la espera de volver a ponerse en marcha. Cuando allí hubiese carbón de nuevo, el viejo mundo ya no existiría, en su lugar habría otro.

¿Por cuánto tiempo?

Se sintió incómodo con aquella negrura llena de malos presagios. Era como si ya estuviese en el futuro. Diez, veinte, treinta años. Un futuro que, de todas formas, no vería. El mundo le había dado la espalda a la República Española, así que los vencedores hundirían sus garras en el poder, arrasando cualquier resistencia, con la menor capacidad de…

—¿Oiga?

Quería echar a correr, irse de aquel siniestro espejo, pero no cedió al atisbo de pánico y caminó hasta la puerta que daba acceso al interior. La vivienda no era más alegre que la tienda, aunque estaba más limpia. Una ventana daba a un patio y por lo menos la luz diseminaba su benefactora influencia por la estancia. No quiso empezar a abrir puertas y lo intentó por tercera vez.

—¿Hay alguien?

Una voz emergió de alguna parte.

—¡Aquí!

Miquel Mascarell trató de situarla.

—¿Oiga? —vaciló.

—¡Aquí! —repitió la voz.

Y la acompañó de una serie de golpes.

Era la puerta más alejada. Frunció el ceño y se acercó a ella. El último golpe murió al otro lado. Se la quedó mirando sin saber muy bien qué hacer.

—¿Puede salir, por favor?

—¿Cómo quiere que salga si está cerrada con llave? ¡Sáqueme de aquí!

Puso una mano en el tirador y lo probó. Cerrada.

—¿Qué hace ahí dentro?

—¡Maldita sea! —El prisionero descargó toda su furia en la madera.

—¿Quién es usted? —preguntó el policía.

—¿Quién voy a ser? ¡Oriol! ¿No puede hacer algo antes de que ella vuelva?

—¿Su madre?

—¡Sí!

—Pero por qué…

No pudo seguir hablando. Otra voz, ésta de mujer, y procedente de la entrada, le cortó el flujo de pensamientos contradictorios.

—¿Quién es usted? ¿Qué hace aquí?

La señora Marianna era la carbonera, con o sin carbón. Como si llevase pegado el hollín de toda su vida en el pelo, las manos, las uñas, los ojos o la negrura de sus ropas, medias y zapatos. Por entre aquella sensación de noche eterna brillaban como faros los dos lagos formados por el blanco de los ojos en torno a las pupilas.

—Perdone, señora. —Le dio la espalda a la puerta detrás de la cual estaba encerrado su hijo y se enfrentó a ella, credencial en mano para tranquilizarla—. Soy policía.

Lo hizo todo menos eso, tranquilizarla.

—¡Ay, no, por Dios, no lo haga!

—¿Hacer qué?

—No se lo lleve, por favor, señor... No se lo lleve. No es más que un niño... ¡Y ni siquiera le toca!

La súplica se convirtió en rendición. La mujer se abrazó a sí misma y empezó a llorar, con la cabeza caída sobre el pecho. La imagen de la más absoluta derrota. Al visitante empezaron a zumbarle los oídos.

—¡Mamá! —gritó el chico dando un enésimo golpe a la puerta.

—Señora, no sé de qué me está hablando —intentó tranquilizarla—. Pero no he venido a llevarme a nadie, se lo juro.

—¿Ah, no? —vaciló por encima de su ataque de ansiedad.

—¿Qué está pasando aquí? ¿Por qué tiene a su hijo encerrado?

—¿Y usted qué quiere?

—Hablar con él, nada más.

—¿De qué? —Volvió la desconfianza.

—De Mercedes Expósito.

—¿La hija de la señora Remedios?

Volvió la cabeza, en dirección a la carbonería y, más allá, la calle. Sí, la señora Marianna venía del tumulto. Ya conocía la noticia y había sido testigo de ella.

—¿Por qué tiene a su hijo encerrado? —repitió la pregunta.

—¡Sólo tiene quince años! —se agitó otra vez.

—¡Voy a cumplir dieciséis, mamá! —tronó la voz del chico desde detrás de la puerta que lo mantenía prisionero en su propia casa.

Lo comprendió de pronto.

La guerra.

Barcelona.

Los reemplazos llamados el día 15, apenas una semana antes. Las quintas de 1919, 1920 y 1921, aunque con escaso éxito.

Aquella sangre que los Amadeu Sospedra reclamaban del pueblo.

—¿Y su padre? —El tono de Miquel Mascarell se hizo crepuscular.

—Murió en el frente de Teruel, señor.

—Lo siento.

—No quiero que también muera él —gimió la mujer—. ¿Adónde va a ir? ¿A pegar cuatro tiros? ¿Para qué?

—¡Yo no quiero vivir en la mierda de país que nos espera! —aulló la voz de Oriol—. ¡Viva Catalunya independiente!

El policía le puso una mano en el hombro a la carbonera. Se la presionó para transmitirle un aliento de confianza. Intentó incluso sonreír, pero le fue imposible.

—La hija de la señora Remedios ha desaparecido, y ahora su madre ha muerto. Me han dicho que la muchacha y Oriol eran buenos amigos.

Se calmó, especialmente gracias a su tono plácido.

—Esa niña... —Movió la cabeza de un lado a otro con pesar.

—¿No le gustaba?

La señora Marianna se encogió de hombros, pero su rostro la traicionó. Las sombras sobrevolaban el tono oscuro de sus facciones, dándole una imagen más cetrina. Parecía un espectro.

El espectro más triste del mundo.

—¿Venía mucho por aquí?

—Antes, a comprar carbón, cuando había. Ahora ya no.

—¿Y su hijo?

—Pregúntele a él.

—¿Puede abrirme la puerta?

—Sí, claro —se resignó.

—¿De qué estáis hablando? —gritó el prisionero.

Su madre extrajo una llave de uno de los bolsillos de su falda. No llevaba abrigo, pero sí dos o tres jerséis, todos negros, uno encima del otro. Se acercó a la puerta e introdujo la llave en la cerradura.

—Por favor, no lo deje salir —le rogó.

—Descuide.

La llave giró produciendo un chasquido metálico.

Oriol tendría casi los dieciséis, pero era un adolescente de los pies a la cabeza, con la cara llena de acné y la piel enrojecida, igual que si acabase de empezar el verano y a él le hubiese dado la primera insolación estival. Era alto, desgarbado, y para variar estaba muy delgado, síntoma de la edad tanto como de las privaciones bélicas. En sus facciones se resumía la situación de la propia guerra, la rebeldía, la insatisfacción, el dolor, la impotencia. Miró a su madre con animadversión y al recién llegado con dudas.

—Por Dios, Oriol, cálmate —le pidió ella—. Este señor es policía y quiere hablar contigo.

—¿Viene a por mí? —Se le iluminó el rostro.

—No.

—Es por Merche, hijo —habló de nuevo la carbonera—. Ha desaparecido y su madre acaba de morir.

La doble noticia lo aturdió. Miquel Mascarell aprovechó la oportunidad para deshacerse de su compañía femenina. Se volvió, la empujó suavemente hacia el otro lado de la puerta sin que ella opusiera resistencia a pesar de su rostro ansioso y a continuación la cerró.

Los dos se quedaron solos en la estancia, que ni siquiera era una habitación, sino más bien un trastero, de ahí que tuviera una cerradura en la puerta. Un trastero sin muebles, sin apenas nada, pequeño, iluminado por un ventanuco estrecho por el que no cabía un cuerpo humano. Miquel Mascarell se preguntó cómo habría podido encerrarle allí dentro. Hacía falta algo más que autoridad materna para meter al león en la jaula.

—¿Es policía de verdad?

—Inspector Mascarell.

—Por favor, convénzala.

—No puedo hacer nada, hijo.

—¡Quiero pelear!

—¿Por qué?

—¡Para matar facciosos! —Se asombró de la pregunta.

—¿A cuántos crees que matarás antes de que te maten a ti?

—Oiga, ¿usted de qué lado está?

—Ahora mismo, del de la lógica.

—¿Y eso qué significa?

—Que hemos perdido la guerra, que no vale la pena morir por nada y que tienes un futuro.

—¿Aquí?

Miquel Mascarell no le respondió a la pregunta. Se sentía tranquilo, pero le bastaba con ver la ansiedad del joven Oriol para darse cuenta de que su tranquilidad no era más que el peso de la derrota, y que para el muchacho él no dejaba de ser un residuo, quizás un traidor.

O un quintacolumnista.

—Mira, Oriol, ya no podemos matarles —se confió—. Lo que cuenta ahora es que no nos maten a nosotros. Estando vivos podremos volver a luchar.

—¿Cuándo?

—Cuando toque. Y a ti te va a tocar, descuida.

—¡Quiero pelear! —insistió por última vez.

—¿Por qué quieres morir?

—Nos matarán igual.
—No a todos. No a ti.
—¿Y a usted?
—Sí.
—¿Entonces por qué no lucha?
—Lo estoy haciendo, a mi modo.
—No le entiendo.
—Háblame de Mercedes Expósito, Oriol.

Se había calmado después del arrebato final. Lo miraba de una forma distinta, perpleja, dolorida. Se acercó a él y ambos quedaron a dos palmos el uno del otro.

—¿Qué quiere saber?
—Lo que puedas decirme.
—No es mucho.
—Me han dicho que erais novios.
—¿Quién le ha dicho eso? —preguntó con amargura.
—Una vecina.
—Aquí llaman novio a todo. Ojalá lo hubiera sido.
—Así que no…
—¿Qué le ha pasado a su madre?
—Dicen que se ha tirado por el balcón.
—Vivía para su hija, eso es una estupidez.
—Es lo que yo creo, pero el caso es que está muerta, en medio de la calle, y que Merche lleva tres noches sin aparecer.

Aspiró y expulsó el aire de sus pulmones con avidez. En sus ojos aleteó una sombra peor que la del hambre o la rebeldía mal satisfecha. La del amor no correspondido. Una mezcla de tristeza y dolor invisible, que es el peor de los dolores, el del alma.

—Es culpa de la guerra —dijo Oriol.
—¿Qué es culpa de la guerra?
—Merche era especial, más que guapa. Siempre sonriente, explosiva, radiante, llena de luz…
—¿Era?

—Me refiero a antes de que todo empezara a ir mal.

—¿Qué le pasó?

—Cambió. —Hizo un gesto evidente—. El hambre, las bombas... Cada vez que oía los aviones se aterrorizaba tanto que perdía la noción de la realidad. Un día estábamos juntos y se me abrazó tan fuerte que pensé que se moría.

Lo imaginó abrazado al objeto de su deseo, el amor de los quince años, tan absoluto, tan inocente y al mismo tiempo tan carnal. Tal vez pidiendo que el bombardeo no terminara nunca, aspirando el aroma de la muchacha, besando su cabello sin que se diera cuenta, estremecido...

—¿La veías mucho?

—Antes, lo que podía.

—¿Tuvo novios?

—Hace tres años ya empezó a tontear con uno, y con otro... Nunca ha aparentado la edad que tiene. A los doce aparentaba quince o dieciséis, y ahora dieciocho o diecinueve. Pero los cambiaba rápido. Se aburría de ellos, o dejaban de interesarle cuando se ponían pesados. No es de las que se atan.

—¿Por qué dices que antes la veías lo que podías? ¿Y ahora?

—Ya no, casi nada. Desde que conoció a Patro y se hicieron inseparables apenas si se la veía por el barrio.

—¿Quién es Patro? —Tuvo la paciencia de arrancarle cada palabra, despacio, sin mostrar prisas.

—Patro Quintana, dos años y pico mayor que ella, o casi tres, no sé. También muy guapa. Yo a su lado acabé pareciendo un crío.

—Los hombres tardamos más en dar el salto, hijo.

—Pues vaya mierda. —Lo miró con aprensión por la palabra.

Miquel Mascarell pensó en sí mismo. Había conocido a Quimeta a los quince años. A los diecinueve se hicieron novios. Tardaron otros nueve en casarse. Una vida perdida antes de merecer la vida ganada y disfrutada juntos.

Oriol era un poco él.

—¿Dónde puedo encontrar a esa tal Patro?

—Por el cruce de Girona con València, bajando, en el lado del mar a la izquierda. Es la casa de esa esquina. Lo sé porque la acompañé una vez, al comienzo.

—¿Cuánto hace de eso?

—Al terminar el otoño pasado.

—¿Sabes qué ha podido pasarle a Merche, o dónde puede estar?

—No, no lo sé.

—¿Te comentó…?

Terreno vedado. Una adolescente convertida en mujer y un adolescente atrapado en la niñez. Mundos separados. Llevaba demasiados años siendo policía para saber cuándo un interrogatorio llegaba a su fin.

—De acuerdo. —Suspiró.

—Dígale a mi madre que me deje salir.

—No puedo.

—No voy a pelear, se lo juro.

—No va a creerte.

—¿Me cree usted?

Le miró a los ojos.

—Sí, yo sí —repitió el suspiro—, pero si yo fuera ella me temo que también te encerraría un par de días.

—¿Tan cerca están?

Miquel Mascarell asintió con la cabeza.

El muchacho parecía extrañamente sereno.

—Espero que no le haya pasado nada a Merche —dijo cuando él abrió la puerta.

—Yo también lo espero, hijo.

—Ahora estará sola.

—Y necesitará amigos —se despidió—. Amigos vivos.

Cruzó el umbral. La señora Marianna esperaba al otro lado, con las manos unidas igual que en un rezo. Madre e hijo se miraron un momento, antes de que ella cerrara la puerta.

—No creo que vaya a hacerlo —la tranquilizó él.

—Gracias.

—Suerte —le deseó.

Al salir de la carbonería se puso a toser, casi ahogado, como si de pronto se hubiera llevado todo el hollín que pudiera flotar invisible en el aire de la tienda.

11

A veces creía que cada calle de Barcelona iba asociada a un recuerdo.

Y los de la guerra eran los más presentes.

En los primeros días de la contienda, una vez sofocada la rebelión en la capital de Catalunya, un torrente humano se había apoderado de las calles, rompiendo todo tipo de ordenanzas tras el desmantelamiento del viejo orden burgués, tan sólido, tan omnipresente, tan secular. Los aires de la revolución sobrevolaron la ciudad para celebrar, primero, la victoria obtenida con la sangre de los trabajadores, y, después, la firme decisión de vencer a los facciosos alzados en armas en el lejano sur, pero cuya influencia había partido España en dos. En muchas de aquellas calles o esquinas por las que ahora caminaba en silencio había visto los tumultos formados por los milicianos y las milicianas, con sus pañuelos rojos o rojinegros, los gorrillos, los emblemas de la hoz y el martillo. Los oradores espontáneos afloraban aquí y allá, igual que las voces arengando a los resistentes vencedores o las aclamaciones, siempre proferidas con el puño en alto. Con la muchedumbre tomando cada rincón, daba la impresión de que en Barcelona sólo hubiese descamisados. La clase proletaria controlaba la vida y se vivía en las calles. Apenas si quedaban rastros de disciplina. La huelga general, decretada como réplica a la sublevación del Ejército, se había convertido finalmente en una especie de perpetuo solsticio de verano. No había trabajo que supliera la fiesta otorgada a la victoria, reivindicativa y hermosa. Muchos creían que una vez rotas las cadenas, ya nadie volvería a tratar de imponerlas. Libertad, sociedad, igualdad... Especialmente la igualdad. Todos los términos comunitarios se acuñaban en el nuevo orden. Desde que los luchadores de la CNT y de la FAI, ebrios de poder tras la victoria, habían sido recibidos por las autoridades y por el presidente Companys, que reconocía el mérito exclusivo de su acción, la Barcelona de julio del 36 era la Barcelona de la luz, las consignas y la fuerza de la razón.

La razón.

Para un policía como él, ver a todos los hombres y mujeres armados durante aquellos significativos días había sido un problema. Se mataba por la guerra, pero a veces se preguntaba cuánto habría de odio personal, de venganza, en una acción violenta emprendida con las armas que sostenían impunemente merced al estado bélico. La batalla de Barcelona había sido muy dura, muy sangrienta. La consigna, tras la derrota de los rebeldes, era muy clara: «Miliciano, que no te quiten tu arma». Paseaban por las Ramblas pistola al cinto y, en cuanto volvieron a abrirse los cines, accedían a las salas con el máuser colgado del hombro. Nadie las dejaba en el guardarropa. Las mujeres iban al mercado con un hijo de la mano, el cesto en la otra y la carabina en bandolera. En los restaurantes la tercerola quedaba apoyada en la silla. También las armas capturadas a los militares sublevados formaban parte del botín de guerra de cada cual.

En la esquina de Girona con Mallorca había visto cómo desde los pisos altos de una casa se arrojaban muebles y más muebles a la calle. Habían ardido formando hogueras impunes sin saber que en los tres inviernos siguientes esos mismos muebles habrían sido mucho más necesarios para calentarse.

Pero ¿cómo pensar entonces que la guerra iba a durar tanto?

Y que iban a perderla.

Para él el trabajo había acabado siendo peor. Se abrieron las cárceles y fueron devueltos a la vida pública decenas de hombres, vagos, maleantes, ladrones, incluso asesinos, a muchos de los cuales el conflicto les traía sin cuidado. En sólo dos o tres días la alarma cundió de tal forma que la Generalitat, preocupada, tuvo que poner en guardia a la población a través de una nota difundida el día 22, cuatro días después de la sublevación. También el Frente de Izquierdas mostró su repulsa porque los delitos «enturbiaban el éxito de la revolución». La policía pasó muchos días recuperando el terreno perdido. La nueva policía.

Aquellos días de julio, las calles estaban llenas de basuras, caballos muertos, restos del combate. Ahora había cascotes producto de los bombardeos, adoquines arrancados a la espera de una última barricada. Aquellos días de julio todos los medios de transporte habían sido requisados. Ahora ya no circulaba ninguno porque la mayoría iba rumbo a la frontera. Aquellos días de julio se escuchaba constantemente: «¡A Zaragoza!», porque la capital aragonesa había caído inexplicablemente en manos del enemigo faccioso. Ahora nadie gritaba pero la consigna ya no era luchar, sino retirarse al exilio. O morir en la defensa de Barcelona.

O callar y esperar.

La vuelta a las fábricas había sido dura para la mayoría, como fin de la fiesta y vuelta a la realidad, mientras los elegidos iban al frente, exaltados y convencidos de la victoria.

Porque ellos representaban la verdad, la legalidad, la fidelidad a la voluntad del pueblo.

Llegó a la esquina de Girona con València, lado mar, izquierda, y contempló la casa descrita por Oriol. La casa de la amiga de Mercedes Expósito. Era un edificio viejo con un único portal en el centro. Entró en él y se encontró con la garita de la portera, acristalada, vacía y cerrada. La alternativa pasaba por subir piso a piso y tratar de encontrar a Patro.

Subió al entresuelo y llamó a una de las cuatro puertas del rellano.

—¿Quién es? —escuchó una voz al otro lado de la madera.

—Busco a Patro Quintana —dijo acercando los labios a la rejilla.

—Segundo tercera.

Enfiló de nuevo la escalera, sin prisas. Rebasó el principal, el primero, y para cuando alcanzó el segundo piso ya resoplaba agotado. Caminar era una cosa, no le importaban las distancias, pero subir escaleras era otra muy distinta. Allí era donde más notaba los años y la falta de mejores perspectivas.

Llamó a la puerta.

Nada.

Insistió desesperanzado.

Regresó a la calle un par de minutos después, sintiéndose frustrado. Si investigar algo, lo que fuese, nunca resultaba sencillo, investigar lo sucedido con Merche en días como aquéllos, máxime con la incierta muerte de su madre, podía calificarse de extraordinario.

O estúpido.

¿Qué estaba haciendo?

«Seguir siendo policía», se respondió.

¿A quién quería engañar? ¿Policía? ¿Para qué?

Pensó en regresar a su casa pero no se movió de la esquina.

Si hubiera ayudado a Reme el día anterior quizás la vieja ex prostituta todavía siguiese con vida.

Así que ni siquiera se trataba de ser policía hasta el final.

Eran remordimientos.

—Maldita sea… —rezongó.

Seguía llevando el periódico doblado en el bolsillo derecho del abrigo, con las llaves del piso de Reme. Pero lo que sacó fue la fotografía de Mercedes Expósito, del izquierdo. Sólo para echarle un vistazo y darse fuerzas, porque a fin de cuentas ella seguía desaparecida, quizás en peligro si alguien, y estaba seguro de ello, había matado a su madre.

—La belleza es un don peligroso —le dijo a la imagen de la muchacha.

Ella le sonrió desde su mundo inamovible, hecho de eternidad en blanco y negro, perfecto y hermoso.

Pasaron dos hombres cerca de donde se encontraba él. Primero no le vieron. Hablaban en voz alta, y tan apresurados como lo era su caminar. La Barcelona de aquellos momentos era la Barcelona de las conjeturas. La presencia de tantos refugiados en algunos barrios las disparaban más. Unos decían que huían de los pueblos y el avance de las tropas nacionales, otros que estaban allí para ayudar a defender la ciudad.

¿Cómo saber cuál era cierta?

—Se han oído disparos ya por Sarrià, y por Sants, seguro.

—No pueden estar en Sants, hombre. Eso significaría...

—Que los han oído, ¡en serio!

—Pues se tratará de algo vecinal, pero de ellos no. ¿Y la defensa de la ciudad?

—¿Defensa? ¿Qué defensa?

Le vieron al mismo tiempo y dejaron de hablar. Ya no se fiaban. Nadie se fiaba. Y él llevaba impreso en la frente su condición de «diferente». Una pátina invisible. Mientras le observaban de reojo, cruzaron la calzada reafirmando la intensidad de su paso. Ninguno de los dos volvió la cabeza.

Miquel Mascarell se guardó la fotografía de Merche en el mismo lugar, el bolsillo izquierdo de su abrigo, y se dispuso a sacar el periódico del derecho. No llegó a culminar su acción. Una mujer que se protegía con una mantelina dobló la esquina opuesta a la suya y se introdujo en el edificio en el que vivía la amiga del objeto de sus pesquisas. Le bastaron tres pasos para atisbar el interior del vestíbulo y verla en la garita acristalada de la portería, acomodándose bajo una manta con la que pensaba cubrir sus piernas.

Cuando llamó a la puerta e hizo tintinear el vidrio, la sobresaltó.

—Buenos días.

—Buenos días —respondió ella y lo miró con respeto.

—Estoy buscando a Patro Quintana.

—No está.

—Lo sé. He subido a su piso, el segundo tercera. —Se lo dijo para que quedara claro que conocía el detalle—. ¿Puede decirme cuándo regresará o dónde podría encontrarla?

La vacilación fue breve. O no le caía bien su vecina, o le importaba ya muy poco todo, o prefería no meterse en líos con desconocidos que nada tenían de milicianos o miembros de la CNT, la FAI o lo que fuera.

—Sus hermanas pequeñas deben de estar en casa de alguna vecina, y ella... A veces cuida a una niña aquí cerca, la hija de la señora Anna, porque la mujer tiene a su marido en el hospital —le dio los detalles—. Siguiendo Girona abajo, pasada la calle Aragó. Es una mercería, en esta misma acera.

—Gracias, señora.

—No hay de qué.

Una manzana más. Rebasó la calle Aragó, las vías del tren. La mercería quedaba a mitad del siguiente tramo. Se llamaba como la madre de la niña a la que cuidaba Patro: Mercería Anna. Intentó abrir la puerta pero estaba cerrada. Aplicó las dos manos en forma de visera sobre los cristales para mirar el interior y lo único que divisó más allá de los cortinajes blancos de puntillas fue una tienda apenas abastecida de nada.

Golpeó de forma suave, como lo había hecho en la garita de la portería unos minutos antes.

Patro Quintana surgió de una puerta a su izquierda, seguida por una niña de unos siete u ocho años. La niña era menuda y graciosa, la muchacha toda una mujer, alta y esbelta, poderosamente guapa. Llevaba el cabello deliciosamente peinado formando una serie de ondas hasta los hombros y un vestido demasiado liviano para la época, ceñido, que marcaba y realzaba sus encantos, que no eran pocos. Un pecho precioso, unas curvas medidas, unas manos cuidadas. Sus ojos eran casi transparentes. Sus labios una llamarada.

Cualquier joven suele ser bella a los dieciocho, veinte, veintitrés años, pero la amiga de Merche sobrepasaba la media. Como le había dicho Oriol.

Y no parecía tener los dieciocho años que él le echaba.

La puerta quedó abierta.

—Buenos días, ¿qué desea? —le preguntó.

—¿Patro Quintana? —Quiso estar seguro.

—¿Sí? —La sonrisa desapareció de su rostro.

—Me llamo Miquel Mascarell. Inspector Mascarell —se presentó él.

—¿Inspector?

—Quería que me hablara de su amiga Mercedes Expósito.

La tensión fue un golpe. Solidificó sus facciones. Las convirtió en un muro de piedra.

—¿Mercedes? —Trató de mantenerse en pie.

Un minuto después, cuando reflexionó, se dio cuenta de que había cometido un error de principiante, de policía inexperto. En ese momento no lo calibró así.

—Su madre acaba de morir, y ella ha desaparecido...

La reacción de la joven le cogió por completo de improviso. No la esperaba. Máxime estando al cuidado de aquella niña. Primero fue la crispación del rostro; segundo, por lo brutal, la forma en que cargó contra él, empujándole, zafándose de su posible intento de retenerla.

Casi le derribó.

Pasó por su lado como una exhalación y echó a correr calle abajo.

Demasiado rápida para sus años de servicio.

12

La niña se lo quedó mirando como si fuera un monstruo capaz de comérsela.

—No tengas miedo —le dijo él.

Pero lo tenía.

—¿Sabes por qué se ha ido corriendo tu amiga?

No apartó sus ojos de pánico, ni alteró su petrificada figurita de porcelana. Más que menuda parecía raquítica, piel sobre huesos. Miquel Mascarell ya no recordaba cuándo era la última vez que había hablado con una niña, con alguien menor de diez o doce años. La falta de práctica se le hizo evidente.

—¿Se te ha comido la lengua el gato?

La niña movió la cabeza de lado a lado.

—¿Cómo te llamas?

—Anna Maria.

—Como tu mamá.

—No, mi mamá se llama Anna —le rectificó.

—Vamos a esperarla, ¿de acuerdo? No puedes quedarte aquí sola.

—Quiero que venga Patro —sollozaba.

—Patro se ha ido, ya lo has visto. ¿Quieres quedarte sola? Yo puedo esperar a tu mamá ahí afuera, en la calle.

—Ella no quiere que me quede sola.

—Entonces…

—¿Cómo se llama usted?

—Miquel.

Ya no dijo nada más, se sentó en una silla, detrás de uno de los mostradores, sin apartar sus ojos críticos de él. El policía buscó otra y tuvo suerte de encontrarla, justo en el lado opuesto de la pequeña tienda, junto a la puerta. Lo peor de las esperas era tener que hacerlas de pie.

No quiso permanecer tal cual, en silencio, sin saber qué decirle a la pequeña y soportando a cambio la acritud de su mirada.

Así que sacó el periódico y empezó a leer uno de los artículos que había reservado para los momentos de calma del día, como aquél, aunque le costó concentrarse en su lectura.

El encabezamiento decía: EL ESTADO DE LA GUERRA.

Y el texto:

> El Gobierno ha dictado el estado de guerra. Con ello, y no son necesarias las aclaraciones, pone a disposición del fuero militar cuanto éste precisa para salirle al paso a la situación. Que no existe otro motivo ni pueden deducirse otras consecuencias que las previstas por la ley, está claro en el hecho de que el Gobierno se ha resistido a tomar esta resolución, mientras ha sido posible. Ahora se trata de militarizar íntegramente las funciones civiles, porque la presión del enemigo nos exige que todas las actividades ciudadanas se pongan en pie de guerra.
>
> Hace días dijimos que la situación era grave, pero no crítica. Y añadimos que el Gobierno contaba con posibilidades para afrontarlas. Hoy repetimos que la situación es grave, pero no crítica y que el Gobierno posee razones para no sentirse pesimista. Estas razones, por su índole y su entidad, no pueden hacerse públicas, ya que al divulgarse perderían la eficacia que las sazona y que sólo puede dar su fruto en el instante oportuno. Por otra parte, el Gobierno no quiere que la divulgación de sus medios de actuar, atenúe la prestación de los ciudadanos. Las dificultades de ahora han de ser vencidas, en primer lugar,

por un movimiento enardecido y consciente de la ciudadanía. La Patria está en peligro. Y también la libertad y la existencia de cuantos profesan un amor sincero a la vida digna del hombre civilizado.

En los dos años y medio de guerra, el pueblo ha realizado esfuerzos grandiosos. Se ha derramado mucha sangre y se ha padecido mucho dolor. ¿Por qué ha de comprometerse el resultado de esta epopeya en sus trances más próximos a la solución? Todo el mundo debe estar en su puesto. Frente a los ataques impacientes y al lujo de material de los facciosos e invasores, el pueblo ha de multiplicar su entusiasmo. En ello le va todo lo que es y aspira a ser. Barcelona ha de ser defendida como lo fue Madrid. El valor simbólico y el poder moral de la resistencia de la capital de España debe ser emulado por la capital de Cataluña. Hay que pensar en la suerte que el enemigo le reserva a esta hermosa capital y con esta idea convertida en fuego, templar los nervios y endurecer el espíritu.

Barcelona es demasiada entidad para ser esclava. Sus habitantes están obligados a auxiliar al Ejército, a llevar hasta los combatientes el concepto confortante de una colaboración apasionada. Hay que pensar en lo que la urbe representa y en que su lección ha de ser proporcionada a su rango, a sus virtudes, a su grandeza. El Gobierno, que está presente, que no deja de estar presente, aunque se hayan efectuado ciertas previsiones para que los organismos del Estado no vean interrumpidas sus funciones, ha examinado hoy la situación y únicamente espera que todo lo que se viene haciendo y todo lo que aún se puede hacer, no se vea en precario por un defecto de estimación. Las eventualidades son al par penosas y ricas. Penosas por el acopio de elementos y la prisa que el enemigo emplea en su ofensiva y ricas porque con el adecuado uso de nuestros recursos, inmediatos y futuros, pueden despejar el horizonte. El mundo nos mira y espera de nosotros que la tenacidad y el genio que nos han permitido llegar a estos días, gracias a improvisaciones y alardes magníficos de autodisciplina, no descaezcan. Y al hablar del mundo no es que fundamentalmente nos importen sus juicios, sino que los intereses espirituales que en nosotros ha depositado son nuestros mismos intereses. Los de la dignidad humana.

El estado de guerra imprimirá a la resistencia la severidad y el tono esforzado y rígido que son indispensables. Todos los ciudadanos deben obediencia y ayuda a los fines del Mando. Los trabajos, las fortificaciones, el ritmo civil deben llevar el sello de la disciplina más rigurosa. Estamos seguros de que las cosas no pueden pasar de otra manera.

Miró a Anna Maria.

Entonces el artículo se le vació de contenido.

Fue como si las letras cayeran del periódico, una a una.

Que le hablaran a la niña de disciplina rigurosa, de esclavitud, de pasión. Lo único que sentía ella era hambre. Y miedo cada vez que un ronroneo obligaba a mirar hacia el cielo, siguiendo la estela de los aviones que desde allí enviaban la muerte a la población. Anna Maria estaba cansada. Barcelona estaba cansada. Si resistían todos, bien. Pero eso ya se revelaba como algo imposible. Algunas de las frases que acababa de leer sonaban a burla, «situación grave, pero no crítica», «el Gobierno tiene razones para no sentirse pesimista», «pero estas razones no pueden hacerse públicas, ya que al divulgarse perderían su eficacia», «en el momento oportuno…».

¿Hasta qué punto era lícito mantener viva la ilusión de la gente frente a la adversidad más evidente?

La niña seguía sosteniendo su mirada, muy seria. Responsable.

—Patro es una buena amiga —dijo de pronto.

—No lo dudo.

—Ella no ha hecho nada malo.

—Ya lo sé.

—Entonces, ¿qué quiere de ella?

—Hablarle.

—Si sólo quisiera hablarle no se habría ido corriendo.

—Entonces es que me ha confundido con alguien, o que sí tiene algo que decirme y prefiere no hacerlo.

Eso le dio que pensar unos segundos.

Miquel Mascarell trató de continuar leyendo el periódico, pero ya no lo logró. No le interesaba lo que decía y la incomodidad persistía. Quizás la pequeña Anna Maria tuviera pesadillas esa noche a cuenta suya.

—¿Sabes si tu mamá tardará mucho en regresar? —le preguntó.

—Ya no.

—¿Cómo que ya no?

Captó la intención de la pequeña al abrirse la puerta en ese momento. Una mujer de unos treinta años, pulcra y vestida con discreción, se recortó en el umbral. Anna Maria no esperó ni un segundo, saltó de su silla y voló a su encuentro. Al fundirse en sus brazos quiso contarlo todo de golpe, de carrerilla, sin respirar.

—¡Ha llegado él y Patro ha tenido miedo y se ha asustado y se ha ido corriendo muy alterada sin coger siquiera el abrigo y sin decirme nada y no sé qué quiere, mamá!

La aparecida se convirtió en una madre dispuesta a arañar para defender a su cachorro. Su visitante ya tenía la credencial en la mano, aunque ella ni se la miró.

—Inspector Mascarell. —Se lo dijo en voz alta.

—¿Policía?

—Sí, señora.

—Pensaba que todo el mundo con algún cargo ya se había ido.

—Pues ya ve que no.

—¿Para qué quería hablar con Patro?

La mirada de Miquel Mascarell se desvió en dirección a la niña, que seguía fuertemente abrazada a su madre. La mujer captó la intención.

—Anna Maria, vete adentro —le ordenó.

—¡Mamá!

—Anna Maria, haz lo que te digo —le ordenó sin alzar la voz.

La pequeña la obedeció, no sin antes dirigirle a él una última mirada de odio que lo atravesó.

Volvió a respirar cuando la hija de la dueña hubo desaparecido de su vista.

—Tiene carácter —ponderó.

—No lo sabe usted bien. —Cerró la puerta, que seguía abierta, y se apoyó en uno de los mostradores. Ella también lo tenía. El carácter de una mujer con un marido en el hospital.

—Perdone lo sucedido, pero… no esperaba la reacción de Patro.

—Es una buena chica. No le dejaría a mi hija si no lo fuese.

—No lo dudo, sin embargo…

—En la guerra todos podemos cometer errores.

—¿Cuál ha sido el suyo?

No la pilló a contrapié, al contrario.

—No lo sé. Dígame para qué la busca.

—Para que me hable de una amiga suya, Mercedes Expósito.

—¿Mercedes Expósito? —repitió el nombre en voz alta—. No me suena de nada.

—Era una amiga reciente, de estos últimos cuatro o cinco meses.

—Lo siento.

Sonaba sincera. No trataba de protegerla.

—Esa muchacha ha desaparecido, y su madre ha muerto esta mañana.

—¡Dios mío! —exclamó con inquietud.

—Creo que Patro sabe algo, dónde está su amiga o por qué ha muerto su madre.

—No puedo… creerlo. —Se apoyó con ambas manos en el mostrador.

Había sido atractiva. Todavía conservaba aquella pátina de sobriedad y elegancia. Ideal para despachar en una mercería. Calidad para vender calidad. Las circunstancias la habían golpeado a conciencia, y eso se hacía más relevante frente a la adversidad, porque de pronto los ojos perdieron intensidad y fijeza.

—¿Sabe mucho de la vida de Patro?

—Lo suficiente.

—¿Tiene novio?

—Novio, novio... —Hizo un gesto vacuo—. Salía con el hijo de los Sanglà, Lluís. Lo que sí puedo decirle es que él estaba loco por ella. Más que ella por él.

—¿Salía?

—Sí.

—¿Dónde está Lluís?

—¿Dónde quiere que esté? En la guerra, o prisionero, o quién sabe si no habrá muerto, aunque Dios me libre de decirle eso a Patro.

—¿Sabe las señas de los Sanglà?

—No está lejos, a cinco manzanas de aquí, pasada la Diagonal, en València con Sicília. En el número 412. Una vez la acompañé y por eso lo recuerdo. Aunque somos bastante amigas no pertenecemos a la misma generación, así que no me hace lo que se dice confidencias. Bastante tengo yo con lo mío.

—Entiendo.

No pareció muy convencida de que así fuera.

El rostro de Anna Maria apareció por el quicio de la puerta.

—Mamá...

—Señora —inició la retirada él—, si vuelve Patro dígale que esto es serio, que incluso ella puede estar en peligro.

La mujer se puso pálida.

—¿De verdad?

—Me llamo Mascarell, inspector Miquel Mascarell. Éstas son mis señas. —Le dio una de sus tarjetas personales—. En comisaría ya no queda nadie. Si habla con ella, de verdad, en serio, que se ponga en contacto conmigo.

La alarmaba en demasía, pero no cedió en su presión.

La huida de Patro Quintana tenía que significar algo.

—¿De acuerdo, señora?

—Sí —se rindió sin fuerzas.

Inclinó levemente la cabeza, sin tratar de darle la mano, y salió de la mercería dispuesto a seguir caminando por la Barcelona del silencio y la espera final.

13

La madre de Lluís Sanglà era una mujer mayor, tan mayor que más parecía una abuela. Le calculó casi los sesenta. Tuvo que asegurarse de que se trataba de ella tras identificarse como inspector de policía. La reacción fue fulminante.

Y dramática, signo de los tiempos.

—¿Mi hijo...?

—No, no. —Lo entendió rápido—. No se trata de su hijo, sino de una investigación acerca de alguien que él conoce.

Se serenó lo justo. Su pecho subía y bajaba con agitación.

—Es que está en el frente, ¿sabe? Cada vez que suena el timbre...

La palabra «frente» se le antojó extraña.

¿Quedaba algún frente en aquella guerra?

—¿Puedo pasar?

—¡Oh, sí, perdone!

Le franqueó el paso y la siguió a través del pasillo hasta el comedor. Allí quedaban más muebles de lo habitual, incluidas dos sillas con el asiento de cuero repujado. La madre de Lluís Sanglà le señaló una y él se dejó caer sobre ella con agradecimiento. La mujer hizo lo propio en la otra. Unió sus dos manos sobre el regazo y esperó a que tomara la iniciativa.

—¿Cuál es su nombre, señora?

—Perdone —se excusó—. Me llamo Teresa.

—Estoy buscando a Patro Quintana, señora Teresa —la informó.

—¿Por qué? —Frunció el ceño.

—Es amiga de una joven que ha desaparecido y cuya madre ha muerto.

—Yo no veo a Patro desde hace días... no, semanas. Estando mi hijo combatiendo...

—¿Le suena el nombre de Mercedes Expósito?

—No, no, señor.

Se estaba quedando sin caminos. El único, Patro, había volado.

—¿Qué puede contarme de ella?

—¿De Patro? —Mantuvo la sensación de ignorancia—. No demasiado, créame.

—Pero es la novia de su hijo.

—Bueno, la novia... —Enderezó la espalda, como si la idea se le antojara incómoda—. Salía con mi Lluís antes de que él se fuera, pero no estaban prometidos ni nada. Pienso que hoy en día se emplean algunas palabras con demasiada frivolidad, y «novios» es una de ellas.

—La información que tengo es que Lluís estaba loco por Patro.

Era una mujer que había sido joven, adolescente, a fines del siglo pasado. Su aspecto era el de una pequeña gran dama. Sus ojos en cambio reflejaban los mismos sentimientos que cualquiera en las circunstancias del momento. Tal vez se tratase de una familia venida a menos. La señora Anna había dicho «el hijo de los Sanglà», como si eso fuera una seña de identidad.

La expresión «loco por Patro» no le gustó.

Pero la aceptó.

—Ya sabe cómo son los jóvenes de hoy en día. —Suspiró.

Miquel Mascarell apartó a Roger de su mente.

—Sí.

—Mi hijo es un buen chico —manifestó ella con serenidad—. Lo tuve casi a los cuarenta, ¿sabe? Un milagro. Ya no lo esperaba. Para mí y para mi marido fue una bendición. Sobre todo para él, que murió cuando Lluís tenía apenas trece años. Ha sido un estudiante modelo, tiene conciencia, corazón, y si Dios permite que regrese sano y salvo, sé que será una persona de bien, que es más de lo que puedo pedirle ya a la vida después de lo que está pasando. —Su orgullo se desbordó hasta contenerse—. Patro también es una buena chica en el fondo. Diferente, eso sí, más… bueno, no sé —hizo un gesto desabrido y dejó la siguiente frase sin concluir—, pero la guerra…

—¿Cambió?

—¿Y quién no? Una chica joven y tan guapa, con el hambre que hay, tanto miedo, mi hijo peleando lejos…

—Siga —la invitó al ver que se detenía.

—Que yo sepa, porque se trata de lo que me han dicho, no de que lo haya visto con mis propios ojos, ella conoció recientemente a otro.

—¿Sabe de quién se trata?

—Se llama Jaume Cortacans.

—¿Cortacans?

—¿Le suena?

—¿Los de la Bonanova?

—Los de la Bonanova, sí —le confirmó.

—Creí que se habían ido al empezar la guerra, cuando les requisaron las fábricas, aunque ellos se declararon leales a la República.

—No lo sé. Puede que unos y otros ya estén volviendo, ¿no le parece?

Tenía sentido.

—¿Quién le habló de Jaume Cortacans?

—La hija de mi hermana, Empar. Fue la que me dijo que les vio juntos hará cosa de dos o tres semanas, paseando o qué se yo. Se la llevó aparte y le afeó a Patro su comportamiento. Le dijo que Lluís estaba luchando por todos nosotros, y que se lo pagaba de esa forma, dejándose ver con otro. Patro le contestó que cuando Lluís regresara ya hablarían y dejarían las cosas claras, y que a lo mejor... Pero que eso estaba lejos de momento, y no servía de nada si ella se moría de hambre.

—¿Le dijo eso mismo?

—Creo que sí.

—Si no recuerdo mal, la casa de los Cortacans fue requisada los primeros días de la guerra, como muchas otras —dijo en voz alta, más para sí mismo que para su anfitriona—. ¿Dónde se encontró Empar con ellos?

—No lo sé.

—¿Podría darme las señas de su sobrina?

—Ya no están en Barcelona —murmuró con tono lúgubre.

—No entiendo.

Lo entendió nada más terminar de decirlo, cuando a ella se le llenaron los ojos de lágrimas mal contenidas y bajó la cabeza para mirarse las manos vacías.

—Se marcharon ayer, a Figueres, por si las cosas iban tan mal dadas como parece. Mi hermana, su marido, las tres chicas...

Y ella se quedaba sola, a la espera del hijo que tal vez no regresara nunca.

Otro camino cerrado.

—Lamento haberla molestado, señora.

—Oh, no, en serio —exclamó sin apenas énfasis—. Aunque no deja de sorprenderme.

—¿Qué es lo que la sorprende?

—Que aún haya policía, un orden, y se busque a una persona desaparecida.

—La vida sigue.

—¿Está seguro?

No supo si la engañaba, pero trató de que su voz sonara lo más firme posible cuando le respondió:

—Sí.

Se puso en pie. Su anfitriona hizo lo mismo. Vacilaron un par de segundos, hasta que él inició la retirada enfilando el pasillo hasta el recibidor. Al pasar por delante de la cocina se atrevió a pedirle un vaso de agua. Descubrió que tenía la garganta seca. La señora Sanglà se lo ofreció y aguardó a que lo terminara. En la pared frontal a la puerta de la cocina vio diversos retratos, pinturas de una sobriedad exquisita. Una era de ella, de muchos años antes. Una mujer sin duda atractiva. Como Quimeta.

Quimeta, sola en casa, mientras él jugaba todavía a policías y ladrones.

O asesinos.

—Gracias. —Le devolvió el vaso.

No hubo más. Alcanzaron el recibidor, se estrecharon la mano y el visitante salió al rellano. Ella no cerró la puerta, por cortesía, hasta que él hubo desaparecido por el primer tramo de las escaleras, rumbo a la calle.

El día seguía siendo apacible y hermoso aunque frío.

Miquel Mascarell volvió a caminar.

Enfiló por la calle València, en dirección al centro.

Todavía le quedaba una salva que disparar.

Mientras caminaba, intentó hacerse un mapa de la realidad, o mejor decir de la nueva realidad. Patro Quintana había conocido a Jaume Cortacans. Nada menos. Desde luego, eso significaba que las ovejas volvían al redil. La mayoría de familias burguesas de Barcelona habían preferido abandonar la ciudad al empezar la guerra, para refugiarse en sus casas de campo o en lugares donde pudieran pasar más inadvertidas. Con sus mansiones de Sarrià o la Bonanova requisadas, lo mismo que las fábricas, negocios o empresas, sobre todo las que tuvieran vinculación con sectores afines a la guerra, armamento, alimentación, textil, su adhesión a la República siempre había resultado más que sospechosa en infinidad de casos. ¿Cuántos de ellos habían sido quintacolumnistas durante aquellos dos años y medio?

¿Qué hacía un Cortacans en Barcelona, libre, como si tal cosa, saliendo con una joven humilde como Patro Quintana?

Por lo menos, de momento, se movía por la misma zona: la casa de Patro, la de los Sanglà, la mercería de la señora Anna. No tenía que andar de lado a lado de la ciudad.

Cruzó la calzada de la calle Bailèn justo a tiempo. Un camión cargado de soldados dobló en ese mismo momento la esquina para enfilar calle abajo. La maniobra le hizo aminorar la marcha. Primero se fijó en los hombres armados, sus rostros extraviados, la dureza de sus facciones. No formaban parte de la Quinta del Biberón. Eran veteranos. Aunque la mayoría no hubiera cumplido todavía los veinticinco años.

De pronto uno saltó del transporte.

Pudo escucharle claramente.

—¡Ésa es mi casa! ¡Mi madre está en la ventana, por Dios, que la he visto!

Los otros no reaccionaron.

—¡Adiós, tened cuidado!

Echó a correr.

Y el camión siguió su carrera, sin detenerse, ajeno, llevando a los hombres a cualquier parte, a la utópica defensa de la ciudad, al muelle para embarcarlos rumbo a Valencia, a la estación de tren, al aeropuerto o a donde fuera, porque la guerra seguía. Si al lado del conductor había un oficial ni tan sólo se había apercibido del gesto de su hombre al escapar.

Miquel Mascarell le vio correr, mirar hacia arriba, agitar una mano, arrojar su arma a la cloaca.

Permaneció en la esquina, desde donde podía ver ambas escenas: el camión alejándose y el soldado transmutándose en civil, volviendo a casa.

Aquel soldado podía haber sido Roger.

La conmoción persistió hasta que no hubo rastro de uno ni de otro.

Aun así, tardó en reaccionar.

Llegó a la siguiente calle, Girona, y dejó de pensar en cuanto le torturaba inevitablemente a cada momento. De pronto, ante el irremediable fin, la muerte de Roger se le antojaba más y más absurda. Era una cuña hundida en su cerebro. Sentía rabia. Una rabia sorda y tan devoradora como el cáncer que se estaba llevando a Quimeta. Tuvo que centrarse de nuevo al detenerse por segunda vez en las últimas horas delante de la casa de Patro Quintana.

La garita de cristal de la portera volvía a estar vacía.

Subió al segundo piso y llamó a la tercera puerta.

No confiaba en su suerte. Una especie de desaliento le dominaba más y más, empujándole al hastío, a la rendición, obligándole a cuestionarse qué estaba haciendo en la calle en lugar de esperar en casa el desarrollo de los acontecimientos, al lado de su único punto de contacto con la esperanza, como el soldado que acababa de preferir la vida a la muerte. No confiaba y, sin embargo, quizás aquello era lo que le mantenía con vida.

Para su sorpresa, escuchó un ruido al otro lado de la puerta.

Volvió a llamar, no sólo al timbre; también a la madera, con los nudillos.

—¡Abran!

—¿Quién es? —preguntó una voz queda, de marcado tono infantil.

—Policía.

Hubo una pausa.

—¿Qué quiere?

—Abre —insistió—. Necesito hablar con alguien de la casa.

—No puedo abrir, señor.

—¡Abre! ¡Soy un representante de la ley!

—Estamos solas —proclamó la voz del otro lado—. No me dejan…

—¿Quieres que eche la puerta abajo?

Aquello debió de ser definitivo.

Pasaron tres segundos.

Luego la puerta se abrió y por el quicio aparecieron dos niñas. Una, la mayor, tendría unos once años. La otra, la menor, agarrada de la mano de la primera, no rebasaría los cinco. Las dos se lo quedaron mirando mitad alarmadas mitad expectantes. Tuvo que dulcificar su expresión para no asustarlas más.

—Hola.

No obtuvo respuesta. Las miradas se hicieron inquisitivas.

—Busco a Patro, ¿está en casa?

—No —dijo la primera.

—¿Cómo te llamas?

—María.

—¿Y tú? —Se agachó para ponerse a la altura de la pequeña.

La niña se refugió de inmediato detrás de su hermana mayor.

—Ella se llama Raquel —le informó María—. ¿Para qué busca a Patro?

—Para hablar con ella.

—¿De qué?

—De una amiga suya. Mercedes Expósito, Merche. ¿La conoces?

—No.

—¿Nunca ha estado aquí? —Le mostró la fotografía de la hija de Reme.

—No —respondió María tras mirarla con atención.

Se la guardó de nuevo en el bolsillo.

—¿Cuándo volverá Patro?

—No lo sé.

—¿Puedo esperarla dentro?

—¡No! —Hizo ademán de ir a cerrar la puerta.

—¿Seguro que no está en casa?

La pequeña Raquel negó con la cabeza, muy seriecita, con los ojos muy abiertos. La reacción de la verdad y la inocencia.

—¿Cómo es que os deja solas?

—Yo ya soy mayor —dijo María.

—Estaba cuidando a Anna Maria, en la mercería de la señora Anna, pero ya se ha ido. —Sonrió para tratar de infundirles confianza—. Pensé que ya habría regresado.

—No siempre vuelve a casa. A veces pasa la noche fuera.

—Nos trae comida —intervino Raquel, más proclive a participar en la conversación.

—¿Os ha dicho algo hoy, antes de irse?

—No —respondió María.

—Patro es mayor, por eso va y viene —colaboró Raquel.

—¡Cállate! —le ordenó su hermana.

—¿Por qué?

—¿Es usted policía de verdad? —inquirió María.

Le mostró la credencial. La estaba sacando más durante aquel día que en las últimas semanas de deterioro de la situación. La niña la inspeccionó con ojo crítico.

—¿Y vuestra madre?

—Está con papá.

—¿Y dónde está vuestro papá?

—En el cielo.

Raquel secundó las palabras de su hermana mayor apuntando con el dedo índice de su mano izquierda hacia arriba mientras asentía con la cabeza.

—¿Quién cuida de vosotras? —Miquel Mascarell tragó saliva, intentando mantener su equilibrio emocional.

—Patro.

Patro Quintana se estaba convirtiendo en un personaje singular.

Aunque a quien buscase fuese a su amiga Merche.

—De acuerdo. —Suspiró vencido—. Ya volveré cuando Patro esté aquí.

No hubo ni siquiera despedida. Fin de la visita. Radical. María empujó la puerta hasta cerrarla y separarlo a él del piso.

Se quedó en el rellano por espacio de unos segundos con un profundo mal sabor de boca que se le llenó de saliva agria. Por si acaso aplicó el oído a la madera, pero del otro lado no le llegó sonido alguno. Las dos niñas volvían a su seguridad, a la espera de la hermana mayor que iba y venía, pasaba alguna noche fuera de casa y les traía comida mientras los padres, desde el falso cielo de su ilusión, las protegían de todo mal.

—Mierda… —rezongó.

Tenía un buen trecho a pie hasta la Bonanova, y de subida, aunque fuese relativamente suave, así que no perdió más tiempo y regresó a la calle para iniciar la marcha.

14

¿Cuántos Cortacans habría en Barcelona? ¿Y si se trataba de otro?

«No, la señora Sanglà lo ha confirmado y me lo ha dicho bien claro: los Cortacans de la Bonanova.»

Nada menos.

No era un experto, pero había apellidos y apellidos.

Aunque ir a la Bonanova a ver una casa... ¿vacía?

¿Habrían vuelto a ella o estarían en otra parte, tal vez en un piso menos llamativo?

Al estallar la guerra, cuando Barcelona se echó a la calle para defender su integridad, el orden constitucional, la Generalitat y la República, la conmoción libertaria lo había barrido todo de extremo a extremo. Una masa extrovertida que se uniformaba en mangas de camisa había impuesto un tono igualitario como primer síntoma del hecho revolucionario. Luego se habían quemado iglesias y conventos, saqueado almacenes e incautado fábricas así como los principales edificios urbanos. En el Hotel Falcón se instaló el Partido Obrero de Unificación Marxista. En la Escuela Náutica el Comité Central de Milicias Antifascistas, árbitro de la situación en aquellos momentos épicos. En el Hotel Colón se instaló el Partit Socialista Unificat de Catalunya. En Fomento del Trabajo la CNT-FAI. En la Pedrera...

Algunos empresarios se habían apresurado a poner sus fábricas al servicio de la ciudad, la Generalitat y la República. Los más listos y rápidos. Eso no significaba que todos lo hicieran de corazón o buen grado. Primero, salvar la vida.

Los Cortacans siempre habían despertado sospechas.

Pero no se les tocó, ni un pelo, aunque por precaución abandonaron la ciudad, como la mayoría que pudo permitírselo por tener segundas residencias en el campo o familia en algún pueblo cercano.

Si los burgueses de primera fila regresaban era porque allí ya no había ley ni orden, y mucho menos peligro para ellos.

¿Qué edad tendría el joven Cortacans?

«Ni idea —jadeó—. ¿Tú qué sabes de esas cosas?»

La única vez que había visto a Pasqual Cortacans fue en una recepción a la que acudió como invitado de casualidad. No era su mundo, ni su gente. Pero allí estaba él, con su mejor traje y su peor cara de circunstancias, llevando del brazo a una Quimeta resplandeciente. Eso había sido cuatro, cinco... no, siete años antes, en las fiestas de la Mercè del 32. Una eternidad. Lo recordaba porque Roger se había roto un brazo jugando al fútbol y su madre no quería dejarlo solo en casa. Le dijo que no iba a ir sin ella, porque no sabría de qué hablar ni con quién, y finalmente la convenció. Mejor dicho, la convenció Roger, insistiendo en que no pasaba nada, que no era más que un brazo, que fueran a divertirse.

Y fueron.

Pasqual Cortacans era uno de los centros y focos de atención. No se lo presentaron. ¿Para qué? Un empresario prominente y un simple inspector de policía eran mundos divergentes. Pero no hacía falta una presentación. Se hacía notar. Hablaba de la expansión del mercado, del papel de España en Europa, de las amistades internacionales que convenía tener y no tener, de las bonanzas del capitalismo en sintonía con los nuevos poderes emergentes de Alemania e Italia en contra de la ferocidad depredadora de la nueva Rusia, de la pérdida de potencial en los países de habla hispana de América del Sur y del mundo en general. Y lo hacía con aplomo, con la seguridad de los triunfadores y bajo la carpa de admiraciones, sonrisas y halagos de no pocos acólitos cuyos ojos brillaban bajo su luz. Entonces rondaría los cuarenta y cinco años.

Tras eso, lo único que sabía era lo que decían de tanto en tanto los periódicos.

Influencia, riqueza...

Orinó antes de llegar a la calle Balmes, en un árbol, ausente de miradas aviesas. El hambre le hizo crujir el estómago a la altura de la Via Augusta; el sonoro vacío de su estómago se repitió un poco más arriba, antes de llegar a la Bonanova. Ni siquiera miró el reloj para saber lo que invertía en la larga caminata. A uno y otro lado, los campos salpicados por viejas villas ofrecían un aspecto de abandono y miseria. Todo lo que antes se hubiera plantado en ellos había dejado de crecer hacía mucho, por falta de casi todo. Algunos pequeños grupos de personas que hablaban y callaban al verle pasar, lo mismo que algún transeúnte perdido y de paso apresurado, siguieron con los ojos su marcha lenta y envuelta en cavilaciones. Hablaba solo, se hacía preguntas y las respondía. No era un mal sistema. Pero en aquellas circunstancias resultaba casi patético. Desde lejos parecía lo que era: un viejo solitario, al borde de la senilidad, hablando solo; ni más ni menos. Con un bastón en la mano el cuadro habría sido completo.

¿Tendrían en cuenta eso los vencedores, a la hora de decidir sobre él?

¿Lo fusilarían, con su orgullo a cuestas?

Se encontraba ya en la plaza de la Bonanova, coronado el leve ascenso hacia las faldas del Tibidabo. El paseo quedaba a su izquierda, llano y recto hasta Sarrià. Recuperó fuerzas apoyado en un árbol, imaginándose en la nueva España fascista. Se vio saludando, brazo en alto, y se le revolvió el estómago con un efecto peor que el del hambre.

¿Alguien que se denominaba a sí mismo Caudillo y Generalísimo iba a gobernar el país?

«Vete a casa.»

Dejó el árbol y enfiló el paseo de la Bonanova.

«Tozudo metomentodo.»

La zona parecía deshabitada, muerta, con las mansiones más o menos señoriales brotando en el horizonte, atrapadas en sus jardines y amparadas por sus muros de piedra. Pero no se oía nada, y menos disparos, aunque ya hacia las afueras, por Sarrià, todo era posible, incluso que se hubiera instalado un puesto defensivo para proteger la ciudad por allí y evitar que el enemigo coronara la montaña desde la cual podría bombardear el casco urbano.

Por lo que recordaba, los Cortacans vivían un poco más abajo del Monestir de l'Inmaculada, en la calle de las Escoles Pies con el mismo paseo de la Bonanova. Un par de servicios le habían llevado por la zona antes de la guerra. Incluso recordaba la casa.

Una mansión de las de antes. De las de siempre.

Todas aquellas residencias señoriales habían sido expropiadas entre julio y agosto del 36. Todas habían pasado a manos «del pueblo». Ahora el pueblo las había abandonado y el rastro era el de la miseria y el dolor, la devastación y la tristeza. Muros caídos, puertas abiertas, la estremecedora sensación del vacío, como si un huracán lo hubiera arrasado todo. Allí incluso hacía más frío.

Se subió las solapas del abrigo.

Si no comía algo, a lo peor se desmayaba.

La torre de los Cortacans mantenía su regia prestancia a pesar del envite de los tiempos. Parecía vacía. Ignoraba quiénes se apoderaron de ella con la victoria popular y republicana sobre los fascistas en julio del 36, pero desde luego, fuesen quienes fueran, se habían ido a toda prisa hacía bastante. Días. A diferencia de otras, sin embargo, no tenía las puertas y ventanas abiertas, sino cerradas.

Así como la cancela exterior.

Miquel Mascarell la observó desde la calle. Siguió su hermosa línea, la firmeza de su estructura a prueba de revoluciones, el diseño de viejo palacio situado fuera del tiempo, la calidad de los materiales que se habían empleado en su construcción. Tenía un edificio central, rectangular, dos plantas, dos alas laterales cuadradas, techo inclinado por delante y por detrás y ventanas sobresaliendo de él. A pesar de lo descuidado del jardín delantero, abatido además por el frío invernal, se le antojó que su contorno era hermoso, diseñado por una mano que amaba la naturaleza. Un jardín que reverdecería con unos pocos cuidados en la inminente primavera.

Una vez comprobado que la puerta de la cancela exterior estaba cerrada, rodeó el muro por la parte de la izquierda, la menos céntrica, hasta dar con lo que buscaba: un punto que le permitiese el acceso al interior. En aquel lugar el muro había sido derruido de forma parcial, por una explosión o por alguien que quiso irrumpir en la finca. Pese a sus años no tuvo que esforzarse mucho para salvarlo. Le bastó con afianzar los pies, sujetarse con las manos y dar un pequeño salto final. Sus pies se hundieron en una grava que crepitó bajo su contacto.

«¿Qué estás haciendo?»

Si el joven Cortacans estaba en Barcelona, como daban a entender los indicios y su relación con Patro Quintana, lo más seguro es que viviera en otra parte, en un piso secreto, o tal vez oculto en casa de un familiar o un amigo.

Salvo que su familia tuviera prisa en recuperar sus posesiones entre la desbandada republicana y la llegada de los facciosos.

Caretas fuera.

Caminó hasta la puerta principal y se aseguró de que estaba cerrada. Después rodeó la mansión como acababa de hacer con el muro, a la búsqueda de un resquicio por el que colarse. La lógica le decía que se marchara. Su instinto no.

Sobre todo porque la lógica había dejado de tener carta de naturaleza en aquellos momentos y al amparo de aquellos días irreales.

Encontró lo que buscaba en el ala de la derecha, al resguardo de miradas ajenas desde la calle o la parte delantera del jardín, una ventana cerrada pero de acceso fácil, porque detrás de ella no había ni contraventanas ni otra protección que la del precario cristal que la cubría. Bastaría con una piedra para romperla.

No las había de gran tamaño, pero sí pequeñas: la grava que cubría los caminos, los accesos a los parterres o el entorno de la formidable villa. Se agachó, tomó tres con la mano izquierda y se dispuso a echar la primera.

Su gesto murió antes de iniciarse.

—¡Quieto!

Lo atrapó el susto, el miedo, la sensación de peligro capaz de paralizarlo mientras todo su cuerpo se adentraba en un gélido océano. El hombre había aparecido por su lado derecho, y llevaba una escopeta de caza de dos cañones. Suficiente para volarle la cabeza o atravesarle el pecho. Sabía lo bastante de armas para darse cuenta de que con aquélla no se cazaban conejos, sino elefantes.

—No dispare. —Dejó caer las tres piedras al suelo.

—¿Por qué no iba a hacerlo si no es más que un maldito ladrón?

—Soy policía.

—¿Qué?

—Inspector Mascarell. Miquel Mascarell. Si me permite…

Hizo los gestos lo más despacio que pudo. Bajar la mano, extraer su credencial, abrirla, mostrársela al hombre. Era un tipo joven, unos treinta años, ojos pequeños, labios rectos. Todo en él era más frío que el ambiente.

—De acuerdo, es policía, ¿y qué?

—No va a matar a un policía.

—¿Por qué no?

Se guardó la credencial, tan despacio como la había extraído. Recordó que llevaba su arma reglamentaria. Con dos balas. Estuvo tentado de echarse a reír. Dos balas de pistola contra dos cañonazos procedentes de la escopeta de su interlocutor.

—¿Quién es usted? —le preguntó.

—No, el que pregunta soy yo. ¿Qué está haciendo aquí? ¡Todas las fuerzas vivas de la ciudad se han largado, por Dios!

—Es un asunto oficial.

—¿Oficial? ¿Aquí? ¡Pero si esta casa ha estado vacía estas últimas dos o tres semanas!

El arma subió un poco más. No era necesario que apuntara, pero lo hizo.

—He de ver a Jaume Cortacans —lo detuvo pensando que, pese a todo, iba a disparar—. Ésta era la casa de los Cortacans, ¿no? Sólo venía para asegurarme de que… —Se sintió más y más estúpido—. Bueno, quiero decir que pensaba que tal vez…

La escena quedó detenida en el tiempo.

Su inquietud frente a la firmeza del aparecido.

Los ojos del hombre de la escopeta fueron de él a un punto situado a su espalda.

Como si allí hubiese algo, o alguien.

No se volvió.

El silencio se prolongó por espacio de unos pocos segundos más.

—¿Para qué quiere ver a mi hijo?

La segunda voz provenía de su espalda.

Así pues, sí había alguien allí.

Volvió la cabeza y le vio como si fuera la primera vez. Entonces le reconoció. Los años de guerra no le habían cambiado demasiado desde aquel lejano 1932, cuando su imagen era más o menos habitual en algunos medios de comunicación. Fotos en la prensa, en actos sociales, inauguraciones, acontecimientos de cualquier índole antes del 36. Vestía con la misma sobriedad que el hombre de la escopeta: ropas sencillas, discretas, con aire de usadas, pero aun con ellas no perdía el punto de elegancia y clase, la dignidad de la que siempre se había revestido. La misma que no se perdía ni se ganaba con una guerra, porque iba pegada a la piel y al carácter como un sello de poder. La delgadez contrastaba con la dureza de sus facciones. El revólver de su mano derecha hacía juego con la escopeta del otro hombre, probablemente alguien a su servicio.

Pasqual Cortacans.

—Buenas tardes. —Quiso ser cortés.

—Le he hecho una pregunta. —Movió la mano armada.

—No es nada importante. —Trató de que su voz sonara lo más sincera posible—. Por lo que parece y me han contado, su hijo Jaume conoce a una joven que a su vez conoce a otra a la que estoy buscando.

—¿Está buscando a una mujer? —Pareció no creerle.

—Así es.

—¿Aquí, en Barcelona, ahora?

—Soy policía.

Se lo dijo con naturalidad, como si fuera una evidencia situada más allá de cualquier otra razón. Y comprendió que, policía o no, si le disparaban allí nadie se enteraría de su muerte. Su cadáver podía aparecer en pleno paseo de la Bonanova para servir de alfombra a las botas de las tropas nacionales.

—¿Está su hijo con usted, señor Cortacans? —se atrevió a preguntar ante el silencio de los dos hombres armados.

—No.

—¿Podría…?

—Por Dios, cállese ya. —Pasqual Cortacans bajó la pistola—. Hace frío, ¿sabe? Será mejor que entremos y nos sentemos.

Fue el primero en dar media vuelta, hacia la parte de atrás de la mansión, esperando que lo siguiera. Miquel Mascarell tardó todavía un poco en reaccionar.

Miró a su espalda y vio que el hombre de la escopeta no había bajado la guardia.

Seguía apuntándole con ella.

Entonces sí echó a andar tras los pasos del dueño de la casa.

15

Entraron en la mansión por la puerta posterior. Pasqual Cortacans abría la marcha. Le seguía él, a unos cinco pasos de distancia. Y cerraba la comitiva el acompañante del primero, servidor, sirviente o lo que fuera aquel hombre de ojos y labios gélidos. Miquel Mascarell sentía casi el impacto de los cañones del arma en su piel. Una presencia que se le antojaba espantosa y humillante.

El interior de la casa parecía haber sufrido el paso de un ciclón. Un vendaval humano que había diseminado por el suelo papeles y más papeles, archivos de cartón, libretas rotas y documentos inservibles. Y no era algo reciente. Había polvo en los rincones. Pasaron por encima de ellos, atravesando estancias desiertas, hasta alcanzar una habitación de reducidas dimensiones. No era extraño que la utilizaran para refugiarse, porque era cálida. Las paredes, de madera, ofrecían confort. También había algunas sillas, dos butacas, un sofá. En la chimenea el fuego estaba apagado, por precaución. El frío se combatía con ropa y mantas.

—Siéntese.

Más que una invitación fue una orden.

La obedeció.

—Gracias, Fernando.

El hombre de la escopeta se había detenido en la puerta, todavía con ella amenazante.

—¿Quiere que me quede, señor?

—No creo que sea necesario, aunque no se vaya lejos. —Pasqual Cortacans escrutó a su visitante—. Si el inspector está... trabajando —lo dijo con intención—, sólo habrá venido a hablar, ¿no es cierto?

Miquel Mascarell asintió con la cabeza, en forma leve, una, dos, tres veces.

El dueño de la casa ocupó una butaca enfrente de la suya. Sus gestos eran firmes, secos, casi violentos. Gestos de dominio. Cruzó la pierna derecha sobre la izquierda. A él se le antojó premonitorio sin saber el porqué de tan peregrina asociación. Luego dejó que lo observara con descarada minuciosidad, prescindiendo de si era grosero o no. Pasqual Cortacans lo taladró de arriba abajo. Al terminar su examen le hundió los ojos en los suyos y se mantuvo así por espacio de otros cuatro o cinco segundos.

Una eternidad.

Fernando ya no estaba allí, y la puerta se había cerrado.

Miquel Mascarell se sintió muy solo.

—Ahora dígame qué está haciendo aquí, inspector...

—Mascarell —se lo recordó antes de agregar—: Y ya se lo he dicho, busco a una joven.

—¿Me toma el pelo?

—En absoluto.

—El Gobierno se ha ido, cualquiera con un cargo político o público ha dejado Barcelona durante estas últimas cuarenta y ocho horas, señor Mascarell. No queda nada por hacer, y menos aún por investigar.

—Yo sigo aquí —le dijo con serenidad—. Y sigo investigando.

—¿Por qué?

—Ética.

—Extraña palabra, ¿no le parece? Ética en tiempos de guerra.

—Precisamente.

—¿Y a quién reporta el resultado de sus investigaciones?

—A mí mismo.

—¿Policía y juez?

—No, eso no.

Pasqual Cortacans unió las yemas de sus diez dedos. Un gesto muy propio de reflexiones en despachos de abogados y asociados a la hora de los negocios. Un gesto delator. Dos años y medio de guerra no cambiaban los hábitos, adquiridos o heredados. Amadeu Sospedra pedía que los obreros dieran su sangre en la última defensa de Barcelona. Y mientras, las águilas volvían a sus nidos.

A veces pensaba que tanto le daban unos como otros. Desde la muerte de Roger sentía que aquél ya no era su mundo. Pero bajo el peso de Pasqual Cortacans y su influjo todavía se sentía capaz de tomar partido.

—Me resulta tan extraño como fascinante encontrar algo de normalidad en estas horas de caos, inspector.

—La justicia no conoce buenos o malos tiempos.

—Pero se supedita a ellos.

No quería discutir de justicia, ni de ninguna otra cosa con él. Pero ahora estaba atrapado, formaba parte de su mundo. Y Fernando seguía al otro lado de la puerta, escopeta en ristre.

Miró un puñado de fotografías diseminadas sobre una mesita. Ellas sí tenían marcos y portarretratos lujosos. En la mayoría se veía a la que había sido dueña de aquella casa, y también a un solitario hijo varón, Jaume. Un chico guapo, como la madre. Si no había ido a la guerra tal vez era porque se había escondido. Otras fotografías, en apariencia más antiguas por el tono de la impresión, mostraban a una niña sonriente y feliz, pero después de una cierta edad, diez, once años, ya no había ninguna más de ella.

—¿Son sus hijos?

—Montserrat y Jaume.

—¿Dónde está él, señor Cortacans?

—No lo sé.

—Debería. Acaba usted de mencionar el caos.

—Ya es mayor.

—¿Están aquí, en esta casa?

—Ahora sí, aunque hacemos vidas separadas. Le veo muy poco. Supongo que estará tratando de reorganizar su propia vida, ver qué amigos le quedan, cómo está todo…

—¿Y su esposa?

—Murió unos años antes de la guerra. No pudo soportar la pérdida de nuestra pequeña Montse, la hermana mayor de Jaume.

—Lo siento.

Su voz sonó más indiferente que pesarosa o agradecida por su condolencia.

—A veces Dios tiene buenos detalles. No permitió que mi mujer viera lo que ha sucedido con España.

Dijo «España» como si fuera suya, con una nota de orgullo y poder en la voz, la «s» sibilina, la «p» rotunda y fuerte, la «ñ» suave y viscosa. Todo ello envuelto en un fugaz halo de rabia.

—¿Dónde han estado estos dos años y medio?

—La guerra es para los políticos y los soldados —respondió evadiendo los detalles.

—Y la paz para los empresarios, sobre todo al comienzo.

—Buen apunte. —Subió la comisura de su labio—. Oiga… —Cambió bruscamente de tono para romper la insustancialidad de su conversación—. Esa joven de que me ha hablado…

—¿Sí?

—¿Era alguien especial, un allegado suyo?

—No, sólo la hija de una vieja prostituta llamada Remedios.

Alzó ambas cejas con sorpresa.

—¿Y qué tiene que ver mi hijo Jaume con eso, si me permite la pregunta?

—Me han dicho que él se veía desde hace unas semanas con una amiga de la desaparecida.

—Hable con la amiga.

—No parece muy dispuesta a hacerlo. —Le mostró las cartas sin ambages—. Ha echado a correr nada más verme.

—¿Cómo se llama esa supuesta conocida de Jaume?

—Patro Quintana.

—¿Patro? —lo dijo como si el nombre fuera una afrenta—. ¿Y la otra?

—Mercedes Expósito. Merche.

—Patro y Merche Expósito. —Se mordió el labio inferior y casi estuvo a punto de sonreír—. No sabía que mi hijo hubiera estado tan apartado de la vida en estos dos años y medio.

—Yo pienso que es todo lo contrario.

—¿Por qué?

—Patro Quintana es una joven llena de esa vida, como Mercedes Expósito, y muy guapa, se lo aseguro. Las dos lo son.

Chocó contra el muro de piedra de sus ojos.

—¿Tiene hijos, inspector?

—No.

—Son una bendición, y también una maldición —repuso con la misma frialdad con la que había hablado de su difunta esposa.

—Escuche…

—No, escuche usted —lo detuvo—. Todas esas jóvenes, guapas, llenas de vida, como acaba de decir, están ahí afuera, en las calles, a merced de lo que sea con tal de poder comer, subsistir un día más. Es lo que la guerra ha hecho de ellas. Muchas venderían su alma al diablo por unas medias. ¿Ha desaparecido una y su amiga le rehúye a usted? Por Dios, ¿qué espera? La que ha desaparecido estará en cualquier parte, donde haya calor, comida, un paréntesis de la guerra. Y la otra no querrá delatarla, por compañerismo. Y tampoco es que abunden mucho los hombres, ¿no le parece? No sé qué pinta mi hijo en todo esto, pero él también es joven, así que...

—Hay algo más, señor Cortacans.

—¿Ah, sí?

—La madre de la muchacha desaparecida, la ex prostituta, ha muerto hoy.

—¿Y?

—Un extraño suicidio que puede encubrir un asesinato.

No se alarmó por la palabra asesinato. Al contrario.

—¿Y espera usted resolverlo antes de que entren las tropas del Ejército nacional?

Las tropas del Ejército nacional.

No le respondió.

Ya no.

Los dos hombres sostuvieron una vez más sus respectivas miradas.

La distancia se agigantó.

Y sin embargo la conversación parecía haber llegado a su fin. El dueño de la casa quería que se marchara. Y él quería irse cuanto antes, para volver a respirar el aire fresco de la tarde.

Un aire limpio.

—Le diré a mi hijo que vaya a verle si sabe algo, inspector.

Sabía que no lo haría, así que no le entregó su tarjeta personal. Por si acaso.

Miquel Mascarell fue el primero en ponerse en pie.

16

A veces el hambre se hacía acuciante. Otras lograba domesticarla. Éste fue el caso. Lo que no conseguía era vencer la sensación de impotencia. Por todo. Por Quimeta, sola en casa, quizás con un acceso de dolor. Por Reme, muerta, y por Merche, desaparecida. Por la espera del fin de Barcelona, al menos de la Barcelona que había conocido. Y también era impotencia por el mal sabor de boca que acababa de dejarle Pasqual Cortacans.

Si ellos volvían era por algo.

Y no precisamente para llorar el fin de la República.

Enfiló por el paseo de la Bonanova, hacia la izquierda, para descender en dirección al centro de la ciudad. Llevaba la vista hundida en el suelo, por delante de sus zapatos, y la cabeza envuelta en nubes, como si volara. Cumplir con su deber no era jugar a policías y ladrones. Jamás había sido un juego. Pero en aquellas circunstancias le parecía un acto desesperado.

«Te sientes culpable.»

Y él mismo se respondió:

«No, no es eso.»

¿Entonces qué?

¿Necesidad de morir combatiendo en su guerra personal?

Tuvo un extraño presentimiento y miró hacia atrás un instante.

Por aquella zona no había nadie. No tan sólo se trataba de

que fuera el extrarradio, las afueras de Barcelona; probablemente también subsistía el miedo a la presencia de las primeras tropas entrando en ella. A ambos lados se abría un desierto silencioso formado por campos y algunas pequeñas villas ajardinadas. ¿Quién iba a caminar por allí?

Y sin embargo el presentimiento se reprodujo.

Antes de llegar a la plaza de la Bonanova tuvo la certeza final.

Alguien le seguía.

Fue su instinto, la voz de alarma de su sexto sentido, incluso la falta de sutileza de su perseguidor, que cometió un par de errores: un paso ruidoso, el ligero golpe dado a una piedra. Miquel Mascarell se envaró y se olvidó de todo lo demás. Cada paso fue ya una tensión añadida. No volvió la cabeza. No era necesario. Mejor que quien le seguía se confiara, que siguiera creyendo que se trataba de un hombre mayor, incluso un poco sordo.

Su mano rozó la pistola, pero no la extrajo de su funda.

Examinó el panorama a lo lejos, la cercana plaza, la calle Muntaner por la que pensaba bajar. No había dónde esconderse, salvo probar fortuna en uno de los descampados y sorprender al intruso. Claro que eso también podía hacerlo en alguna casa con portal. Meterse dentro y esperar.

«Calma.»

Cambió de acera y al llegar a la esquina de la siguiente calle, formada por otro muro de piedra, la dobló, desapareciendo del plano visual de quien le siguiera. Fue entonces cuando su mente se disparó, trabajando a toda velocidad, y reaccionó de acuerdo con sus posibilidades.

Al otro lado, en la acera opuesta, vio una casa en ruinas.

Corrió en su dirección, mirando hacia atrás, para saber si era visto o no, y se ocultó bajo los primeros cascotes, aunque no se detuvo en ellos, sabiendo que el intruso sería lo primero que examinara al descubrir que ya no se encontraba en su campo de visión. Los cascotes formaban una especie de bóveda por la que continuó avanzando, doblado sobre sí mismo. Ahora sí extrajo su arma reglamentaria.

Llegó hasta una habitación que se mantenía en pie. La parte de la izquierda estaba aplastada. La de la derecha se abría en dirección a un pasillo medio derruido. Se internó por él hasta que se vio obligado a gatear para salvar una zona muy angosta. Jadeaba, y se estaba poniendo perdido el abrigo y el pantalón. Al otro lado pudo incorporarse.

No había otra salida. Sólo el pasillo por el que acababa de arrastrarse.

Entonces, por una grieta de la pared, atisbó la calle.

Fernando, el servidor de Pasqual Cortacans, se encontraba en la esquina opuesta, mirando a ambos lados con expresión furiosa. No llevaba su escopeta de dos cañones, pero tampoco le hacía falta. Le bastaban sus ojos y aquellos labios horizontales que formaban un trazo cruel en su rostro. No era la cara de un hombre amable. Era la expresión del diablo. Sin darse cuenta, él apretó aún más la culata de la pistola entre sus dedos.

Su pistola con dos balas.

Fernando no perdió mucho tiempo; acabó cruzando también la calzada, comprendiendo que, o bien había desaparecido o el único lugar en el que, tal vez, se había ocultado, era aquél.

Aunque eso significaba que lo había descubierto.

Miquel Mascarell contuvo la respiración.

Dejó de ver al perro de presa de Pasqual Cortacans cuando éste entró en el terreno de la casa en ruinas. Entonces se aplastó contra la zona más oscura de la habitación en que se encontraba y apuntó con la pistola al pasillo. Si Fernando llegaba por allí, gateando, sería un blanco fácil.

Seguía sin respirar.

Con el corazón a mil.

No escuchó ningún ruido. Nada. Comenzó a imaginar cosas, que Fernando decidía esperarle fuera, hasta que saliera, o que...

¿Qué?

El tiempo dejó de tener un valor real.

Un minuto, dos…

El primer roce fue apenas perceptible. El segundo sonó a trueno ahogado. Lo acompañó un jadeo y una imprecación exhalada en voz muy baja. Fernando se hallaba al otro lado del pasillo.

Miquel Mascarell presionó suavemente el gatillo. Apuntó al lugar por el que debía de aparecer el sicario de Pasqual Cortacans. El hecho de no respirar motivó que los ojos se le llenaran de lucecitas, así que tuvo que soltar el aire retenido en sus pulmones y volver a aspirarlo para nutrirse de oxigeno.

Fernando no llegó hasta él.

Un enjambre de segundos después escuchó otro ruido, y no precisamente donde creía, al otro lado del pasillo derruido que conducía hasta su escondite. O no había querido ensuciarse, o pensó que no estaba allí, o decidió que el riesgo era extremo.

Abandonó la zona oscura y regresó a la grieta de la pared.

El sirviente de Pasqual Cortacans no tardó en reaparecer ante su vista, caminando entre las ruinas de la casa, mirando a todos lados en busca de un rastro o una huella. Desde allí, bañado por la luz de la tarde que ya declinaba sobre Barcelona, pudo verle la cara de fastidio y contrariedad. Puños cerrados, mandíbulas apretadas, rostro contraído.

Se quedó unos segundos de pie, quieto.

Luego renunció.

Cruzó la calzada, llegó a la otra acera y tomó el camino a la mansión de su amo.

Por lo menos desapareció de su vista tras aquella esquina.

Miquel Mascarell no se confió. Se apoyó en la pared, liberando toda la tensión acumulada, pero no se confió. Durante un buen rato, cinco o diez minutos, ni siquiera miró el reloj. Hundió los ojos en aquella esquina, por si aparecía la nariz de

Fernando, su sombra, lo que fuera que indicara que seguía al acecho, esperándole.

Cuando estuvo casi seguro de que el hombre no estaba allí desanduvo el camino en dirección al exterior, gateando por la parte angosta del pasillo, hasta la primera habitación, y de ella al exterior.

Continuó con la pistola en la mano.

No la guardó hasta que pudo ver el paseo de la Bonanova, libre del rastro de Fernando.

Sólo entonces su mente se llenó de preguntas.

¿Por qué le había seguido? ¿Por qué le importaba a Pasqual Cortacans controlarle? ¿Por qué el buscar a una adolescente desaparecida despertaba su alarma? ¿O sólo era por ser policía y no se fiaba? ¿Querían ver a dónde iba, qué hacía o dónde vivía? ¿Había algo más?

Preguntas.

Pero con alguien como el viejo burgués no podía fiarse.

«¿Y ahora qué?», se dijo.

Plaza de la Bonanova, calle Muntaner abajo, su casa.

Paseo de la Bonanova, la mansión Cortacans, el instinto.

Quería irse a casa. Había llegado a asustarse por la presencia de Fernando tan cerca de él, pero echó a andar en dirección opuesta, de regreso a las inmediaciones de la mansión Cortacans.

«¿Pero qué haces?»

¿Y si Fernando también se había ocultado?

No iba muy deprisa, y ahora no miraba al suelo, sino al frente y a los lados, y de vez en cuando volvía la cabeza, agudizando el oído. El paseo seguía vacío; por un momento, a lo lejos, muy a lo lejos, por Sarrià, creyó escuchar el fragor de unas explosiones.

Sólo faltaría que aparecieran las tropas facciosas de cara.

Y él armado, con su credencial de inspector de policía.

No llegó hasta la casa. Se detuvo nada más avistarla y se

pegó a la pared que le servía de amparo. En ocasiones hacía las cosas antes de meditar en ellas. Ahora supo por qué volvía a estar allí. Si Jaume Cortacans no se encontraba en la villa, era posible que regresara antes de la noche. Era posible y eso bastaba. Y si quería hablar con él, la única forma era sorprenderlo antes de que entrara, controlando el paseo de la Bonanova.

Aunque lo que menos le gustaba era eso, hacer guardias, vigilar, esperar, quemar horas absurdas revistiéndose de la paciencia de un santo, casi siempre por nada.

Miró al cielo. La tarde declinaba muy rápido. Tiempo de invierno. Con las primeras sombras, sería más fácil ocultarse y más difícil atisbar la llegada de su objetivo. La pregunta era ¿cuántas horas estaba dispuesto a concederse en aquella espera? Quimeta no era de las que se angustiaban, pero en su estado...

«Lo siento, cariño.»

Si pasaba el día a su lado, ella se sentía peor, porque comprendía que le acaparaba. Pero haberse marchado por la mañana temprano y no haber dado señales de vida en tantas horas...

Ahora, las explosiones sí eran nítidas.

Pero no por Sarrià, quizás un poco más lejos, por el Castell de l'Oreneta, en dirección a Esplugues.

—Vamos a entrar en el túnel del tiempo. —Suspiró.

Barcelona se nutría de derrotas. La de 1714, la de aquel 1939. No habían superado la primera, por la que terminaron formando parte de España a sangre y fuego, así que ¿cuánto se tardaría en superar la actual? Quizás en el siguiente siglo, o el otro. Pero fuera como fuese, volverían, como decían *Els Segadors*. Volverían y tal vez entonces ganasen. Los hijos de los hijos de los hijos de sus hijos.

—¿Cómo debe de ser ganar?

Con la primera oscuridad se sentó en el bordillo. Trató de mantenerse consciente, olvidarse del hambre, centrarse en su vigilancia. Así pasó la primera hora. En la segunda, el silencio y la oscuridad le hicieron lamentar lo que estaba haciendo. Dos o tres veces se sintió tentado de levantarse y regresar al centro. Dos o tres veces se pidió paciencia. Un poco más. Un poco más. Acabó fijándose una hora como límite. De hecho, era temprano pese a la oscuridad. La noche aún estaba lejos.

—Cinco minutos...

Y entonces le vio, una sombra oscura que se deslizaba por la acera en su misma dirección. Una sombra fantásticamente desarticulada que caminaba despacio pero que, sin embargo, se movía de una forma irreal, con la cabeza gacha y las manos en los bolsillos. Ni la oscuridad impidió que le reconociera después de haberle visto en las fotos de la habitación en la que había hablado con su padre.

Jaume Cortacans.

Miquel Mascarell lo comprendió casi todo al verle; de manera especial, por qué no había ido a la guerra, por qué su padre no le mostraba demasiado afecto, por qué...

17

El hijo de Pasqual Cortacans parecía una marioneta articulada por hilos invisibles, como si una mano celestial lo animara a moverse pero lo hiciera sin mucho tino, convirtiéndolo en una suerte de espantajo ridículo y grotesco. Una de sus piernas, la derecha, no sólo era más corta que la otra, sino que bajo el pantalón apenas si presentaba un volumen, la presencia de músculos o carne por encima de los huesos. Víctima de cualquier enfermedad o accidente, o tal vez incluso de una deformación de nacimiento, el muchacho caminaba haciendo oscilar todo el cuerpo. Afianzaba la pierna izquierda, la buena, y después lanzaba la derecha hasta que el pie se posaba en el suelo, con la suficiente confianza para dar el siguiente paso. Haberse movido así durante toda su vida o parte de ella no le restaba dificultad, a pesar de que él parecía hacerlo fácil. Mientras las piernas funcionaban por un lado, la parte superior del cuerpo lo hacía por otro. El resultado era que en ningún momento se mostraba perpendicular al suelo, sino en constantes diagonales que iban de un lado a otro.

El único hijo varón de Pasqual Cortacans no era el orgullo que su padre habría querido que fuera.

La sorpresa lo paralizó unos segundos, mientras le observaba. No reaccionó hasta que el joven llegó a su altura. Entonces sí salió de las sombras para interceptarle.

—¿Jaume Cortacans?

Se detuvo muy, muy asustado. La única luz, difusa, provenía de las estrellas. Sus ojos se dilataron por algo más que el espanto. Tal vez fuera el signo de los tiempos, o quizás el miedo. Tal vez fuera cobardía, o la reacción natural de una persona lisiada frente a lo desconocido. El policía recordó la expresión de su padre un par de horas antes, cuando le preguntó si tenía hijos y le dijo: «Son una bendición, y también una maldición». Aquella frialdad, aquella falta de amor y compasión. Ahora cobraba forma. Un hijo imposibilitado era la burla de su vida triunfante.

La sombra perpetua de un fracaso personal.

Todo aquello y más lo interpretó en apenas dos segundos. Suficientes.

—¿Qué... quiere?

—Tranquilo. —Levantó las dos manos para que se las viera—. Acabo de estar en su casa, soy policía.

—¿Policía? —Su palidez contrastó con la de la luna.

—Inspector Mascarell, Miquel Mascarell. Siento haberle asustado —le habló de usted a pesar de que era apenas un jovencito: dieciocho, diecinueve años, veinte años a lo sumo.

—No entiendo...

—Será tan sólo un momento, unas pocas preguntas.

—¿Aquí?

—Prefiero no regresar a su casa —dijo con un gesto de indiferencia.

Jaume Cortacans miró a su alrededor. No tenía escapatoria. Tampoco podía echar a correr.

—¿De qué preguntas se trata?

—Patro —pronunció con intención.

El semblante del muchacho no cambió.

—¿Patro Quintana?

—Sí.

—No entiendo.

—Sale con ella, ¿no?

—Somos amigos —aclaró, como si no quisiera comprometerse, a medida que recuperaba el pulso y la confianza—. ¿Por qué quiere hacerme preguntas sobre Patro?

—Es una investigación.

—¿Una investigación... estos días? —Le mostró su desconcierto.

—Por favor, hábleme de ella.

—¿Le ha sucedido algo?

—De momento, no.

—Pues tampoco hay mucho que contar. Es una chica normal y corriente.

—¿Y a Mercedes Expósito, la conoce?

La respuesta se demoró un segundo que pareció mucho más largo de lo normal.

—¿Quién?

—Mercedes Expósito —se lo repitió—. Merche.

—No me suena.

—Una amiga de Patro, muy guapa. —Sacó la fotografía del bolsillo del abrigo y se la enseñó.

Jaume Cortacans escrutó aquel rostro en la oscuridad.

—¿Quiere que se lo ilumine con una cerilla? —se ofreció él.

—No, no es necesario. —Se la devolvió—. La vi una vez, sí, hará cosa de unos días, dos o tres semanas, por Navidad o Año Nuevo. Me la presentó Patro, pero no recordaba su nombre. ¿Por qué?

El tono era distinto, más cortante, más en guardia, con un suave acento de calma.

—Ha desaparecido.

La mirada se hizo ingrávida.

—No entiendo.

—Mercedes Expósito lleva tres días sin ir a su casa.

—Bueno, no sé...

—¿Sabe dónde está Patro?

—En su casa, digo yo.

—¿Cuánto hace que no la ve?

—Bastante. Con lo que está pasando... Y para mí, sin medios de transporte, vive lejos.

—¿Por qué Patro echaría a correr cuando he ido a verla hoy?

—¿Eso ha hecho? —Abrió los ojos.

—Sí.

—Pues no tengo ni idea.

Supo que mentía. Lo supo en ese momento, cuando él plegó los labios hacia abajo, trató de sostener su mirada y, al no conseguirlo, la apartó una fracción de segundo. Sin embargo, al recuperarse no mostró otra cosa sino la vuelta del miedo.

Y eso podía percibirlo.

En otras circunstancias se lo habría llevado a la comisaría, para apretarle un poco las tuercas. En otras circunstancias. Ahora, por no haber, no había ya ni comisaría.

Sintió el peso de la soledad.

—¿Cómo conoció a Patro? —Intentó darle cuerda.

—Esto es algo personal, ¿no cree?

—Vamos, hijo. —Exhaló con cansancio—. Es tarde y quiero irme a casa. ¿No desea cooperar? Su padre lo ha hecho.

—¿De verdad ha hablado con él?

—Sí. —Señaló hacia atrás—. Con Fernando y todo, en el saloncito.

Eso le convenció.

—¿Y qué le ha dicho? —espetó con la misma frialdad que lo había hecho su padre.

—Se ha sorprendido de que un policía trabajara en un caso en estos días.

—A mí también me sorprende, ya se lo he dicho.

—Pues ya ve usted.

Jaume Cortacans bajó los ojos al suelo. Dejó de parecer anclado en él cuando se movió, para cambiar de posición. Sólo con eso se desarboló de nuevo. Su cuerpo se deslizó hacia la derecha y después hacia la izquierda. Permanecer de pie y quieto no debía de ser la mejor de sus posiciones.

—Le he preguntado cuándo conoció a Patro —le recordó.

—Hace unas semanas, al acabar el verano, a comienzos de otoño.

—¿Dónde?

—En la playa de la Barceloneta.

—Curioso lugar.

—¿Por qué lo dice?

—Por los bombardeos, porque la playa al terminar el verano es triste…

—Hacía bastante que no veía el mar.

—¿Así que fue cuando su padre y usted regresaron a Barcelona?

—Yo vine antes que él. La situación ya no era la misma y… —Se dio cuenta de lo que acababa de decir y se calló de golpe.

—Entiendo que estaban fuera de Barcelona, no se preocupe —quiso calmarle.

Se encontró de nuevo con sus ojos doloridos.

Porque Jaume Cortacans iba del dolor al miedo, de la frialdad a la rabia, de la cautela a la incomodidad. Todo ello contenido y dominado.

—¿Intimó con ella tras conocerla?

—Un poco.

—¿Qué pasó después entre Patro y usted?

—Nada.

—Ella tenía novio. Según la madre del muchacho, lo dejó por su relación.

—Éramos amigos. —Fue taxativo.

—¿Amigo de una muchacha guapa?

—¿Qué trata de decirme? —Suspiró hastiado.

—Se vieron a menudo, ¿no es cierto?

—Sí.

—¿Le daba dinero?

—No.

—¿Comida?

—¿Piensa que por llamarme Cortacans tengo un almacén o algo así?

—¿Le daba comida? —repitió la pregunta con mayor contundencia.

El silencio fue mucho más largo. A su término el joven reaccionó de forma inesperada, recuperándose de todas sus angustias o recelos.

—He de irme.

Miquel Mascarell le interceptó el paso.

—Escuche, hijo. —Buscó la manera de parecer paternal y al mismo tiempo no renunciar a su papel de hombre duro—. Si sabe algo debería decírmelo. Ahora, ¿entiende?

—Yo no sé nada de esa chica, ni de Patro.

—La madre de Mercedes Expósito ha muerto esta mañana.

Un puñetazo no le habría causado mayor conmoción.

Pero lo resistió.

—Déjeme pasar, ¿quiere?

—Puede que Patro esté en peligro. Amigos o algo más, si ha estado relacionado con ella tiene un compromiso moral.

—¿Me habla de compromisos morales? —Cinceló una sonrisa hueca, exenta de alegría—. ¡Hoy no hay compromisos morales, señor! ¡Eso se acabó! —Vaciló levemente al darse cuenta de qué estaba diciendo y, por encima de todo, de cómo lo estaba diciendo—. Dígame, ¿es usted leal a la República, a la Generalitat...?

—Sí.

Eso le hizo sentirse más seguro.

—¿Y con los nacionales a punto de entrar en Barcelona, de vuelta a la oscuridad, me habla de eso?

—Todos tenemos una conciencia.

—La conciencia murió cuando ellos cruzaron el Ebro, inspector.

—La conciencia está por encima de todo.

—Por Dios... —bufó.

—Aun en tiempos de cólera, ha de haber justicia.

Lo atravesó por última vez con los ojos. Temblaba. De rabia e inquietud. Su cuerpo permanecía rígido pero en su mirada había naufragios y en su mente terremotos. La escena de todas formas ya no se prolongó mucho más.

Jaume Cortacans se movió de nuevo.

Como un péndulo, oscilando de un lado a otro, siguiendo el compás de sus extraños gestos, paso a paso.

Miquel Mascarell le vio alejarse por el paseo de la Bonanova, camino de su recién recuperada mansión familiar.

Por asociación pensó que la oscuridad en la que se adentraba sí era un presagio del futuro de la nueva España.

18

Esta vez, al llegar a su casa, sí hizo ruido.

Giró con fuerza la llave en la cerradura, y, nada más cruzar el umbral, antes de cerrar la puerta con la misma energía, gritó:

—¡Estoy aquí!

A Quimeta no le dio tiempo de guardar las fotografías. Lo intentó, pero no fue lo bastante rápida. Se quedó con la caja a medio cerrar, y con algunas de ellas mal colocadas y asomando por los lados. No hacía falta preguntar nada. Se lo quedó mirando como una niña atrapada con la mano en el tarro del chocolate. Es decir, como una niña de antes de la guerra atrapada con la mano en el tarro del chocolate que abundaba en aquel tiempo pretérito.

—Has tardado —le dijo sin ánimo crítico.

—Llevo todo el día caminando de aquí para allá.

—¿Por qué?

—Ya sabes, mujer. Trabajo.

—No queda casi nadie en Barcelona, Miquel.

—Quedan los suficientes para acabar una investigación. Y los suficientes para que cuando ellos lleguen, las calles se llenen de gritos de bienvenida.

—Porque la gente está harta de la guerra.

—Pues será por eso.

—¿Todavía nada?

—No.

Todo lo no dicho era de mucho más peso. Pero ya no hacía falta ponerlo en palabras. El recién llegado miró a su mujer. La vio mejor, inusitadamente fuerte. No supo si sentarse a su lado o si coger la caja de las fotografías para guardarla. Quimeta se aferraba a ella como un náufrago a una tabla en mitad del océano. Allí dentro Roger todavía se conservaba vivo y joven, con sus retratos atrapados en las fracciones de segundo que captó la cámara en el pasado. Los dos se sabían las imágenes de memoria, y también recordaban cuándo habían sido tomadas.

No le quitó la caja de las manos.

Tampoco se sentó.

—¿Has cenado?

—Yo sí. ¿Y tú?

—¿En serio? —No la creyó.

—Quedan garbanzos, y puedes ver los platos en el fregadero. No los he limpiado. ¿Te preparo algo?

—Ya lo haré yo.

—No, tú te sientas. ¿No dices que has pasado el día de aquí para allá? Por Dios, que yo no he hecho nada y no me estoy muriendo.

Esto último lo dijo con intención.

Porque a veces, ella, bromeaba a conciencia.

Quimeta se levantó, dejó sobre la cama la caja de las fotografías, más bien un cofrecillo, y salió de la habitación llevándose la vela. Miquel no tuvo más remedio que seguirla para no quedarse a oscuras.

Se había limpiado el abrigo antes de subir, pero sus pantalones conservaban el polvo del paseo a gatas por aquella casa en ruinas. Se los sacudió de nuevo con más brío, confiando en que ella no lo notara con tan poca luz. La visión de los garbanzos en la cocina hizo que su estómago se alborotase otra vez. El sonido fue tan cavernoso que hasta su mujer lo escuchó.

—Vaya por Dios. —Suspiró.

La vio moverse por la cocina, recoger un cazo, llenarlo con agua, echar bajo el fogón un puñado de astillitas y una hoja de periódico, porque no había carbón, luego prender una cerilla y arrancar la primera llama de él. Los garbanzos eran escasos, los últimos. Colocó el cazo sobre el fuego, lo alimentó con más hojas de periódico y entonces buscó los cubiertos, la servilleta.

Miquel Mascarell pensó en Jaume Cortacans.

Su defecto le había impedido ir a la guerra.

Eso sí era suerte, aunque también dependía del bando en el que hubiese preferido combatir porque, por lo que había dejado traslucir en su breve conversación, era fiel a la República.

—Me olvidaba. —Se detuvo en seco Quimeta—. Te han llamado por teléfono.

—¿Ah, sí? —Se extrañó de veras—. ¿Y por teléfono?

—Es lo único que funciona. A mí también me parece asombroso. —Y le dio el mensaje—: Era ese amigo tuyo, el médico, Bartomeu Claret.

—Estuve con él ayer por la mañana.

—Pues quiere que vayas a verle.

—¿Cuándo ha sido eso?

—A primera hora de la tarde.

—Vaya.

Se quedó atrapado en zona de nadie, sin saber si sentarse a cenar los últimos garbanzos o marcharse. Miró la hora y se preguntó si su amigo seguiría en el hospital. Apostaba a que sí, pero salir de noche, aunque la distancia no fuese excesiva...

—Voy a telefonearle.

—Cena primero.

—Un minuto, mujer.

—Vas a desmayarte, eso es lo que te va a pasar.

Fue hasta el teléfono, descolgó el auricular, buscó el número en la agenda situada al lado y lo discó. Tuvo que pasar dos controles previos antes de que una tercera voz le dijera que el doctor no podía ponerse al aparato. Le dejó el recado de que le llamara, colgó y regresó a la cocina, a por sus garbanzos, intentando no parecer hambriento. La mesa del comedor ya estaba dispuesta, así que se sentó en su sitio y Quimeta hizo lo mismo enfrente.

Tomó una primera cucharada.

Su estómago se volvió loco.

Tomó una segunda cucharada.

Cerró los ojos, mientras intentaba masticar de forma pausada, y permitió que la sensación de placer lo inundara. El sabor era intenso, sus glándulas salivares segregaron más y más líquido. La tercera cucharada apenas si pudo masticarla.

—Despacio —le aconsejó ella.

—Ya. —La observó con contenida desesperación—. ¿Vas a quedarte ahí plantada como un pasmarote viéndome cenar?

—¿Quieres que me vaya?

—No, mujer. —Se sintió mal por haberlo dicho.

—Desde luego…

—Era broma.

Había ya ingerido la mitad del plato y tenía más hambre que al comienzo.

—Miquel.

—¿Qué?

—Vicenç y Amàlia se han ido, ¿verdad?

¿Mentía?

—¿Por qué lo dices?

—No sabemos nada de ellos desde hace una semana.

—No están los tiempos como para ir de visita.

—Miquel, mírame.

Dejó de masticar.

—Vamos, Quimeta.

—¿Se han ido o no?

—Supongo que sí.

—¿Sólo lo supones?

—Me dijo que pensaba hacerlo, sí, hoy o mañana.

—¿Cuándo te lo dijo?

—No sé... ayer, o anteayer. Me lo encontré y hablamos.

—¿Te pidió que fuéramos con ellos?

—Sí.

—¿Qué le dijiste?

—Que no podíamos.

Cuando a ella se le encendían los ojos temía lo peor. Era su irreductible fuerza interior, su carácter que mantenía firme como una última torre frente al avance del cáncer. Moriría quemando su última energía, en pie. De los dos, siempre había sido la más fuerte, la mejor.

La mejor.

—¿Y si nos arriesgáramos también nosotros? —exhaló Quimeta.

—¿Quieres meterte en una carretera abarrotada de gente desesperada?

—El instinto de supervivencia hace milagros.

—No seas tonta. —Tenía ya aquel nudo en la garganta.

—Aún estamos a tiempo —insistió ella.

—Ya lo hemos hablado —arrastró cada palabra hasta el límite—. Esta mañana, ayer, anteayer...

—La frontera no está lejos.

—¿Y crees que les dejarán irse de rositas, sin más?

—Mejor morir de pie que...

—Quimeta... Ni siquiera sabemos si los franceses les permitirán pasar, que menudos son.

No se rendía. Era el momento de su guerra. Eso significaba que se encontraba lo suficientemente bien como para sostenerla. Un alto en su Vía Crucis personal.

—Mira que eres terco.

—No lo soy.

—Como una mula.

—¿Vas a pasarte la noche discutiendo otra vez?

—¿Qué te harán? —insistió.

Dejó la cuchara en el plato. Le quedaban apenas dos viajes con ella para terminárselo. Alargó la mano, tomó el vaso de agua y lo apuró hasta más de la mitad.

—He sido un buen policía, nada más.

—Leal a la República.

—No me he significado en nada. —Bajó la cabeza avergonzado al oírse a sí mismo decir eso.

—Diles lo que quieran oír.

—Ya.

—Harán falta personas como tú, aunque sea a base de tragar por un lado y engañarles por otro.

—¿Crees que se dejarán engañar?

—No pueden fusilar a todo el mundo.

Lo dijo con un tremendo sentimiento de frustración.

—Tranquila. —Alargó la mano para tomar las suyas—. Y no volvamos a hablar de esto, ¿quieres?

—Es que…

El timbre del teléfono le salvó del abismo en el que se asomaban cada vez que el inevitable miedo los atrapaba. Se sobresaltó, porque no lo esperaba y porque intentaba volcar toda su atención y su amor en ella, para evitar que se derrumbase, llorase o Dios sabía qué más podía sucederle ya.

Antes de levantarse se llevó otra cucharada de garbanzos a la boca.

—¿Dígame? —habló todavía con ella medio llena.

—¿Miquel?

—Hola, Bartomeu —lo reconoció.

—¿Qué te pasa?

—Estaba terminando de cenar.

—Bienaventurado tú.

—Los últimos garbanzos, no vayas a creer.

—Escucha, que no tengo mucho tiempo. ¿Puedes pasarte por aquí?

—¿Cuándo?

—Eso depende de ti. Puedes hacerlo mañana, si es que seguimos en el mapa, o darte un paseo ahora. Yo esta noche dormiré aquí.

—¿Para qué quieres…?

—Esa chica que andabas buscando.

—¿Mercedes Expósito?

—La misma.

—¿La tienes?

—Podría ser. Y en tal caso me iría bien que la identificaras.

—¿Está…?

Los garbanzos se le alborotaron en el estómago.

—Lo siento —dijo el médico—. ¿Vienes?

—Sí, ahora mismo voy.

—De acuerdo, te espero.

Colgaron al unísono, aunque Miquel Mascarell se quedó unos segundos quieto, apoyado en el teléfono, con el ceño fruncido y la cabeza llena de disparos silenciosos, los de su propia guerra civil.

Luego regresó a la cocina, a por su última cucharada de la cena y para decirle a Quimeta que salía un momento.

Escapando de una realidad para sumergirse en otra.

19

Ya no bombardeaban. ¿Para qué? Las calles, aún más vacías de noche, eran las de una ciudad muerta. Sin luces, sin tráfico, sin nada que permitiera intuir un poco de vida ni tan sólo al otro lado de las ventanas de las casas. Sus pasos rebotaban en la propia estela del miedo, solidificada. Y de noche el frío se acentuaba, así que caminaba encorvado, encogido, buscando ofrecer menos volumen corporal frente a la gelidez ambiental.

Más allá de Barcelona, de Catalunya, de España, la vida seguía, el mundo se movía. Pero allí la vida se había detenido.

Sin esperanza.

«¿Qué dirá la historia dentro de cincuenta o cien años?»

Al diablo la historia.

Le dolía el estómago. Los garbanzos daban vueltas sin parar, arriba y abajo. La noche tenía una extraña serenidad, era grave. Sin el rumor de los aviones uno podía levantar la cabeza y mirar al cielo sin recelo. De haber sido verano, tal vez todo habría sido un poco distinto. Sólo un poco. Pero la derrota en invierno era más cruel. Habían sido tres veranos de infierno y tres inviernos de dolor.

Se preguntó cómo sería el próximo verano.

El próximo invierno.

«Quimeta ya no estará.»

Los garbanzos se le dispararon, pero hacia arriba. Subieron

como un magma caliente por su garganta hasta estallarle en la boca. La arcada y el vómito fueron parejos. Lo único que pudo hacer fue inclinarse hacia adelante y soltar la papilla mientras su mano derecha buscaba un punto de apoyo en la pared más cercana. Vaciló hasta encontrarlo y entonces soltó el resto.

Su cena.

Con la última energía lo único que expulsó de sus entrañas fue bilis.

Se quedó apoyado en la pared unos segundos, con los ojos cerrados, mareado, exhausto. Le dolía tanto el pecho que temió que se tratara de un infarto.

Esa idea se le rebeló en la mente.

«¡No!»

Recordó lo que acababa de hablar con Quimeta, el momento de decirle que había sido un buen policía y nada más, sin significarse en nada pese a su lealtad a la Generalitat y la República. La voz de su mujer regresó de algún lugar de su memoria:

«Diles lo que quieran oír. Harán falta personas como tú, aunque sea a base de tragar por un lado y engañarles por otro.»

Tragar y engañar.

Por ella lo haría todo, mentir, decir lo que fuera, pero después…

¿Qué? ¿Sobrevivir, solo?

Se llevó una mano al pecho y lo presionó. La respiración fue acompasándosele poco a poco. Luego bajó la misma mano hasta el lugar en que llevaba su pistola, su arma reglamentaria, y la palpó, como si necesitara de su contacto para estar seguro de algo.

Dos balas.

Nunca había utilizado su arma contra nadie.

Dos balas.

Guardadas desde hacía algunas semanas, para Quimeta y para él, ahora lo veía claro.

«No os conformaréis con ganar —musitó rabioso—. Vais a arrasar Barcelona, Catalunya entera, a matar a todo aquel que no comulgue con vuestras ideas, a reprimirnos hasta que derramemos la última gota de sangre, como en 1714.»

La rabia le hizo endurecerse.

Rebelarse ante la depresión.

No quería morir solo, en la calle, para que luego su cuerpo fuera dejado a un lado un día, dos, tres, pudriéndose, olfateado por los perros hambrientos antes de que pudieran llevárselo.

No quería escapar con tanta facilidad, dejando a Quimeta a su suerte.

Se enderezó al sentirse mejor y se apartó de su vómito. Tenía los zapatos y la parte más baja de los pantalones manchados de papilla. No se limpió. No valía la pena. Reanudó su paso, de manera más vacilante, y se abrigó un poco más, porque ahora se sentía empapado de sudor.

Cubrió la distancia final con el hospital apartando cualquiera de sus pensamientos negativos, hasta lograr concentrarse en lo que iba a hacer.

Si el cadáver de que le había hablado Bartomeu era el de Mercedes Expósito…

¿Qué?

Dentro del Hospital Clínic el ambiente no era muy distinto del conocido durante el día, aunque sí apreció una mayor lasitud, como si las horas nocturnas ralentizaran los movimientos, las acciones y los gestos. Hasta un parpadeo parecía hecho a cámara más lenta.

No tuvo que preguntar por el médico. Le estaba esperando. Caminaron el uno hacia el otro y se dieron la mano, siguiendo el ritual más habitual. Bartomeu Claret apreció su aspecto.

—¿Te encuentras bien?

—Sí.

—Pues estás pálido.

—Me ha sentado mal la cena, ya sabes, paella, el bistec, la crema catalana... ¡Ah, y el Penedès!

—¿A que te saco a patadas? —El médico forzó una sonrisa—. ¿Cómo se te ocurre mentar esas palabras prohibidas aquí?

—Creía que los doctores comíais bien.

—Como los policías, no te fastidia.

Le pasó una mano por los hombros y lo guió hasta la zona del depósito de cadáveres. Miquel Mascarell se dejó llevar. Todavía sentía debilidad en las piernas a causa del vómito, dolor en el pecho a causa de la regurgitación violenta y el mal sabor de boca derivado de los ácidos y su mal aliento. No quería ver un cadáver. No quería descubrir que la muchacha con la que iba a encontrarse era la hija de Reme. No quería y, sin embargo, sabía la verdad de antemano. Como policía atendía a lo más elemental en cada caso: la lógica.

Por lo menos ya no vomitaría.

—¿Esa chica...? —musitó.

—Unos quince o dieciséis años, más o menos. Cabello negro, muy guapa...

—Mierda, Bartomeu.

—Antes no me has dicho para qué la buscabas, sólo que era un caso en el que trabajabas.

—Y así es.

—Me parece que es algo más, Miquel.

Se encogió de hombros sin mucha convicción.

—Su madre me pidió que la buscara, me dijo que había desaparecido, y yo no le hice mucho caso, dadas las circunstancias. En el fondo me la quité de encima. No era más que una vieja ex prostituta a la que había detenido un par de veces hace años. Eso fue ayer. Esta mañana la mujer ha muerto, estrellada contra el suelo, y no pienso que haya sido un suicidio, porque no tiene sentido que se haya tirado de su balcón, máxime con su hija desaparecida. Eso sin olvidar otros indicios.

—La guerra está perdida —dijo el médico—. Aún hay venganzas de última hora, como en el verano del 36.

—¿Quién iba a vengarse de una cría de quince años o de una mujer que no tenía nada?

—La madre no sé, pero ellas… Ya no son tan crías. Ésta no me lo ha parecido, pese a la edad.

No quiso mostrarle la fotografía que llevaba en el bolsillo izquierdo del abrigo. La mantuvo oculta. Era como si quisiera preservarla. Tampoco quería dar más explicaciones.

—¿Cuándo la han traído?

—A primera hora de la tarde, sin ningún papel encima.

Iba a preguntar de qué había muerto pero ya no tuvo tiempo. Bartomeu Claret le franqueó la puerta del depósito y entraron en el reino del silencio final. La cámara estaba mucho más fría que el resto de las dependencias hospitalarias. En ella contó media docena de cuerpos, todos cubiertos con sábanas. El médico se acercó al del extremo de la izquierda y, sin mediar ninguna otra palabra, retiró el embozo, liberando el rostro del cadáver de su encierro para que su compañero pudiera verlo.

Miquel Mascarell soltó el aire que había retenido sin darse cuenta en sus pulmones.

Mercedes Expósito era todavía más hermosa que en la foto. Ni siquiera la muerte le había podido arrebatar, todavía, aquella luz juvenil y la frescura que exhalaba su rostro. Con los ojos cerrados, los labios bellamente dibujados y el cabello desparramado en torno a su cabeza, parecía estar durmiendo. La piel rezumaba blancura. Un mármol en vías de extinción, porque con el paso de las horas todo aquello desaparecería, se convertiría en un recuerdo borroso.

La muerte alienta, construye y mima aquello que después ha de llevarse.

—¿Es ella? —preguntó Bartomeu Claret ante su silencio.

—Sí.

—Lo siento.

—Yo más. —No podía apartar sus ojos de aquella cerámica única.

—¿Quieres ver el resto?

—No. Dímelo tú.

—No te gustará.

—Adelante.

El médico le cubrió la cara de nuevo y se quedaron solos. Ya lo estaban, pero ahora era como si lo estuvieran más.

—La golpearon. Tiene varios hematomas por el cuerpo, sobre todo en el pecho, el abdomen y las piernas. También se aprecian marcas en las muñecas, como si la hubieran atado. Pero no murió a consecuencia de eso, sino de la pérdida de sangre que le ocasionó el desgarro vaginal.

—¿Violación?

—Parece. Y en cualquier caso, múltiple. Fue algo muy sádico.

Miquel Mascarell se apoyó en la mesa sobre la que reposaba el cuerpo de Merche.

Ya no tenía nada que vomitar, pero su estómago volvió a agitarse.

—¿Tienes idea de cuándo...?

—Por el estado del cuerpo diría que hace dos o tres días.

—La noche que desapareció, o el día siguiente como mucho.

—El hecho de que haya estado haciendo tanto frío ha ayudado a conservar el cadáver todavía en buen estado. Lo dejaron a la intemperie, en un descampado.

—¿Dónde?

—Por la avenida del Tibidabo.

—Eso no está muy lejos del paseo de la Bonanova.

—¿Y?

—No, nada. ¿Quién la ha encontrado?

—Unos niños, jugando. Estaba relativamente oculta, entre unas matas y medio tapada por unos cascotes.

—¿Iba vestida?

—Sí, pero sin la ropa interior.

—Ya.

—¿Crees que la golpearon antes de forzarla o durante el acto?

—Pienso que durante el acto, pero sin hacerle una autopsia... Y no me pidas que se la haga porque sabes que ahora mismo es más importante ocuparse de los vivos que de los muertos. Bastante insólito es que hayamos podido traerla hasta aquí, pero en eso sí ha habido suerte. Lo ha hecho una pequeña camioneta que hoy se ha dedicado a recoger muertos.

Siguió mirando el cuerpo oculto bajo la sábana. El blanco lienzo silueteaba sus formas, el pecho aplastado, la masa púbica formando un leve promontorio central, la dimensión de las piernas hasta la elevación de los pies. Pensó que tal vez fuera la última víctima inocente de una guerra absurda.

—¿Estás bien?

—Sí —mintió el policía.

—¿Puedo hacerte una pregunta?

—Claro.

—Esa otra mujer de la que hablabas antes, la madre de la chica. Has dicho que ha muerto esta mañana.

—Sí.

—¿Dónde?

—En Gràcia.

Bartomeu Claret dio un solo paso. Se detuvo junto a otro de los cadáveres del depósito, el que estaba situado al lado del de Mercedes. Sin decir nada retiró también de él la parte superior de la sábana que lo cubría.

Reme.

—Es ella —suspiró Miquel Mascarell.

—Después de todo, se han reunido, ¿no te parece?

No era un comentario sarcástico, únicamente una realidad.

Pero se le antojó de lo más triste.

Era hora de volver a casa.

Día 3

Miércoles, 25 de enero de 1939

20

Le despertó el mismo silencio con el que se había arropado la noche anterior. Silencio de espera. Silencio de contención. Por él supo que ellos todavía no habían entrado en la ciudad. Por él supo que disponía de unas horas más, porque desde luego, si no había combates, aparecerían en pleno día, con luz, para hacer una entrada triunfal. Ningún conquistador irrumpe en la tierra ganada de noche, bajo las sombras. Siempre es a plena luz.

Y en caso de que hubiera combates…

Quimeta dormía a su lado, plácida. Un milagro. La penumbra confería a su rostro una blancura espectral. La respiración era acompasada. Quizás el dolor se contuviera en aquellas horas inciertas, o quizás lo contuviera ella. Lo cierto es que apenas si recordaba haber abierto los ojos durante la noche, pese a sus pesadillas, y eso era debido a que su mujer tampoco lo había hecho. Arropados bajo las mantas, unidos, cualquier gesto se transmitía del uno al otro.

Contempló su rostro extrañamente bello y sereno.

Quimeta siempre había sido una mujer especial.

Tanta energía, tanto amor, tanto entusiasmo por las pequeñas cosas de la vida, a la que únicamente había pedido justo lo que la vida le había negado: salud y ver crecer a su hijo. Casi era un desperdicio. Si la palabra injusticia tenía un sentido, ella era la prueba de su sinrazón.

Los Cortacans salían de sus agujeros y las Quimetas del final de la guerra se disponían a desaparecer sin rastro.

La veía dormir, con aquella sensación de paz, atrapado por la magia del momento, cuando se interpuso la imagen de Merche en su camilla del depósito del Clínic y todo cambió.

Otra clase de paz.

La eterna.

Alguien la había forzado hasta reventarla.

Quiso acariciar a Quimeta, tocarla, por propia necesidad anímica, pero se contuvo. Quiso apartarle el mechón de cabello gris que le caía por encima de la frente y no lo hizo. Temió que un simple roce la despertara y la condujera de regreso a la realidad. Si soñaba debía de hacerlo con algo muy agradable. Por lo tanto se movió despacio, muy despacio, para tratar de salir de la cama sin alterar aquella calma. Lo logró al precio de dejar de respirar y moverse a cámara lenta. Cuando puso los pies en el frío suelo se estremeció y estuvo a punto de estornudar. Buscó las viejas zapatillas y se las calzó, aunque prefirió arrastrar los pies a caminar y hacer ruido con ellas.

Después recogió su ropa y salió de la habitación.

Se vistió primero, para no coger frío, y luego fue a orinar al minúsculo retrete del piso. Últimamente le costaba hacerlo por las mañanas. La próstata. No se forzó; esperó un rato y consiguió evacuar un chorrito muy poco espectacular y algunas gotas de complemento. Como remate se lavó la cara con agua en la cocina y eso lo despejó por completo. Vomitar la parca cena la noche anterior le había vuelto a dejar vacío, así que el hambre hizo acto de presencia estremeciendo su estómago.

Necesitaban comida.

¿Por qué no abrían de una vez los almacenes? Por lo menos que las tropas franquistas no se encontraran con una ciudad famélica a la que poder humillar todavía más. Y con los malditos almacenes llenos, según se decía. Si no comía algo, tal vez acabase desmayado en cualquier esquina. Comer. La Gran Utopía. Con un dinero que ya nadie quería porque no serviría de nada, lo único que quedaba era la desesperación. La gente hervía lo que podía, cuanto pudiera darle un sabor. Había oído decir que en la Barceloneta usaban la arena de la playa, hasta que los dolores de estómago y las diarreas acabaron con ello.

Registró la cocina, por si habían olvidado algo en algún rincón. Pasó la mano por los fondos de las latas y los botes, en busca de migajas. Revolvió por los armarios vacíos y se contentó con un pedazo de pan tan duro como una piedra. Pero entre perder un diente o desfallecer aún más, escogió lo primero. Roer el pan hacía tanto ruido que se fue al balcón.

Cuando se asomó al exterior el día ya llevaba un buen rato clareando bajo un cielo azul, pero la mañana todavía no había hecho acto de presencia. Desde las alturas de su casa miró la calle, tan vacía de automóviles, carros o bicicletas como los últimos días, pero con los primeros caminantes moviéndose ya de un lado a otro.

Lo peor de aquella cuenta atrás era la incertidumbre.

Sólo faltaba el cuándo.

Contempló la ciudad apagada y silenciosa. Ningún bombardeo. Ningún estallido que denotara combates cercanos o lejanos. Era igual que vivir en una burbuja.

A punto de explotar.

Mercedes Expósito ya se había instalado en su mente. Ella y su madre aguardaban. Ella y su madre le pesaban como si sus cuerpos fueran de plomo y los llevara encima de la cabeza. Pensaba que la culpa era un invento religioso, para controlar a los humanos, para someterlos y confundirles con el miedo. Las religiones impedían la felicidad porque incluso para vivir había que pedir perdón y llorar. Y sin embargo ahora sentía esa culpa. La suya. Le aplastaba. Cuando salió del Clínic la noche anterior quería gritar y echar a correr y no hizo ninguna de las dos cosas, porque no podía y porque eran absurdas. Y aun sabiendo que nada habría cambiado de haber escuchado dos días antes a Reme, la duda le atenazaba.

El último policía de Barcelona.

Un nuevo día, una realidad no muy distinta a la del anterior, pero tras una noche de sueño denso y pesadillas ocultas, después de su visita al depósito de cadáveres, lo que menos quería era resignarse a sentir el gélido impacto de sus cuerpos como una cuña hundida en su cabeza.

Merche y Reme estarían ahí hasta que averiguara la verdad.

Y en el caso de la chica, entre la imagen de ella muerta y la foto que conservaba en el bolsillo de su abrigo, viva en un tiempo ya olvidado, mediaba un abismo.

Se retiró del balcón. Recogió el abrigo, alcanzó la puerta del piso y la abrió a cámara lenta. Hizo lo mismo al cerrarla, con la llave en la cerradura, para que no chascara el pestillo. Luego bajó la escalera peldaño a peldaño, regresando a la última Barcelona posible.

En el entresuelo se encontró con una de sus vecinas, la señora Hermínia, que regresaba ya de la calle. Una buena mujer. Ayudaba a Quimeta en lo que podía, que no era poco. Ella también estaba sola. A su marido la guerra lo había sorprendido en «la otra España», la rebelde y facciosa. No sabía nada de él desde entonces.

—Buenos días, señor Mascarell.

—Buenos días.

—¿Se va?

—Tengo trabajo, sí.

Lo miró con tristeza no exenta de respeto.

—Hasta el último momento, ¿no?

—Así es.

—Tranquilo, que yo me ocuparé de ella.

—Gracias.

—Hoy habrá «píldoras del doctor Negrín» —mencionó

sin ánimo de burla refiriéndose a las lentejas—, o al menos eso dicen. Si su mujer se anima podemos bajar juntas.

—Ojalá.

—Tranquilo, no se preocupe. —Le sonrió con aliento.

—Si ella no pudiera o no quisiera bajar, ya sabe dónde está la cartilla de racionamiento.

—Yo la animo.

Entonaron el «buenos días» final y llegó hasta la calle sin más contratiempos, aunque no pasó del portal.

El hombre, joven, veintipocos, uniformado, casi tropezó con él. Llevaba barba de dos o tres días, la huella del sueño pegada a los ojos y el barro de otras tierras aún más pegado a la ropa y a las botas militares. No era muy alto, así que la delgadez le confería un aspecto espectral. La delgadez y el uniforme. Las cejas, pobladas, cabalgaban sobre el arco facial igual que un seto separando dos horizontes. Por un lado la frente, amplia, y por el otro el resto, apretado, ojos, nariz y boca, sin apenas barbilla. El uniforme parecía venirle grande, una o dos tallas. Quizás el suyo se hubiera deteriorado demasiado, desgarrado o ensangrentado, y llevase el de un compañero muerto.

Porque venía del frente, o de lo que pudiera llamarse frente en aquellas circunstancias.

Su mirada lo taladró.

—Buenos días —saludó intentando pasar por su lado.

El aparecido le retuvo sujetándolo del brazo con una mano.

—Perdone...

—¿Sí?

—¿El señor Mascarell? ¿Miquel Mascarell?

Ya no continuó su avance. Se quedó quieto, delante de él, los dos a un lado de la puerta de la calle. La mirada del soldado cambió de raíz. Era como si lo reconociera aun antes de que él le respondiera.

—Sí, soy Miquel Mascarell.

—Claro, está usted igual.

—¿Igual que qué?

—Igual que en la foto, la que llevaba Roger de usted y de su esposa.

El nombre de su hijo lo atravesó de lado a lado, pero dejó un campo de minas en su cuerpo.

21

Su palidez activó la alarma del joven.

—Perdone, señor… —No supo de qué forma seguir.

—¿Estuvo… con mi hijo en el frente?

—Sí.

—¿Hasta…?

No hizo falta terminar de formular la pregunta.

—Sí.

Lo único que sabían era que estaba muerto. Nada más. Incluso desconocían el lugar en que estaban sus restos, si había sido enterrado. El caos de la batalla del Ebro había sido absoluto y por mucho que preguntaron no hubo forma de saber nada más concreto. La notificación les llegó de forma casi velada, a traición. Un anochecer que se convirtió en el peor de su vida. Por lo menos fue en persona. Alguien asoció los apellidos. No mandaron a un pobre desgraciado, sino a un oficial. El mensaje era espantosamente lacónico. Jerga de consuelo envuelta en un panegírico de frases huecas, «muerto en acto de servicio…», «defensa de la legalidad y los valores…», «junto a otros valerosos combatientes por la libertad…». Frases y palabras como «heroico», «orgullo», «honor»…

La muerte de un hijo no requiere de ninguna componenda. Es el golpe definitivo en sí mismo.

Tuvo que apoyarse en la pared, mareado. El mismo hambre

se agigantó tanto que le vació por dentro, de pies a cabeza, aunque lejos de sentirse liviano se sintió pesado, hecho de plomo.

—Perdone, no tenía que haberme presentado así. Lo siento. —Su rostro se trastocó en una mueca de dolor.

—Al contrario, perdóneme a mí.

—Yo...

Miquel Mascarell le puso una mano en el hombro. Estuvo a punto de abrazarlo. Era un poco mayor que Roger, pero eso se le antojó lo de menos. No lo hizo por alguna extraña dignidad y respeto, quizás para mantener el equilibrio entre el vértigo de sus sensaciones.

—¿Cómo se llama?

—Tomàs Abellán.

—Recuerdo un Tomàs en una de sus cartas.

—Ése era yo. —Sonrió con ternura—. Luchamos juntos desde el 37. Codo con codo.

—¿Estaba con él cuando murió?

—Sí, sí, señor. Yo le enterré.

—¿Usted?

—No quise dejarlo allí tirado. Me la jugué, pero era lo menos que podía hacer con él. Estábamos ya en retirada y otros compañeros optaron por irse. Yo aproveché el agujero de un obús para meterlo dentro y cubrirlo. Puedo decirle dónde está, por si algún día...

Algún día.

Miquel Mascarell cerró los ojos.

—¿Se encuentra bien?

—Sí, es que llevo sin comer...

—Yo tengo algo, señor. Sería un placer compartirlo con usted.

—No, no...

—Por favor.

Seguían en la puerta del edificio, a expensas de la salida o entrada de alguna vecina.

—¿Podemos subir a su piso? —le preguntó Tomàs Abellán.

—No. —Fue demasiado rápido y tuvo que aclarárselo—: Mi mujer está muy enferma. No quiero que escuche esto ahora.

—Entonces…

—Venga.

Le tomó del brazo y caminaron unos metros, hacia la izquierda, hasta detenerse en el chaflán de Enric Granados, fuera de la vista de su casa. El bordillo no era el mejor de los lugares, pero fue el primero en sentarse en él. Su compañero lo imitó. Sin decir nada sacó un pequeño pedazo de pan y otro aún más pequeño de queso de bola de su macuto.

—¿Y eso? —Frunció el ceño el policía.

—Un lujo, ¿verdad?

—Le aseguro que sí.

Tomàs Abellán partió el pan y el queso por la mitad. Le dio un pedazo de cada cosa y guardó el resto. Apenas dos bocados. Imposible guardarle un poco a Quimeta. Miquel Mascarell ya no pudo resistirse.

Se sintió culpable por ella, pero si le subía aquello tendría que mentir.

—Hábleme de Roger —le pidió mientras masticaba.

—Era un buen chico. —La sonrisa del soldado fue franca—. Limpio de corazón, justo, honrado… Y también valiente. —Hizo un gesto difuso—. Bueno, valientes lo éramos todos, porque con lo que se nos venía encima y lo que aguantamos, sobre todo ya en esta parte final…

—¿Cómo murió?

La pregunta se le antojó horrorosa. Estaba preguntando por la muerte de Roger mientras devoraba un pedazo de pan con queso, sentado en un bordillo, con Quimeta en el piso consumida por el cáncer.

Más que nunca odió la guerra, y la forma en que convierte a los seres humanos en animales.

—Me gustaría decirle que atacando a los facciosos, matando enemigos y todo eso, pero... Usted ya sabe que era un tipo estupendo, ¿verdad? No hace falta que le mienta.

—No, no es necesario.

—Fue una bala perdida —lo confesó mientras hundía los ojos en el suelo, entre sus pies—. Ni siquiera sé de dónde vino. Pudo incluso ser de nuestro lado. Estábamos parapetados, reorganizándonos, o al menos eso era lo que se decía en mitad de aquella huida. Lo único que sé es que se desplomó entre nosotros.

—¿Sufrió?

—No, no, señor. La bala le atravesó el corazón.

Se le quedó una bola de pan en la garganta.

Creyó que se ahogaba.

—Entonces los demás se retiraron y yo hice lo que le he dicho. Por dignidad. No creo que ellos, los facciosos, se hubiesen molestado en enterrarle. Roger habría hecho lo mismo conmigo, me consta. Las pasamos canutas, de todos los colores. Hicimos tantos planes para cuando acabara la guerra...

—¿Y el lugar en el que está enterrado...? —Se quedó a media pregunta.

—Sabía que pasaríamos por Barcelona, así que memoricé el sitio y más tarde hice un plano.

Lo sacó del bolsillo de su uniforme. Un plano tosco, con apenas unas referencias, el río, unos árboles, una montaña, unas rocas... Tal vez suficiente.

Suficiente si seguía vivo y un día era capaz de tanto en medio de la negra España que se avecinaba.

Un imposible.

—Gracias, Tomàs. —Consiguió tragar la bola de pan.

—Le he traído algo más, señor Mascarell.

—¿Qué es?

—Acabe de comer. —Le señaló el último pedazo de queso que sostenía en la mano—. Dispongo de unos minutos todavía.

—¿A dónde va?

—No voy a volver a la guerra, ¿sabe usted? Está perdida. Ya ni siquiera hay frente, ni resistencia. Estarán en Barcelona mañana. Pasado como mucho. Esto se ha acabado.

—¿Y qué hará?

—Iré a la frontera.

—Un largo camino.

—Debe de haber miles ya en ruta. Uno más no importa. No quiero morir aquí, ni vivir bajo su bota. Espero que lo entienda.

—Lo entiendo.

—No soy un cobarde, señor.

Se encontró con sus ojos endurecidos por la guerra, pero transparentes como los de un niño.

—Lo sé.

—¿Usted va a quedarse?

—Sí, por mi mujer.

—Lo malo es el uniforme. —Suspiró llenando sus pulmones de aire—. ¿Sería pedirle mucho si me diera algo de ropa de paisano?

Tenía toda la de Roger.

Por lo menos serviría de algo.

De pronto recordó la escena del día anterior, el soldado que saltó del camión al pasar por delante de su casa.

—Iré a buscársela ahora mismo.

—Gracias. ¿Qué le dirá a su esposa?

—Que un chico joven me la ha pedido.

Tomàs Abellán tenía los ojos húmedos. Y no era por el tema de la ropa. Era por estar allí, por lo que sentía, por la zozobra del momento.

—Mis padres ni siquiera sabrán si estoy vivo. —Suspiró.

—Deme su nombre y dirección. Si no me matan haré lo que esté en mi mano para comunicarme con ellos, como usted ha hecho conmigo. ¿De dónde es?

—De Amposta.

Miquel Mascarell fue a ponerse en pie. La mano del soldado se lo impidió.

Entonces se lo dijo.

—Roger dejó una carta medio escrita, señor. No pudo terminarla la noche anterior a su muerte. Es lo que he venido a traerle.

22

Abrió la puerta del piso con la esperanza de que Quimeta siguiera durmiendo, pero se la encontró levantada, asomada a la de la cocina, siempre resistente, más por tozudez que por necesidad. Cuando caía en cama era porque ya no podía más.

Era capaz de morir de pie, sin ceder.

Los dos se quedaron mirando como fantasmas, y a él, de pronto, se le antojó que la carta de Roger era un grito, y que ella lo escucharía. Se puso rojo y rozó con la mano el bolsillo del abrigo. No la había leído. No podía. Eso era algo que necesitaba hacer solo y al margen de cualquier mirada. La carta le hacía ahora compañía a la fotografía de Mercedes Expósito y el mapa con las indicaciones del lugar en el que estaba enterrado. Una extraña circunstancia. Un chico y una chica muertos, sin que la vida les hubiese dado la menor oportunidad. El bolsillo de su abrigo era una tumba simbólica.

—¿Te has dejado algo? —le preguntó Quimeta.

No supo cómo decírselo.

—Abajo hay un joven…

—¿Sí? —lo apremió al ver que se detenía.

—Va a la frontera —lo resumió de forma sencilla—. Lleva uniforme y me ha pedido ropa para podérselo quitar. He pensado…

—¿Es de la edad de Roger?

—Más o menos. —Tragó saliva.

—Dásela —asintió ella.

—¿Algo... en particular?

La habitación de su hijo quedaba en medio de los dos. Un punto equidistante de sus propias realidades. Quimeta fue la primera en dar un paso hacia ella.

Miquel Mascarell se preguntó de dónde sacaba tanto valor.

—No necesita mucho —dijo—. Yendo a pie no puede ir muy cargado.

Su mujer no respondió a la observación. Se detuvieron frente al armario y ella misma extrajo la ropa. No su mejor abrigo. No su mejor traje. No sus mejores camisas. Pero sí lo necesario para protegerse de las inclemencias del tiempo en lo peor del invierno, y también algo más liviano para la primavera, porque no sólo hizo una acertada selección destinada al momento. Separó lo que sería utilizado de inmediato, metió el resto en un pañuelo y anudó las cuatro puntas hasta convertirlo en un hatillo. Cuando terminó la operación volvió hacia él su rostro serio, sereno.

—¿Por qué no sube a cambiarse aquí?

—Le he dicho que dormías, y mejor lo hace abajo. No pasa nada. Tampoco sé quién es, mujer.

Volvieron a mirarse.

Con aquella ropa, Roger se iba un poco más.

—No te he oído marchar.

—Estabas muy tranquila.

—Ya, pero...

—Me he encontrado a la señora Hermínia. Me ha dicho que hoy habría píldoras del doctor Negrín, que te animaría a bajar o que si no ya iría a por ellas con la cartilla.

—Bien. —No se comprometió a nada.

El diálogo intrascendente, trivial, destinado a llenar un hueco temporal y aparcar lo que sentían por lo de la ropa, tocó a su fin. Volvió la realidad más inmediata.

—¿Seguirás con eso que estabas investigando? —quiso saber ella.

—Sí, por dignidad.

—Está bien.

Quimeta se acercó y le dio un beso en los labios, suave. Un roce de matrimonio veterano.

Una despedida, como tantas y tantas otras a lo largo de los años.

—Gracias —se relajó él.

—No hagas locuras, ¿de acuerdo?

—¿Yo?

—Sí, tú —asintió ella con determinación.

Lo acompañó hasta la puerta. En un brazo llevaba la ropa que iba a ponerse Tomàs Abellán de inmediato. En el otro sujetaba el hatillo con el resto. Le dirigió una última mirada a su mujer y emprendió el descenso.

No se dio cuenta de que las piernas le flaqueaban hasta que cerró la puerta del piso.

Entonces se apoyó en la pared, tomó aire y continuó bajando las escaleras en medio de la tormenta desatada en su cerebro.

El amigo de Roger abrió los ojos al verlo tan cargado.

—¿Pero esto qué es?

—Le hará falta una muda, y ropa para más adelante.

—No sé cómo…

—Lo que ha hecho usted por mí tiene mucho más valor, se lo aseguro. Y lo que hizo por mi hijo, enterrándolo… Le habría bajado más pero entiendo que no puede ir demasiado cargado. Es todo lo que…

Se encontró con el abrazo del joven.

Y le correspondió.

Igual que si fuera Roger.

—Cuídese —farfulló Tomàs Abellán.

—Usted también. —Le palmeó la espalda.

—Y si consigue ver a mis padres dígales que…

Miquel Mascarell se encontró con su mirada extraviada.

—Dígales que estoy vivo, nada más.

Lo vio alejarse Enric Granados arriba, en dirección a un solar, para cambiarse de ropa, quitarse el uniforme de la derrota y convertirse en un nuevo civil. No se movió de la esquina hasta que el compañero de su hijo hubo desaparecido de su vista.

Entonces sí reaccionó.

Una ráfaga de aire le obligó a levantarse el cuello del abrigo. En los últimos minutos se había olvidado del invierno. Para cuando echó a andar se sintió como si huyera.

Pero la carta seguía en su bolsillo.

Dejó atrás la calle Balmes, y también Rambla de Catalunya, antes de detenerse para leerla, vencido.

Se sentó en un banco del paseo y extrajo la simple hoja de papel, arrugada, escrita a lápiz. Incluso tenía un par de manchas oscuras. Primero la olió, esperando encontrar en ella algo de Roger. Pero su pituitaria no halló ningún rastro reconocible. Después la alisó, sin prisa, con respeto. No sentía ninguna necesidad imperiosa de devorar aquellas líneas. Su hijo no sabía al escribirlas que iba a morir al día siguiente. Por lo tanto no era más que una carta.

Como cualquier otra.

Y más que leerla él, lo que escuchó fue la voz de Roger…

> Queridos padre y madre:
>
> No sé cuándo leeréis estas líneas, porque aquí las cosas parecen ir bastante mal. Mucho me temo que estaré en Barcelona antes de lo previsto, pero no desfilando triunfador, sino con el rabo entre las piernas. Hacemos lo que podemos. Somos valientes. Pero ellos están mejor armados y mejor comidos, y no sé qué es más importante ahora mismo. Quizás podría considerárseme un derrotista. Vosotros sabéis que no lo soy. La realidad es la que impone sus reglas y a ella me atengo.

En esta noche tranquila, como si la guerra no existiera, pienso mucho en vosotros. Cuando uno ve la locura de cerca, y cuando además toma parte en ella, se da cuenta de lo que de verdad importa. En estos últimos días he reflexionado mucho acerca de lo que sucede, y de mí mismo como soldado y como persona. Ojalá no fuera lo primero y sí, únicamente, lo segundo. ¿Sabéis?, en todo este tiempo he disparado muchos tiros. Muchos. Pero aún no sé si le he dado a alguien. ¡Soy un soldado que no sabe si ha matado a algún enemigo! Y ni siquiera sé si a eso puedo llamarlo suerte o no. Sé que peleo por lo que es justo, por la democracia que nos quieren robar, por la libertad que ganamos, y sé que el enemigo nos quiere arrebatar eso, imponer su voluntad, devolvernos al pasado bajo el peso de una dictadura. Pero el enemigo no creo que sean muchos de los desgraciados que tenemos delante. El enemigo son Franco, Queipo de Llano y todos los uniformados cargados de medallas y estrellas que ostentan la bandera de su poder absoluto. El enemigo son aquellos que hablan de la patria y el honor con la boca llena, pero de su patria, y según su honor. Una patria excluyente en la que no cabemos todos, sólo los que ellos quieren. Y son también los que utilizan a Dios como si fuera algo de su propiedad. Yo era religioso, por lo menos en cierta medida, aunque no practicaba demasiado, por costumbre, y ahora creo que odio a Dios, si es que existe, porque si alguien lucha por él como lo hacen ellos y lo consiente es que ese Dios es una mierda. Y no te escandalices, madre. Tú aún crees en el cielo y el infierno, pero el que está en el infierno sin haberse muerto soy yo. Dejadme que por lo menos diga lo que pienso.

Hace tres días vi morir a un compañero. Se llamaba Ignasi. Se encontraba en el lado republicano al estallar la guerra. Toda su familia está en el otro bando, así que puede que sus hermanos fueran los que le mataron. Era el ser más inocente del mundo. Le tocó estar en un sitio, pero pudo haber estado en el otro. Ayer en cambio fue herido un camarada, Agustín, y se resistió a ser evacuado. Decía que podía disparar con un solo brazo. Su odio al fascismo y las sotanas es absoluto. Así que pienso que cada uno tiene su historia, pero también su propia guerra. Una es la de todos, la otra es la personal. Lo malo es cuando se mezclan.

Yo estoy bien de salud. Más delgado, pero todavía fuerte. Lo malo de la guerra es que es asquerosa, madre. A veces, cuando me rebozo en barro, me echo a reír yo solo, recordando lo maniática de la limpieza que eres.

La carta terminaba así, abruptamente, como si algo lo hubiera arrancado de la paz con que la escribía, con aquella simple reflexión en torno a una de las manías de Quimeta. Casi parecía un chiste. Una carta sin final, que habría seguido escribiendo al día siguiente, o al otro.

La leyó una segunda vez.

Luego la guardó en el bolsillo y pensó en volver a casa, olvidarse de Remedios y Mercedes Expósito.

Algo inútil.

La bala perdida que había matado a Roger pudo ser disparada por cualquiera. El que hizo la carnicería con Merche en cambio tenía un nombre.

Miró la hora y se puso en pie.

23

Pasó delante del estanco de la esquina de Rambla de Catalunya con Rosselló. El rótulo ya era habitual: «Esta semana no hay *saca*». Ni siquiera un paquete de tabaco por persona. En la pared leyó otros carteles: «Mujer, ni el hogar ni los hijos pueden detenerte. Toma la defensa activa o lo perderás todo», «¡Resistir!», «¡No pasarán!». Un poco más abajo encontró al chico que vendía los periódicos y le compró *La Vanguardia*. No quiso leerlo de camino. Tenía prisa. Lo único que vio fue el titular, debajo del número, el 23.357, y el rótulo que lo definía como «Diario al servicio de la democracia». Decía: «El Llobregat puede ser el Manzanares de Barcelona». Luego estaban los subtítulos: «La batalla de Cataluña», «Las tropas españolas contienen con heroísmo los intensísimos ataques de las divisiones italofacciosas», «La aviación extranjera persiste en sus ataques contra las poblaciones civiles de las zonas catalanas».

—*La Vanguardia*, claro —dijo en voz alta.

Se guardó las cuatro páginas del periódico, dobladas, en el bolsillo derecho, porque el izquierdo seguía siendo propiedad de Merche y ahora también de Roger, y mantuvo el ritmo de sus pasos una vez decidido el cambio de su rumbo.

Se dio cuenta de su prisa.

En cuanto bajaba la guardia se le aparecía el cuerpo de Merche.

Y necesitaba de su mejor temple para seguir creyendo que podía hacer algo antes de que todo terminara.

Aquella carta también le había disparado la adrenalina.

Llegó a la redacción de *La Vanguardia* sin excesivas esperanzas de encontrar a nadie, tanto por lo temprano de la hora como por la situación, pero tampoco se sorprendió al ver a los que quedaban al pie del cañón trabajando en el periódico del día siguiente, con una aparente normalidad no exenta de tensión. Su objetivo se hallaba apoyado en una mesa, con los brazos cruzados, escuchando lo que le decía un compañero. Al verlo aparecer alzó las cejas y, desde la pequeña distancia que los separaba, le expresó su sorpresa con un radical:

—¡Coño, Miquel!

Al contrario que Amadeu Sospedra, Rubèn Mainat era un periodista menos impetuoso y visceral, más entero y con los años precisos como para merecer un respeto ganado a pulso. Tendría más o menos su edad y la guerra no parecía haber influido en su aspecto, porque seguía siendo más que orondo. Con su calva reluciente, los ojillos de águila y el bigote frondoso, su aspecto impresionaba. Solía escribir de todo, porque también sabía de todo y conocía a todos. Entre un confidente de la calle y él, Miquel Mascarell lo prefería a él. Raramente se equivocaba. Nunca mentía.

Una *rara avis* de la prensa.

Esperó a que Rubèn Mainat terminara de hablar, cosa que hizo prácticamente de inmediato. El periodista se excusó con su interlocutor y se acercó hasta donde se encontraba su visitante, todavía en la puerta de acceso a la ya exigua redacción, sin atreverse a entrar en ella.

Los dos hombres se estrecharon la mano con fuerza.

—¿Cómo estás, Rubèn? —El primero en hablar fue Miquel Mascarell.

—Como en Pompeya antes de que el Vesubio les sepultara. ¿No te largas?

—No.
—¿Por qué?
—Mi mujer. Está enferma.
Rubèn Mainat chasqueó la lengua.
—Yo también me quedo. ¿A dónde voy a ir con este cuerpo? —Acarició su abdomen con las dos manos y volvió a arquear las cejas mitad resignado mitad indiferente—. De todas formas ya veremos qué pasa. ¿A qué debo el honor?
—¿Tienes un par de minutos?
—Me recuerdas al Miquel Mascarell inspector de policía.
—Soy el Miquel Mascarell inspector de policía.
—¿Ah, sí?
—¿No estás tú aquí, trabajando? Pues lo mismo yo.
—¿En serio?
—¿Tanto te sorprende?
—Pero si la ciudad entera está manga por hombro.
—¿Y qué quieres, que deje escapar a un asesino?
Logró interesarle. Rubèn Mainat plegó los labios y frunció el ceño.
—¿Estos días?
—¿Qué pasa? ¿Tienen bula?
—Ven.
Le precedió por un pasillo hasta un despachito vacío. Apenas cuatro paredes y una mesa, con dos sillas delante. Cerró la puerta y le señaló la más cercana. Él ocupó la otra, de espaldas a la ventana. Una vez acomodados el periodista inclinó su cuerpo hacia adelante.
Tenía que haber sido policía. Impresionaba.
—¿Qué es lo que estás investigando? —quiso saber.
—Una vieja amiga vino a verme a comisaría. Yo estaba solo. No le hice mucho caso y ahora está muerta. Ella y su hija de quince años. Cumplía dieciséis en unos días.
—¿Y qué esperas encontrar?
—No lo sé.

—Y aunque pilles al que lo haya hecho...

—No lo sé —le repitió.

—De acuerdo. —Rubèn Mainat se echó para atrás y apoyó la espalda en el respaldo de la silla—. ¿En qué puedo ayudarte?

—Pasqual Cortacans.

El periodista silbó. Largo, trenzando una curva sonora en el aire. La fijeza de sus ojos se hizo aún mayor. Penetró hasta casi el centro de su mente.

—¿Es sospechoso?

—Es una pista.

—Hace mucho que no sé de él, desde que empezó el baile.

—Está en su casa del paseo de la Bonanova.

—¿En serio?

—Lo vi ayer.

—Así que ya están volviendo...

—¿Qué sabes de él?

Se tomó un par de segundos para respirar y reflexionar. Su cabeza estaba hecha de compartimientos estancos. Un archivo ilimitado que se beneficiaba de su excelente memoria. No tenía más que acudir a ella y abrir una puerta.

—Creo que es de Sabadell, de eso no estoy muy seguro. Por lo menos sus padres y los negocios sí estaban allí cuando se empezó a hablar de ellos. Hijo de una familia relativamente influyente, dedicados al textil, con una pequeña fábrica, destaca por su buen olfato para los negocios; consiguió que la pequeña fábrica se convirtiera en una gran empresa y dio el definitivo salto cuando se casó con Berenguela de la Mora, Gela para los círculos sociales, hija de los De la Mora, con ramificaciones en la industria, aceros, serrerías...

—Todo a lo grande.

—Mucho. Y Pasqual Cortacans feliz, en la cúspide. El clásico pez capaz de nadar en todas las aguas, y hasta a contracorriente si es necesario.

—¿Hermanos, hermanas?

—Un par de hermanas, si no recuerdo mal. Nadie que pudiera interferir en sus planes. Por el camino también dejó a algún socio más o menos trasquilado y en la cuneta.

—Tiene un hijo.

—Un chico, sí —lo corroboró—. Una hija se le murió, de algo raro, una de esas enfermedades con nombre imposible. Un golpe que no mucho después se llevó a la madre, pobre mujer. Y no debió de llorarla mucho.

—¿No eres un poco cruel?

—¿Yo? —Puso cara de no creérselo—. De puertas adentro no sé cómo sería su vida familiar, pero de puertas a fuera parece que el tal Pasqual era de todo menos un hombre ejemplar y buen marido. Viajes, libertad, dinero… Hablé con él dos veces, ambas accidentales, y te puedo jurar que daba un poco de miedo. Mejor tenerlo como amigo que como enemigo. Eso sí, era discreto.

—Así que no hay pruebas de que tuviera una vida, digamos, disoluta.

—No.

—Su hijo se llama Jaume. ¿Sabes algo de él?

—No.

—Es tullido… —Buscó la forma de explicar su anomalía física—. Tiene una pierna apenas útil y camina de manera desgarbada. Pudo ser polio o algo parecido.

—Nunca le he visto.

—Al empezar la guerra Cortacans debió de ofrecerse de forma inquebrantable a la Generalitat y a la República.

—Inquebrantable, tú lo has dicho —asintió Rubèn Mainat—. Pero no lo hizo antes de que supiéramos quién iba a ganar aquí. O eso o se lo olió rápido, así que se aseguró de ofrecer su lealtad al vencedor.

—¿Crees que es un fascista?

—Del todo.

—¿Y por qué no lo tocaron?

—No lo sé. Pero una cosa es cargarse a un cura de mierda o vengarse de un vecino cabrón, y otra matar a un tipo como él. Quien hace favores también los recibe. Es un toma y daca. Fue listo y rápido; antes de que sucediera lo inevitable él mismo entregó las fábricas a los comités obreros, los negocios a la administración... y supongo que se retiró discretamente a alguna villa en la que pudiera sentirse seguro, con gente que le protegiera, en la misma casa o en el pueblo. Pasqual Cortacans, para mí al menos, y ya sabes que yo soy un radical, es un cerdo burgués y capitalista, muy burgués y muy capitalista, porque los hay que merecen la pena. Gela de la Mora en cambio era muy querida, una mujer de los pies a la cabeza, discreta, siempre en su lugar, una gran dama.

—El hecho de que hayan vuelto a Barcelona es bastante explícito, ¿no?

—Tú dirás, Miquel.

—¿Sabes algo de su vida privada?

—No.

—Antes has dicho que no era un hombre ejemplar ni un buen marido.

—Hay rumores, pero nunca he sabido si eran ciertos, y ya sabes que a mí me gustan las pruebas, no las palabras que suenan, por bonitas y periodísticas que sean. Otra cosa es lo que se intuye, lo que piensan los demás o uno mismo. De todas formas no era sólo Pasqual Cortacans. Todos esos tipos de la burguesía catalana, rama católica acérrima, meapilas, poniendo cirios a Dios y velas al diablo... —Arrugó su rostro con disgusto—. Gela de la Mora era una mujer encantadora, una gran dama, ya te lo he dicho, pero no dejaba de ser su esposa a fin de cuentas. Y con las esposas no se hace según qué. Las esposas en casa y con los hijos. Para algunos actos sociales iba con ella, pero en otros... No le veo de beato y buen marido. No se correspondía con su imagen en los negocios, porque en ellos su fama era de despiadado. Implacable hasta el punto de cortar cabezas sin inmutarse. A mí es que es un tipo de gente que me revienta, Miquel, ya me conoces y sabes mis ideas. No van a llorar por la República. Ni uno de ellos. No me extrañaría nada que muchos tuvieran contactos con los facciosos.

—¿Quintacolumnistas?

—Lo mismo que te he dicho antes al preguntarme si creía que era faccioso él: del todo.

—Ayer me pareció un tipo bastante siniestro, y resentido.

—¿A ti qué te parece? ¿Cómo no va a estarlo? Lo había perdido todo... hasta ahora. En cuanto entren ellos ¿qué te apuestas a que recupera su patrimonio? De momento, ya me dices que estaba en su mansión de la Bonanova.

—Con un criado que tiene una escopeta para cazar elefantes.

—Oye. —El periodista le miró de hito en hito—. Y esa chica que dices que ha muerto...

—Mercedes Expósito.

—¿Cómo la han matado?

—La violaron y golpearon. Murió reventada.

Rubèn Mainat hizo un gesto de desagrado.

—¿Qué clase de pista asocia a Pasqual Cortacans con esto?

—La chica tenía una amiga, y la amiga estaba saliendo con Jaume Cortacans.

—No es mucho.

—No es nada, pero es lo que tengo. Ni siquiera sé qué buscar o por dónde seguir, porque la amiga ha desaparecido también. Ayer echó a correr nada más oírme decir que era policía. En cuanto a Pasqual Cortacans... me dijo que no sabía dónde estaba su hijo. No me pareció que tuviera una relación muy buena con él, y cuando logré encontrarle y vi lo de su pierna...

—Un hijo impedido que es su único heredero.

—Y creo que con ideas rojas, o por lo menos eso deduje de sus palabras.

—Perfecto —lo aplaudió—. Ya me cae bien ese chico. Y no creo que él matara a la muchacha.

—No seas fanático, Rubèn.
—¿Es fuerte?
—No lo sé.
—¿Y tu asesinada?
—Normal, ¿por qué?
—¿Crees que un hombre con una pierna inútil puede violar a una jovencita en plenitud?
—Sí.
—Entonces apriétale las tuercas.
—Es lo que intento, pero antes necesitaba información.
—¿Por qué de su padre y no de él?
—En primer lugar imaginaba que del hijo no sabrías nada. En segundo lugar, ayer Pasqual Cortacans me lanzó a su perro de presa cuando me fui de su casa.
—¿Cómo que te lanzó?
—Me siguió.
—Normal. Vas a preguntar por su hijo y le dices que es sospechoso de algo. Cualquier padre, por mal que se lleve con su vástago, saca el instinto de protección.
—A mí es que no me pareció que protegiera a su hijo, Rubèn.
La respuesta flotó en el aire.
—Tú y tu instinto, ¿no? —El periodista sonrió.
—Los dos nos servimos de él.
Sostuvieron sus respectivas miradas comprendiendo que habían llegado al punto final de su conversación. No quedaba mucho más que decir. El diálogo de sus ojos fue sin embargo más intenso que el de sus palabras. Un diálogo hecho a base de respeto mutuo.
De reconocimiento.
—Menuda forma tienes tú de pasar el rato, Miquel. —Esbozó una sonrisa el periodista.
Su tono fue condescendiente, de compañero de infortunio, en parte resignado en parte levemente tintado de admiración.

Los dos atrapados en medio de ninguna parte. Los dos sintiéndose residuos de un mundo en aras de desaparecer. Ni la vieja policía ni los viejos periodistas tenían cabida en lo que se avecinaba.

El fascismo era control.

Absoluto.

—Gracias por tu ayuda. —Miquel Mascarell se puso en pie.

—Siento no haberte servido de mucho —le secundó su amigo.

—Nunca se sabe.

—A esa chica pudo haberla matado cualquiera. En estos días todo es posible, como en julio del 36. Si dices que era joven y guapa... Un soldado de paso y ya medio loco, un vecino que llevase tiempo espiándola, un ex novio resentido de verla con otro...

—¿Y a su madre? ¿Quién y por qué la mató a ella?

No hubo respuesta. Salían del despachito y enfilaron el pasillo hacia la salida de la redacción. Los escasos héroes del periodismo trabajaban en el último o el penúltimo periódico de la Barcelona leal a la República.

Quizás incluso fuese más duro eso que buscar la aguja de un asesino en el pajar de aquella ciudad abandonada a su suerte.

—Cuídate, Miquel —le deseó Rubèn Mainat.

—Puede que nos veamos en la misma celda. —Estrechó su mano el policía.

—A mí me iría bien perder peso.

Fue la sonrisa más falsa de todas las falsas sonrisas que recordara en su larga vida al servicio de la ley.

24

Llegó a la casa de Patro veinte minutos después.

La garita acristalada de la portera volvía a estar vacía, así que subió al segundo piso y repitió la operación del día anterior, prácticamente paso por paso, porque en una primera instancia nadie abrió pese a escucharse ruido al otro lado. Tuvo que insistir llamando con los nudillos.

—Vamos, abridme.

Ninguna respuesta.

—¡María, Raquel, abridme!

—¿Quién es? —preguntó la voz de la mayor de las dos niñas desde el otro lado.

Se desanimó un tanto, porque eso significaba que Patro seguía sin estar en su casa.

—El policía que estuvo ayer aquí.

—¿Qué quiere?

—Hablar con vosotras, es importante.

—Patro no está.

—¿Queréis que eche la puerta abajo? ¡Puedo hacerlo! —mintió repitiendo también su amenaza del día anterior.

La espera fue breve. Escuchó el sonido de un pasador al correrse, luego el de una cerradura y la entrada quedó franqueada. María y Raquel aparecieron en el quicio, una al lado de la otra. Vestían de la misma forma que veinticuatro horas antes y le miraron con la misma suspicacia que entonces. Necesitó de todo su tacto para hacer lo que quería.

Para empezar, sonrió.

—Hola.

—Hola —le respondieron las dos a coro.

—¿Y vuestra hermana?

—No lo sé —admitió María.

—¿Se ha ido muy temprano?

—No —dijo la mayor.

—No ha venido a dormir —explicó la pequeña, con una vocecita en la que se mezclaban la tristeza y la insatisfacción.

María le dio un golpe para que se callara.

—¿No sabéis dónde pueda estar?

—No.

—Pero Patro cuida de vosotras, ¿no es cierto?

—Sí.

—Ayer me dijisteis que a veces pasaba la noche fuera, pero que siempre os traía comida. —Miró alternativamente tanto a una como a otra.

—Sí.

—¿Y de dónde saca esa comida?

María se encogió de hombros.

—¿No os lo dice?

—No.

—¿Ha pasado alguna vez más de una noche fuera?

—Sí.

Parecía estar jugando en un frontón. Pregunta-respuesta. Interrogante y afirmación o negación monocorde.

—¿No tenéis a nadie más que a Patro, unos abuelos, unos tíos…?

—Los tíos viven en Badalona —dijo Raquel.

Se llevó otro golpe de María.

—¿Puede estar con ellos? —dijo el policía.

—No. Patro y ellos se pelearon la última vez.

—¿Puedo ver la habitación de Patro?

—¡No! —Se apretó contra el quicio de la puerta María.

—Escuchadme. —Miquel Mascarell se agachó para quedar frente a ellas sin necesidad de que tuvieran que alzar la cabeza—. Esto es muy importante, ¿sabéis? Todo lo que hace la policía lo es, porque estamos aquí para ayudar a la gente. Si Patro no está, necesito investigar entre sus cosas; os prometo no tocar nada, claro. Ayer os hablé de una amiga suya, y os mostré la fotografía, ¿lo recordáis?

Asintieron con la cabeza.

—Pues bien, esa amiga suya desapareció, y ha… —evitó pronunciar la palabra «muerte»—. Quizás esté en peligro. Sé que Patro la ayudaría.

María y Raquel intercambiaron una mirada fugaz.

—Mirad, no os engaño. Ya os la enseñé ayer. —Les mostró su credencial por segunda vez—. Aquí dice que soy inspector, ¿verdad? —Se dirigió a la mayor—. Tú sabes leer.

—Sí.

—Vamos, ayúdame, María.

—¿Puede pasarle algo malo a Patro? —se inquietó la niña.

—No, pero por si acaso.

La última resistencia.

—¿Y si se enfada con nosotras? —musitó Raquel.

—Yo le hablaré. Cuando la gente habla con la policía no se enfada.

—Está bien —se rindió María, aunque de mala gana—. Pase usted. Aunque no cerraré la puerta.

Se apartó del quicio.

Miquel Mascarell se incorporó y entró en el piso. La puerta quedó abierta. Las dos hermanas caminaron delante de él hasta detenerse en otra puerta, cerrada. La abrió él mismo. Al otro lado vio una habitación no muy grande, con una ventana por la que entraba la suficiente luz. Había una sola cama de matrimonio, con las sábanas y las mantas revueltas.

Interpretó que las tres hermanas dormían juntas para darse calor.

—¿Y las cosas de Patro?

—Allí. —María señaló otra puerta.

Caminó hasta ella, la abrió y se coló dentro. Esta vez se adelantó a las dos niñas. El lugar tenía otra cama, individual, con soporte metálico. A un lado vio el armario, sin puertas, con la ropa de Patro Quintana bien visible en las perchas y los estantes. No es que tuviera mucha, la justa, ni que fuera de la mejor calidad. Unas blusas, unas faldas, unas combinaciones, un traje chaqueta añejo para los días de fiesta, un par de vestidos un poco más bonitos, sujetadores, bragas, medias, dos pares de zapatos...

Lo registró superficialmente.

—A nosotras no nos deja que le toquemos la ropa —le advirtió María.

—Registrar no es tocar.

—La está tocando —se lo hizo notar Raquel.

Dejó el armario y miró el suelo. Buscó alguna baldosa suelta, como en casa de Reme y Merche. No encontró ninguna, ni siquiera debajo de la cama. Lo único que quedaba por ver era la mesita de noche, también metálica. Abrió el cajón superior y se encontró con algunas baratijas, pulseras, anillos, un relojito parado a las siete y veinte de cualquier momento pasado, media docena de fotos viejas, ninguna de sí misma, y algunos recuerdos, entradas de cine, folletos anunciadores, imágenes de estrellas del cine, Clark Gable, Errol Flynn, los hermanos Marx...

Encima de todo ello vio una nota manuscrita.

«Cariño, ¿ya estás bien? Por favor, te espero. Ven.»

Firmaba «E».

—¿Ha estado enferma vuestra hermana hace poco?

—Tuvo un resfriado muy fuerte, con fiebre.

—¿Cuándo fue eso?

—Al comenzar el año, después de las navidades.

—¿Vino a verla alguien?

—No.

—¿Nadie con un nombre que empezase por E?

—No.

Completó el registro. En la parte de abajo de la mesita de noche no había más que algunos paños, posiblemente para las menstruaciones. Estaban lavados y relavados.

Las dos niñas no le perdían de vista, seguían cada uno de sus gestos con ojo crítico. Empezó a sentirse atravesado por aquellas miradas.

—Sois dos niñas muy valientes —les dijo.

—Ya lo sabemos.

—¿Tenéis comida?

Ahora las dos se callaron. Su mirada fue cómplice.

—Necesito estar seguro de que estáis bien y puedo irme tranquilo.

—Sí, tenemos comida —asintió María.

—¿Me la enseñáis?

—¿Nos la va a quitar? —A Raquel le cambió la cara.

—No, mujer.

Otra vacilación. Pero ya estaba dentro de la casa, así que eso fue determinante. Miquel Mascarell tomó la iniciativa, salió al pasillo y señaló la puerta de la cocina, abierta y visible a un metro escaso.

—¿Ahí?

Las precedió y no se detuvo hasta llegar a ella. Era pequeña, como todas. A un lado los fogones. Al otro el fregadero. En el tercero diversos estantes llenos de platos, recipientes, vasos…

Uno de los estantes estaba lleno de latas de conserva.

El estómago volvió a crujirle.

Con llevarse una…

Reprimió sus perversos pensamientos y se concentró en lo

que estaba haciendo allí. El número de latas era significativo. No se trataba de unas pocas reservas. Aquello era una despensa importante, sobre todo tratándose de una joven y dos niñas pequeñas sin aparentes recursos. Pero más significativo resultaba que todas las latas, aun conteniendo diversos productos alimenticios, fueran de la misma marca: Conservas Ernest Niubó.

La fábrica Niubó, una de las más conocidas de Barcelona, estaba en el Poble Nou y también había sido requisada, para servir al nuevo orden bélico y a la causa de la República.

Ernest Niubó.

¿E de Ernest?

—¿Patro siempre trae comida de esta marca?

—Sí —dijo María.

—Es muy buena —apostilló Raquel.

—¿Hace mucho?

—Bastante, unas semanas —continuó la mayor, seria como una mujercita en miniatura.

—¿Conocéis a los amigos de vuestra hermana?

—A algunos.

—¿Lluís Sanglà?

—Sí.

—¿Hace mucho que no le veis?

—No sé.

El tiempo, para la infancia, no se mide igual que para los adultos.

—¿Y a Jaume Cortacans?

Movió la cabeza de lado a lado.

—Es un muchacho cojo.

Repitió el gesto.

Patro nunca había subido al hijo de Pasqual Cortacans a su casa.

Camino cortado. Podía interrogar una hora más a las dos niñas con el mismo resultado. Lo sabía. Y también podía quedarse en la calle, esperando a su hermana mayor, sin que apareciera.

El cadáver de Merche, en el depósito del Clínic, era demasiado evidente como para esperar.

Miró a María y a Raquel.

Solas.

Con una hermana que podía estar también muerta.

—He de encontrar a Patro. —Suspiró—. Y por favor, si aparece ella primero, decídselo. Es muy, muy importante. Yo volveré.

—¿Qué es lo que quiere que le digamos, que ha venido? ¿Les advertía de que estaba en peligro?

—Ella ya me ha visto. Decidle sólo que confíe en mí, por Merche. No lo olvidéis.

Ya no quedaba más, salvo retirarse.

Caminó hasta la puerta y al llegar al recibidor se detuvo. El suyo fue un gesto imprevisto. Tanto que cogió a las dos niñas por sorpresa. Se inclinó sobre la más pequeña y le dio un beso en la mejilla. Cuando fue a hacer lo mismo con la otra ésta se apartó.

—Nunca se es lo bastante mayor para un beso —le dijo él.

Le acarició la mejilla, le sonrió a pesar del rostro grave de María, todavía cargado de desconfianzas, y después cruzó aquel umbral.

25

La sorpresa fue mayúscula cuando, al llegar al vestíbulo de la casa, se encontró con él, parado delante de la garita acristalada de la portera, como si la buscase o la esperase, porque el lugar continuaba vacío.

Jaume Cortacans.

Alcanzó el último tramo en el momento en que el hijo de Pasqual Cortacans, alertado por el roce de sus zapatos, volvía la cabeza en su dirección.

En su caso, nada alteró sus facciones.

Miquel Mascarell se detuvo al llegar frente al aparecido.

—¿Es una casualidad? —le preguntó.

—No —dijo el muchacho.

Vestía con corrección. Muchos burgueses, al estallar la contienda civil, habían renunciado a sus ropas habituales, para no despertar sospechas, asemejándose a un descamisado más. La búsqueda de la integración pasaba por desprenderse de los hábitos. Jaume Cortacans no era de ellos. Tal vez porque la guerra no comenzaba, sino que terminaba, o tal vez porque con su minusvalía le daban igual las apariencias, y se amparaba en ella, o provocaba a través de ella.

Claro que también podía haberse arreglado porque pretendía ver a Patro Quintana.

Después de la conversación de la tarde anterior, parecía distinto, más sereno y entero. Su mirada era firme, aunque la notó revestida de cansancio y un ligero tono de hastío que la hacía tan dura como tenaz.

—¿Qué está haciendo aquí?

—¿Y usted?

—Las preguntas las hago yo.

—Ayer me dejó inquieto. Quería saber si Patro está bien.

—Corazón de amigo.

—Por supuesto.

—Pero usted nunca había subido al piso.

—Patro no dejaba subir a nadie, por sus hermanas. Esto es diferente.

—Pues siento decirle que no ha dormido en su casa esta noche. Arriba sólo hay dos niñas asustadas y solas.

—Entiendo. —Chasqueó la lengua y bajó los ojos al suelo.

—¿Qué es lo que entiende?

—Nada. —Suspiró con la misma resignación que el soldado que se rinde al enemigo.

—¿Nada?

—Patro no es una niña.

—¿Eso es todo? ¿Así de fácil?

—¿Qué quiere que le diga?

—¿Qué ha pasado de ayer a hoy?

—¿Qué quiere decir?

—Ayer tenía miedo. Hoy parece estar de vuelta de todo.

—Ayer me pilló de improviso.

—Es más que eso.

—¿No ve lo que está sucediendo? ¿O es que es usted ciego?

—¿Se refiere a Patro?

—¡Me refiero a la guerra!

—La guerra acaba.

—¿Lo llama «acabarse»? —Hizo hincapié en la última palabra.

—Usted es joven. Podrá seguir luchando, aunque sea de otra manera.

—Dígame cómo vamos a luchar, señor inspector. —El tono se hizo tan agrio que rezumó desesperación—. ¿Quién va a quedar? ¿A quién van a dejar con vida? Aunque sobrevivamos, ¿qué? Usted es mayor, y yo... ¿O no se ha dado cuenta de que tengo una pierna inútil?

—Lo importante es lo que tenga aquí dentro. —Apuntó con el dedo índice de su mano derecha a su frente.

—Es un iluso —comentó con agria sorna.

—Si abomina de lo que se avecina, ¿por qué no se ha ido a Francia, como la mayoría?

—¿A pie?

—Su padre...

El bufido de sarcasmo le cortó la frase. Jaume Cortacans se movió de un lado a otro, como un péndulo, al cambiar los apoyos de sus pies. A Miquel Mascarell su gesto se le hizo más revelador que cualquier otra respuesta.

Le confirmó lo que ya sabía.

Un padre y un hijo enfrentados al abismo personal.

—No se lleva bien con él, ¿verdad? La guerra civil en casa.

No hubo respuesta.

Sólo aquella mirada.

—¿Qué edad tiene? —Cambió de tono y hasta de intención.

—Diecinueve, ¿por qué?

—¿No pudo combatir?

—¿A usted qué le parece? —Se tocó la pierna más corta.

—Hay muchas maneras de hacerlo.

—Mi padre me metió en un saco y lo ató con un hermoso lazo, señor inspector. —Sacó sus dientes a tomar el sol en una falsa sonrisa.

—¿Y ahora, o en estas últimas semanas?

Otra respuesta silenciada.

Otra mirada, ésta incierta, desabrida, surcada de luces brillantes.

—Escuche, hijo —se rindió Miquel Mascarell—. Si sabe algo debería decírmelo.

—¿Por qué?

—Porque anoche vi el cadáver de Mercedes Expósito, la amiga de Patro, en el depósito del Clínic.

La palidez del anochecer del día anterior volvió a él. Lo atacó igual que una lepra súbita y lo invadió hasta convertirle en una máscara de porcelana.

—¿Cómo...?

—Alguien la forzó y le provocó daños irreversibles. Murió desangrada.

—¿Que la forzó?

—Violada, sí.

Tal vez fuera un buen actor. Tal vez fuera sincero. Aun inmóvil, se notó que por dentro la conmoción le desarbolaba. Un bombardeo sistemático que iba de los pies a la cabeza. Los ojos atravesaron un enorme campo de emociones, rabia, miedo, ira, estupor, furia, desconcierto, dolor, sorpresa, vértigo...

—Ayer me dijo que sólo vio a Mercedes una vez, que se la presentó Patro.

—Sí —logró articular.

—¿Es cierto?

—Claro que lo es, por Dios —suspiró.

—¿Qué le dijo Patro de ella?

—Que la conocía hacía poco.

—¿Eso es todo?

—¡Sí, y que era una buena chica, que se habían hecho amigas, aunque era muy joven, porque tenía una mentalidad muy adulta! ¡Sólo eso!

—¿Y luego?

—Luego nada.

—Haga memoria.

—¡Nada! ¿Para qué iba a hablar de ella con Patro? ¡A mí no me interesaba esa niña!

—Pero si se habían hecho buenas amigas...

—¿Y qué?

—Se lo pregunté ayer, y se lo vuelvo a preguntar ahora: ¿por qué Patro echaría a correr al verme y decirle yo que era policía?

—Se lo dije ayer y se lo vuelvo a decir ahora: no lo sé.

—¿Por qué no le creo?

—Déjeme en paz, ¿quiere?

Dio media vuelta para salir a la calle, pero Miquel Mascarell lo detuvo.

—Jaume, si ha venido hasta aquí desde su casa, a pie, con esa pierna, es porque le preocupa Patro.

Se encontró con sus ojos llameantes.

Creyó que iba a llorar, pero lo que centelleó en ellos fue algo mucho más denso. Sin ocultar su miedo y su rabia, en su mirada descubrió el ramalazo intenso y fuerte del amor.

Amor.

Jaume Cortacans estaba enamorado de Patro.

Tal vez por esa razón en las últimas semanas ya no había deseado combatir, sino vivir.

—Ayúdeme a encontrarla —le pidió el policía.

—¿Estaría yo aquí si supiera dónde buscarla?

—Ayer le pregunté si le daba comida y no me respondió.

—Sí, le daba comida —se rindió.

—¿Qué clase de comida?

—Lo que podía, sobre todo al principio, cuando nos veíamos más.

—¿Latas de conserva?

—He dicho lo que podía, lo que encontraba, lo que conseguía con dinero o amistades y también en mi casa. —Puso cara de no entender la pregunta—. ¿Latas de conserva? ¿Por qué tenían que ser latas? Estas últimas semanas apenas si... —Apretó las mandíbulas con impotencia.

—¿Le dice algo el nombre de Ernest Niubó?

—Sí, claro. Un amigo de mi padre.

—¿Muy amigo?

—Bastante.

—¿También ha vuelto a Barcelona recientemente?

—Me parece que él se quedó aquí, no estoy muy seguro. Se lo oí comentar a mi padre hace poco cuando decidió regresar al saber que nuestra casa estaba abandonada. De todas formas no debió dejarse ver demasiado, o quizás estuviera escondido aunque lo puso todo al leal servicio de la República, como mi padre. —El tono rozó una vez más la ironía—. ¿Por qué me pregunta por él?

—Es un nombre que sale en la investigación.

—Pues siga investigando, inspector.

Hizo ademán de reemprender la marcha.

—¿Conocía Patro a Ernest Niubó?

—Nunca hablamos de ello, diría que no. —Alzó las cejas sin comprender la pregunta.

—¿Tenía algún amigo cuyo nombre empezara por E?

—¿Y yo qué sé?

—¿Llevó a Patro alguna vez a su casa? Si no se veían aquí es lógico pensar que…

Jaume Cortacans se convirtió en una estatua de sal.

O de mármol.

—Sí, ¿por qué? —preguntó con dureza.

—¿Muchas veces?

—Siempre que podía.

—¿Cuántas?

—Nunca las suficientes. —Lo desafió con la mirada un segundo antes de que, ahora sí, reemprendiera la marcha.

—Jaume, no me haga esto ni se lo haga a sí mismo —le dijo Miquel Mascarell mientras el hijo de Pasqual Cortacans salía a la calle con sus extraños movimientos a derecha e izquierda.

Un largo camino de regreso a casa para él.

—¡Jaume!

No logró detenerle.

Cuando reaccionó y fue tras sus pasos, no trató de alcanzarlo. Se detuvo a los tres metros. El muchacho caminaba ya a unos diez o doce metros de distancia, cruzando la calle València en dirección a Girona, en sentido montaña. Con su grotesco andar las escasas personas que se cruzaban con él volvían la cabeza sin el menor pudor para mirarlo. Y él, ajeno, mantenía su curso furioso, o desesperado, y por supuesto lleno de la rabia que empezaba a ser su primera señal de identidad.

26

La distancia hasta el Poble Nou era considerable, pero más pensando en el regreso. Y con el estómago de nuevo vacío, porque el pedazo de pan y el queso de un par de horas antes lo único que habían hecho a la postre fue despertar la avidez de su estómago, recordarle el tiempo en que comer queso era lo habitual.

La tortura del hambre empezaba a hacerse angustiosa.

Se lo tomó con más calma que el trayecto hasta la casa de Patro Quintana. Después de todo una pista llevaba a otra, y ésta a otra más. Podía estar tan cerca de resolver el caso como de la Luna. Aquélla ni siquiera tenía mucha consistencia. Que todas las abundantes latas de la cocina fueran de la conservera de Ernest Niubó y que la nota hallada entre las cosas de la muchacha estuviera firmada con una E no era demasiado.

Pero no tenía nada más.

Salvo rendirse y regresar a casa.

Por Quimeta.

«No, haces esto por Roger, ¿verdad?»

¿Necesitaba excusas para ser un buen policía?

Caminó hacia el noreste de Barcelona, alejándose del centro, adentrándose en otro mundo, con casas bajas y extensiones todavía por habitar. Bajó por Girona hasta la Gran Via, enfiló por ella hasta el cruce con la Diagonal y buscó la Rambla del Poble Nou para orientarse definitivamente. Muy cerca de ella le pudo la sensación de desmayo, no de cansancio. Sus ojos perdieron consistencia, la noción de la estabilidad y verticalidad. Se apoyó en una pared, como había hecho la noche anterior al vomitar, y acabó dejándose caer al suelo para descansar unos minutos en el bordillo de la acera. Cada cavernoso rugido de su estómago era como una señal de alarma, un grito desesperado. Quimeta ya habría ido a por las lentejas, salvo que la ciudad estuviese desabastecida. No tenía más que regresar a casa y comer un poco, quitarse de encima aquella horrible sensación de hambre y vértigo.

«Descansa», se dijo.

Intentó no pensar en la comida. Cerró los ojos, acompasó la respiración y se relajó unos segundos. No necesitaba más. Luego hizo lo que siempre solía hacer en casos de aturdimiento: leer. No la carta de Roger. Seguramente, con el paso de las horas, se la aprendería de memoria. Ahora necesitaba la mente lúcida. Sacó *La Vanguardia* del bolsillo del abrigo y la desplegó. El artículo de fondo tenía un expresivo titular, muy acorde con las circunstancias: «El enemigo tiene prisa, pero España no».

No quería leer propaganda política, ni patriótica, ni nada que le sonase a burla mientras los nacionales estaban a las puertas de la ciudad, o entrando tal vez ya por la Diagonal o por el Tibidabo, pero prefirió leer, y distraerse, calmar aquella sensación que le empujaba una y otra vez al mareo.

El texto del artículo decía:

> El Ejército de la República se dispone a defender Barcelona, a cerrarle el camino a los invasores. Europa contempla el espectáculo y se prepara a ver reproducida la gesta de Madrid. No seríamos sinceros si no manifestásemos la certidumbre de que la consciencia de la urbe catalana mide exactamente el momento y rebusca en su ser las viejas y fuertes esencias que le dieron fama.

Barcelona bajo el fuero militar será —tiene que serlo— como Madrid, una fortaleza inexpugnable, un venero de independencia. Su martirio ha de ser sublimado por su valor. Los invasores vienen a acabar con su gloria, con sus libertades, con su linaje civil. Cada catalán ha de mirar la tragedia de su vida de hombre libre y ha de reaccionar con fe. Nada es imposible. Pero el salvar a Barcelona sobre no ser imposible, es hacedero, y el Mando militar está tranquilo a este respecto. Su solicitación se dirige al auxilio de la ciudadanía. Al trabajo en las fortificaciones. Al aliento vivo. A la canción febril. A todo lo que constituía la lírica y la moral de Madrid en los días duros que pasó, tan duros que no pueden ser peores los de ninguna otra ciudad.

Triunfó en Madrid el deber. El amor entrañable a la libertad y al genio del pueblo. Triunfó, en definitiva, lo que no puede morir, ni morirá, aunque se constituyan masas agresoras tan eficientes como las que actualmente destrozan nuestra Patria.

El Gobierno trabaja en la preparación de los recursos que han de salirle al paso adversamente a las ilusiones y a la soberbia de los invasores. No estamos solos en el mundo, ni mucho menos. Ahora se va comprendiendo la magnitud ideal de nuestra gesta y el servicio inmenso que se ha hecho a la civilización y a la democracia con nuestra resistencia. Conforme aprieten los invasores sus medios de conquista, se insinúa más fuertemente el destino de otras naciones que figuran en la lista negra de los déspotas modernos.

Ningún pueblo, que ame verdaderamente la paz, puede ya asistir impasible a la destrucción de España. Pero antes de que fructifique netamente esta solidaridad, es preciso que realicemos un esfuerzo supremo. Hay que parar a los invasores. Hay que establecer una línea de hierro. Así haremos honor a todos los que han caído por el mismo designio y adelantaremos el ritmo de la ayuda internacional.

Nuestras palabras no afectan al cálculo del Gobierno sobre el resultado final de la guerra. Ese cálculo se mantiene invariable. No podemos perder la guerra, porque eso sería perder las democracias su mejor bastión, su aliento más ardiente. Esta idea está relacionada directamente con la prisa del enemigo. El enemigo quiere acabar antes de que maduren las ayudas. Eso es todo. Nuestros muertos nos mandan resistir. Pararle los pies a los invasores. Gritar nuevamente: ¡No pasarán! El Gobierno hizo promesas que después cumplió. Prometió recursos que llegaron en parte. La etapa de sus promesas no está agotada. Pero depende, más que del Gobierno, de la bravura de los combatientes y de la colaboración ciudadana, que las cosas ocurran como están previstas. No es desafiar a los hados, que a veces las cambian, porque, en el caso de la independencia de España, los hados no pueden ser distintos a como siempre fueron, por amor a nuestro pueblo invicto a sus honradas cualidades. El enemigo tiene prisa, pero el destino suele no tenerla.

No leyó los restantes artículos. No hizo falta. Guardó el periódico de nuevo en el bolsillo derecho de su abrigo y antes de incorporarse extrajo la fotografía de Mercedes Expósito del izquierdo. Sólo la foto. Le echó una enésima ojeada. Siempre imaginó que un día Roger les llevaría a casa una chica como ella, y la llamarían «hija», la querrían, sería la madre de sus nietos. Una familia feliz.

«A este país le han robado la felicidad, le han matado a sus hijos, y los de los que queden, bajo una dictadura fascista, no serán ya hijos, sino marionetas…»

Lo malo era que ahora la fotografía de Merche ya no podía anular la visión de su imagen en el depósito del Clínic.

Tan pura y blanca…

Pero muerta.

Se levantó decidido a continuar y reemprendió la marcha.

Comenzó a ver gente, más de la normal en aquellas circunstancias, dos esquinas después. Primero iban solas, después en grupos más y más numerosos. No eran paseantes. Ni siquiera podían llamarse ya personas. Era una masa furiosa, desencajada, que se animaba entre sí con gritos estentóreos. Primero pensó que las tropas invasoras ya estaban en la ciudad. Después, al escuchar sus voces, comprendió que lo único que les empujaba eran el hambre y la rabia. La desesperación final.

—¡No hay derecho!

—¡A por ellos!

—¿Qué hace toda esa comida ahí? ¡Ya está bien!

Se apartaba de su camino, pero fue magnético. La palabra «comida» lo hizo cambiar de rumbo, como una rata más en la cloaca del reino de Hamelin. La muchedumbre ya superaba el centenar, y por las calles adyacentes se sumaban más hombres y mujeres, sobre todo mujeres, llevando a sus hijos de la mano en muchos casos. Salían de las casas con sus puños en alto y sus voces airadas. Las puertas vomitaban cuerpos y la marcha se hizo más furiosa.

—¡Al almacén!

—¡O nos la dan por las buenas o entraremos por las malas!

—¡Vamos, vamos!

No tuvo que andar demasiado. El almacén de suministros se encontraba una calle más allá. Cuando la masa humana se detuvo los gritos se multiplicaron, se hicieron corales. A veces, en el fútbol, se daba cuenta de lo que significaba la masa en concepto de fuerza y poder. El cerebro no existía. ¿Quién dijo: «Voy a ver a dónde va la gente, luego me pondré al frente y los lideraré»? La sensación era la misma. No había líderes, ni jefes, sólo un enorme cuerpo general integrado por decenas de cuerpos menores cuyo único norte, su objetivo, era el almacén, la comida.

En la puerta del almacén había un soldado.

Nadie más.

—¡Quietos! —les ordenó.

Un rifle contra todos ellos.

—¡Apártate!

—¡No queremos hacerte daño!

—¿Por qué defiendes esa comida? ¡Tenemos hambre! ¿Dónde están ellos?

Ellos.

—¡Atrás! —Les barrió con su arma, retrocediendo hasta aplastar su espalda contra la puerta metálica del almacén.

—¡Entraremos igual!

—¿A cuántos crees que vas a matar? ¡Apártate y no seas tonto, hijo!

El soldado vaciló por última vez. Vio aquellos rostros famélicos, los puños cerrados, las manos que sostenían piedras recogidas por el camino. Alguien le acababa de llamar «hijo». Tendría unos veintitrés o veinticuatro años. Sus ojos se llenaron de humedad.

No quería disparar contra civiles.

Y menos de su propio pueblo.

Primero fueron las lágrimas, después la congestión de su rostro ante la derrota, finalmente sus manos cayendo y desviando el rifle de su objetivo, apuntando al suelo en lugar de hacerlo a sus cuerpos. Los gritos de los asaltantes dispararon sus energías.

Fue el inicio de la locura.

—¡Ya!

Sólo había una puerta, y la masa la integraban muchos, demasiados. Los primeros se abalanzaron contra la persiana metálica, la destrozaron, abrieron el hueco por el que introducir sus manos y la arrancaron. Los de atrás empujaron, en su fiebre por entrar los primeros, temerosos de que, después de todo, hubiera menos comida de la imaginada y ellos se quedaran sin nada. El tapón en la puerta se convirtió en la primera angustia.

—¡Cuidado!

—¡No empujéis!

Nadie hizo caso. La puerta engulló a los primeros. Los más pequeños se colaban entre las piernas de los mayores, lejos de la protección de sus madres, aunque algunas los enviaban al matadero creyendo que ellos conseguirían pasar mejor. Miquel Mascarell no podía moverse. Lo miraba todo desde la acera de enfrente. El primer niño pisoteado tendría unos seis o siete años. Quiso echar a correr, hacer algo, pero sabía que era imposible. Ni con veinte o treinta años menos habría conseguido nada. Una mujer se precipitó para rescatar al pequeño y también cayó bajo las piernas del resto. Los gritos de ánimo se fueron convirtiendo en gritos de dolor.

Pero nadie hacía caso de ellos.

Con los rostros desencajados, los asaltantes inundaron el almacén y la calle acabó convertida en un pandemonium. Los primeros que salieron del interior no podían ni siquiera con el peso de lo que cargaban: sacos de legumbres, patatas, bidoncitos de aceite, latas, cajas... Tropezaban, caían, trataban de retener lo robado. Si alguien del exterior se aprovechaba, el caído o la caída se levantaba dispuesta a matar por su tesoro. Y llegaban más gentes por todas las calles, dispuestas a lo que fuera. Mujeres en delantal, con bata, algunas con los pies desnudos, ancianos enarbolando sus bastones como guadañas, niños y niñas que habían perdido su condición de tales. Todos aquellos ojos gritaban lo que sus voces no podían ya exhalar. Gritaban «¡Basta!».

Ahora, del almacén salían ya más personas de las que entraban.

Todas cargadas hasta los topes.

Corrían en múltiples direcciones, como hormigas a la desbandada, temerosos de que llegaran más soldados. Del que vigilaba la puerta ya no había ni rastro. Quizás estuviese dentro, o yendo a informar de lo que sucedía. El primer niño aplastado continuaba en el suelo, con su madre llorando al lado. No era el único. Otros tres o cuatro cuerpos, un anciano, otro niño, algunas mujeres, yacían como una alfombra rota en torno a la puerta. En el interior, el griterío era absoluto. A veces se escuchaba un derrumbe, como si una montaña de cajas se viniera abajo, sepultando a los desesperados. La puerta los iba vomitando, incesantes, tropezando, ciegos, llevándose lo que habían podido.

Miquel Mascarell se encontró con una mujer casi encima. Corría de una forma tan enloquecida en su dirección que ni reparó en su inmovilidad. Al verle se asustó, perdió la concentración, tropezó con el bordillo y se cayó. La reacción del policía no tuvo nada que ver con su hambre. Sólo fue la reacción de una persona civilizada ante otra en apuros. Quiso agacharse para ayudarla. Puro instinto. Se encontró con una cara atenazada por una expresión de odio brutal y su alarido:

—¡Quieto o le mato!

Tendría unos cuarenta y tantos. Estaba sola. Y aun así hablaba de matarle.

Miquel Mascarell se quedó quieto.

La mujer recogió lo que había robado, sin perderlo de vista, crispada y temblorosa. Sus movimientos eran irregulares. Para su desgracia la comida se había diseminado en un par de metros a la redonda tras su tropiezo. No se dio cuenta de lo que había ido a parar más lejos, al amparo del bordillo. Cuando creyó tenerlo todo se incorporó y echó a correr de nuevo, llevándose con ella su expresión de enloquecido desvarío.

Como una bestia.

Miquel Mascarell vio entonces las dos latas de conservas, el pedazo de jamón curado y también el paquete de galletas.

Estaba solo. La película se desarrollaba en la otra acera, en el almacén, en sus entrañas de vida y muerte.

Se agachó, recogió las dos latas, una de sardinas en escabeche y otra de atún, el pedazo de jamón curado y el paquete de galletas. Se lo guardó en su abrigo mientras miraba a derecha e izquierda sin que nadie reparara en él.

Después se apartó del tumulto.

No lloró hasta sentirse a salvo, sin testigos cercanos, calle abajo.

No comió algo hasta que la última de sus lágrimas se hubo secado en su rostro, bastante después.

27

La fábrica de los Niubó estaba cerrada, sin el menor rastro de actividad. Era uno de tantos complejos, industriales o no, que hacían del Poble Nou un enclave peculiar en su configuración. Casas bajas, sensación de aislamiento, paz. Los incidentes del almacén, pese a su proximidad, parecían allí lejanos. Algunas personas todavía eran capaces de sentarse a las puertas de sus edificios, despreciando el frío, mirando las calles, viendo pasar la vida, como habían hecho siempre y seguirían haciendo sucediera lo que sucediese con la guerra. En los rostros de los más viejos se adivinaba aquella sensación de falsa eternidad que hacía de sus arrugas una senda ya explorada y de sus ojos un testigo imparable del tiempo.

Miquel Mascarell rodeó el edificio por tres de sus lados, hasta encontrar lo más parecido a una vivienda formando parte de él. Tal vez fuera la de un portero o celador, porque en modo alguno era lujosa o de calidad. Se trataba de una construcción baja, de dos plantas. Intentó abrir la puerta y se la encontró cerrada. Sin embargo dos de las ventanas superiores estaban abiertas. No los cristales, sino los postigos interiores y las contraventanas exteriores. En una de ellas creyó ver un reflejo.

Volvió a la puerta y llamó con la aldaba.

Medio minuto después repitió su gesto, con ella y con los nudillos.

A la tercera la golpeó con el puño.

—¡Abran!

Tenía el sabor de las sardinas en escabeche en la boca, el del jamón curado y las galletas. Una mezcla extraña. Ojalá pudiera retenerlo todo en su estómago. Lo necesitaba. Había guardado la lata de atún, la mitad del paquete de jamón y la mitad de las galletas para Quimeta. Ahora el bolsillo derecho de su abrigo abultaba sospechosamente.

Escuchó el sordo rumor al otro lado, un cuchicheo, nervios y susurros. Decidió mostrar sus cartas.

—¡Soy policía, sólo quiero hacerles unas preguntas!

Contó hasta diez.

Y la puerta se abrió.

La mujer que apareció en el quicio tendría unos pocos años más de la barrera de los cincuenta. Era redondita, toda ella, cabeza, pecho, caderas, brazos y piernas. Los ojos, de tan asustados, también eran circulares. Pese a su estado de crispación, no parecía una empleada, ni la esposa de un celador. Tenía el sello inequívoco de una calidad que ni la guerra le había arrebatado, y mucho menos el hambre que no conocía. Lo miró como si fuera a degollarla y su voz tembló angustiada al preguntarle:

—¿Qué... quiere?

—Inspector Mascarell —se presentó sin necesidad de mostrar su credencial—. Lamento molestarla, y no tema, que no pasa nada. ¿Es usted la señora Niubó?

—Sí.

—Sólo quería hablar con su marido.

—¿Mi... marido?

—Por favor.

—No está —dijo demasiado rápida.

—Mire, señora. —Se sentía al límite de su paciencia—. Voy a entrar igualmente, ¿entiende? Preferiría que colaborase.

—No, escuche, nosotros... —Pareció a punto de echarse a llorar—. La guerra ya se acaba. Por favor... No se lo lleve...

El último comentario lo desarmó.

—¡No voy a llevarme a nadie, lo único que quiero es hablar con él!

—Por favor, por favor… —gimió la mujer, sin escucharle, atenazada con sus propios sentimientos.

El hombre surgió a su espalda, algo mayor que ella, quizás ya en los sesenta. Apenas un poco de cabello en su cabeza, un bigote delgado, las orejas abiertas y los labios muy secos. La mirada resultaba extraviada, pero el tono de su voz se mantuvo mucho más firme que el de su compañera. Restos de un tiempo en el que nadie hubiera osado discutirle una palabra.

Ernest Niubó.

—¿Quién es usted?

Su esposa impidió cualquier respuesta.

—¡Ha venido a llevársete!, ¿no lo ves? ¡Por todos los santos, no quiero que muera!

—¡Cállate, Marta!

—¡No…! —gimió ella abrazándose a sí misma.

—Me llamo Miquel Mascarell, soy inspector de policía. Quería hablar con usted, sólo eso. No he venido a llevarme a nadie.

—¿Por qué quiere verme?

Las lágrimas de la mujer no atendían a razones. Entre los dos hombres no era más que un nervio al desnudo, fuera de sí, con la mente secuestrada por el miedo.

Miquel Mascarell evocó al hijo de la carbonera, Oriol. La misma escena. Una madre implorante. Recordó de nuevo que apenas unos días antes, el 15 de enero, se habían llamado a las quintas de 1919, 1920 y 1921, pero con escaso éxito.

Oriol quería ir a combatir, a morir por la República.

El hijo de los Niubó todo lo contrario. Y a él sí le tocaba.

—Tienen a su hijo escondido, ¿verdad?

Marta Niubó estuvo a punto de desmayarse. Su marido

tuvo que sujetarla. El último de sus gemidos se quebró en su pecho y pareció al límite, como si fuera a darle un ataque.

—No vengo a llevarme a su hijo, señora. —La obligó a mirarlo—. Se lo repito: lo único que quiero es hablar con su marido. ¿De acuerdo?

Esperó a que ella asintiese, con la misma expresión extraviada. Poco a poco pareció relajarse. Las manos de su esposo seguían sosteniéndola.

—¿De qué quiere hablar, inspector? —preguntó él.

Tuvo que arriesgarse y decirlo en voz alta, en presencia de ella. Se sentía inquieto y no quería perderlos, o que se refugiaran en su mutuo contacto.

—Patro Quintana.

El rostro de Ernest Niubó cambió de color. Mejor dicho, el color desapareció de sus facciones y se convirtió en un copo de nieve sucia. Los ojos temblaron, el labio inferior se descolgó lo mismo que la mandíbula desencajada. Fue como si un kilo de su masa facial se evaporara de golpe, porque de pronto se le marcaron mucho más los pómulos, acentuando la delgadez de sus rasgos.

Miquel Mascarell sostuvo su mirada.

—Déjanos solos, ¿quieres, cariño? —le pidió a su mujer dejando de sostenerla.

—Pero… —se resistió ella.

—Ya ves que no pasa nada —quiso tranquilizarla—. Vuelve adentro y estate tranquila. Hablo con este señor y ya está.

—Entonces…

—Marta, basta ya, ¿de acuerdo?

Le acarició el rostro. No hubo amor en su gesto, sólo un atisbo de ternura y cansancio. Después la empujó con suavidad hacia el interior de la casa e hizo ademán de ir a cerrar la puerta.

—Hace frío… —le recordó su mujer—. Deberías…

—Sólo será un minuto.

Cerró la puerta a su espalda hasta entornarla y no se quedó

en su proximidad. El hermetismo de su rostro mostraba una intensa actividad mental que él contenía a flor de piel. La calle estaba vacía, así que dio tres pasos hacia la derecha y se detuvo. Sí hacía frío, porque se estremeció y se abrazó a sí mismo al detenerse y apoyarse en la pared.

Se miraron los dos, mecidos por un silencio que rompió de nuevo el policía.

—Patro Quintana —le recordó.

—No sé quién…

—Escuche, señor Niubó. —Le puso una mano por delante—. Ni me haga perder el tiempo ni me tome por idiota.

El dueño de la conservera ya no se amilanó. Presentía que, por fin, podía dejar de hacerlo. No daba la impresión de ser un hombre fuerte, o de mucho carácter, pero los burgueses, los empresarios, y más los que emergían de la oscuridad de la guerra, no olvidaban sus raíces, el arte de mandar, no de ser mandados. Para Miquel Mascarell fue igual que si una mano fantasma le separara de su persona.

—No, escuche usted —dijo Ernest Niubó—. ¿A qué viene esto? No hay una sola autoridad en Barcelona. ¿Qué es lo que quiere?

—Estoy investigando un caso. Un asesinato.

—¿Qué? —mostró aún más su incredulidad.

—¿Dónde está Patro Quintana?

—¡No conozco a ninguna Patro Quintana!

—Acaba de ponerse pálido al escuchar su nombre. ¿Quiere que se lo pregunte otra vez delante de su esposa, y de paso le hable de lo que pienso?

—¡Está loco!

—Muy bien.

Dio un paso en dirección a la puerta de la casa.

—No, espere. —El hombre lo agarró del brazo.

Volvió a hundir sus ojos más acerados en él. Su mirada de policía.

—Patro Quintana, dieciocho años, guapa. Usted le da comida de la que tiene escondida. La misma comida de la que come ese hijo suyo que lleva desde el inicio de la guerra oculto en su casa o donde fueran a refugiarse cuando empezaron los tiros, para no defender a la República.

—Mi comida ha alimentado a los soldados de la República —le recordó con un atisbo final de furia.

—Patro Quintana —pronunció el nombre por enésima vez.

Ernest Niubó se hundió, bajó la cabeza. Pero sus ojos se movieron a uno y otro lado con vértigo. La guerra estaba ahora en su interior. Otra clase de guerra civil.

—No es lo que piensa. —Suspiró.

—Me da igual. Necesito hablar con ella.

—No sé dónde está.

—¿Quiere que me lo crea?

—¡No lo sé, se lo juro!

—¿Cómo se ponían en contacto? —Ahora gritaba.

Soltó un bufido. La guerra civil se decantaba por el lado de su ira.

—¿Cómo se ponían en contacto?

—¡Me daba pena, nada más, sola y con dos hermanas...!

—¡¿Cómo se ponían en contacto?!

—Mi mujer va casi cada tarde a casa de su madre, que se resiste a dejar su piso. Entonces ella venía aquí al lado, a la fábrica, y nos veíamos entonces.

—Según la hermana de Patro, María, ella pasaba muchas noches fuera de casa.

—No conmigo —respondió demasiado rápido.

—Traía la comida después de eso, sus latas de conservas. Hay bastantes en el piso de las tres chicas.

—Dios... —expulsó otra larga bocanada de aire.

—¿Se quedaba a dormir aquí?

Hora de rendirse.

—Sí, en la fábrica, en un altillo. Tenía una llave y entraba cuando quería. Yo iba a verla cuando mi mujer dormía.

—¿Está ella ahora ahí?

—No.

—No le creo.

—Entonces venga.

Caminaron junto a la pared de la conservera. No demasiado. A unos quince metros estaba la puerta, de madera, pequeña, discreta. Ernest Niubó la abrió con una llave que extrajo del bolsillo de su pantalón. Se encontraron en unas oficinitas vacías, con polvo, señal de que nadie trabajaba en ellas desde hacía algún tiempo. El frío allí era mayor, mucho más acentuado. Frío y humedad. El propietario de la fábrica le precedió por unas escaleras de madera que conducían a un piso superior, una pequeña sala con el techo inclinado y abierta al piso inferior. Lo único que había allí era un viejo sofá.

—¿Aquí? —preguntó Miquel Mascarell.

—Sí.

—¿En este sofá?

—Se convierte en una cama.

Mentía. Nadie podía dormir allí, con aquel frío. Servía para un rato, pero no toda la noche. Era el peor nido de amor jamás imaginado. Patro nunca había estado allí, ni él se levantaría a media noche para hacérselo con una jovencita con su esposa al lado. Sin embargo le bastó con fijarse un poco más en su anfitrión para darse cuenta de que le había perdido y no iba a lograr mucho más. Ernest Niubó tenía las manos en los bolsillos y la mirada rabiosa de un niño sorprendido con las manos en la masa. Había en él un deje de infelicidad patético, en su aspecto pequeño, falto de la fuerza y el carisma de un Pasqual Cortacans, pero no por ello menos fiero cuando necesitaba sacar su genio. Se decía que los bajitos tenían mucho peor humor y mucha más mala leche, y que eso los hacía temibles.

—Escuche, señor Niubó —lo intentó de forma más directa—. Puede que Patro esté en peligro.

—¿Por qué?

—Han matado a una amiga suya.

—¿Una... amiga?

—Mercedes Expósito. Merche.

De nuevo el golpe, la palidez, las rodillas manteniéndole erguido de forma milagrosa. La vacilación sin embargo volvió a ser mínima.

—Veo que la conocía —dijo Miquel Mascarell.

—Un poco.

—¿Sólo un poco?

—La vi una vez, con Patro. Una joven... espléndida.

—Una niña —le recordó.

—¿Dice que... la han matado?

—A ella y a su madre.

Parpadeó. La guerra civil de su interior lo mantenía muy quieto, pero la sangre corriendo por sus venas de forma acelerada se escuchaba desde cualquier distancia. Un torrente incontrolado. Su corazón también latía con fuerza.

—¿Cuándo...?

—Ella hace unos días, dos, tres. Su madre ayer por la mañana. A la chica la destrozaron por dentro. —Dejó que el efecto de sus palabras lo trastornara—. Fue forzada a conciencia, ¿sabe?

Tragó saliva.

Tembló.

—¿Sabe usted de qué va todo esto, señor Niubó?

—No, por Dios.

—¿Seguro?

—¿Cómo quiere que se lo diga? En estos días...

—Todo es posible, ¿no?

—Supongo. —Se llevó una mano a la cara y se la frotó.

—Un asesinato es un asesinato, con o sin Generalitat, con o sin República —suspiró él.

—¿Cree que no lo sé?

Iba a entrar a fondo, a preguntarle por Pasqual y Jaume Cortacans, dispuesto a todo y sin ocultar su furia, porque el conservero seguía pálido y aturdido por la noticia, pero no lo hizo. Ernest Niubó miró su reloj. Un gesto imprevisto, natural. Una reacción y una muestra de intenciones. Miquel Mascarell lo leyó como si fuera un libro abierto.

Ya no eran necesarias más preguntas.

El dueño de la fábrica, ahora, tenía prisa.

—De acuerdo, gracias por su colaboración —inició la retirada el policía.

—¿Es... todo?

—¿Tiene algo más que decirme?

—No.

—Entonces sí, es todo.

Se le quitó un peso de encima.

—Lamento no haberle sido de más ayuda —se rindió por fin de manera rápida—. Patro sólo venía cuando necesitaba comida y yo... bueno... Éstos han sido tiempos difíciles, ¿sabe?

—No se preocupe. Lo entiendo.

—Sé que es así.

Descendieron por las escaleras de madera, llegaron a la puerta que daba a la calle, salieron al exterior y Ernest Niubó cerró con llave mientras repetía su estremecimiento ante el frío. Miquel Mascarell no quiso darle la mano. Dio dos pasos para alejarse de su lado. En unos días aquel hombre recuperaría su pequeño imperio. Otro quintacolumnista.

Pasqual Cortacans, él...

¿Cuántos más?

Y Patro, Merche...

¿Cuántas más?

—Gracias —lo despidió el conservero.

—No hay de qué. Siento haberle alarmado.

—Cuando acabe todo, pásese por aquí. Necesitará amigos.
Las ratas volvían a la cloaca.
Cerró los puños y apretó las mandíbulas.
Sin responderle echó a andar calle arriba.

28

Se ocultó en la esquina superior, de manera discreta. Una lagartija pegada a la pared. Lo único que asomó a la calle fue un ojo y el extremo de su nariz, imposible de tapar. No tuvo que esperar demasiado. Conocía las señas de identidad de las personas atrapadas y no habituadas a dar explicaciones o a mentir; los rasgos familiares que delataban procesos de angustia interior y los gestos que traicionaban las respuestas convencionales. Ernest Niubó se los había mostrado todos en su breve entrevista.

El conservero salió de la pequeña vivienda adosada a la fábrica a los tres minutos.

Tenía prisa.

Vestía un abrigo negro y llevaba sombrero, como si con él recuperara de antemano un signo de identidad burguesa. Nadie llevaba sombrero desde julio del 36. La vivienda adjunta a la fábrica en la que se habían refugiado a su regreso a Barcelona o en la que, quizás, hubieran vivido de forma sencilla durante los últimos tiempos, venía a ser el penúltimo paso de la recuperación de sus privilegios. Un hijo escondido completaba el cuadro. Jaume Cortacans habría querido pelear con la República. Su padre se aprestaba a levantar su mano en cuanto se sintiera libre, haciendo el saludo faccioso. El hijo de Ernest Niubó había sido protegido para no tener que pelear al lado de la democracia. Incluso entre todos ellos surgían diferencias.

Miquel Mascarell tuvo que ocultarse en un portal abierto porque el dueño de la conservera se dirigió justo hacia la parte de arriba de la calle, a la misma esquina desde la que le espiaba. Entre las sombras, cuando lo vio pasar, contó hasta diez, asomó de nuevo un ojo por el portal y, al localizarlo ya a una distancia considerable, salió tras él tratando de que sus pasos no lo alteraran. No podía acercarse demasiado, pero tampoco darle tanto margen como para que pudiera escabullírsele en un recoveco de la ciudad.

La persecución se hizo larga.

Ernest Niubó no bajó su ritmo frenético. A veces, incluso, sus pies se alzaron de la marcha habitual para convertirse en incipiente carrera. Su perseguidor se empleó a fondo, jadeó, agradeció tener el estómago lleno, porque de lo contrario se habría desmayado, y en ningún momento le perdió de vista. Su objetivo no volvió la cabeza ni una sola vez. Paso a paso, calle a calle, dejaron atrás el Poble Nou y se acercaron a la Barcelona del Ensanche. El perseguido rebasó la calle Marina, con la silueta de las dos torres de la Sagrada Familia ya visible desde allí. Después rodeó la Estación del Norte, atravesó el Arco del Triunfo y llegó a la calle Trafalgar. Por el camino las escenas de la Barcelona aplastada por la derrota se hicieron de nuevo manifiestas. Salía humo de las ventanas de los últimos edificios oficiales, tras la quema de sus archivos o la destrucción de los documentos que no habían podido ser salvados. Las tiendas estaban cerradas, las prisas de los rezagados contrastaban con la quietud de los que no tenían a dónde ir. Una oleada de mentes envueltas en la parálisis o la locura dominaba el ambiente. No se había bombardeado en aquellos últimos dos días. Toda una señal.

El destino de Ernest Niubó fue, finalmente, la calle Lluís el Piadós, cerca de la plaza de Sant Pere.

Miquel Mascarell se detuvo en la esquina, con el corazón a mil, porque, cada vez que Niubó doblaba una, lo que más temía era no encontrárselo al llegar él y tener que esperar a que saliera de la casa en la que pudiera haber entrado. Por los pelos lo vio introducirse en una, del lado izquierdo. Sus siguientes pasos fueron mucho más cautos, una aproximación lenta y gradual, pegado a la pared, con la cabeza baja, por si el conservero salía antes de lo previsto.

La casa era muy sencilla y antigua, sin nada de relieve en su fachada plana, ventanas cerradas, ningún balcón. Pese a todo, se encontró con una mujer en el diminuto vestíbulo. Llevaba un delantal y una escoba en la mano. La puerta de su vivienda, que era también la portería, estaba abierta y quedaba justo en frente, al lado de la escalera.

No quiso perder el tiempo. Le mostró su credencial.

—El hombre que acaba de entrar, ¿a qué piso ha ido?

La mujer desorbitó un poco los ojos ante la placa.

—Salgo ahora de mi casa. —Señaló la puerta de su vivienda—. No he visto...

La dejó atrás y llegó al primer piso, el entresuelo. Dos puertas. Aplicó el oído a la primera. El silencio le hizo trasladarse a la segunda, donde se encontró con lo mismo. Subió al siguiente piso, el principal. Detrás de la primera puerta escuchó el llanto de un niño y el de una mujer tratando de calmarlo. En la de enfrente, oyó una radio. Tardó unos segundos en convencerse de que Ernest Niubó no estaba allí, a no ser que no hablara. En el primero había otras dos puertas silenciosas. En el segundo, correspondiente a la cuarta planta, empezó a temer por el éxito de su iniciativa. La persecución lo había agotado, y la subida, sin pausas, dominando la agitación de su respiración...

Entonces escuchó al conservero.

A él y a una mujer.

La voz de Ernest Niubó sonaba preocupada, pero también tranquilizadora, tratando de infundir calma. La de ella era asustada, rozando la histeria. A veces le era difícil captar más allá de una palabra o dos, «¡Tranquila!», «… acabará pronto», «¡Me estaba volviendo loca!». Otras elevaban tanto sus tonos que podía escuchar un diálogo entero: «¡Es peligroso! ¡No te enfrentes a él!», «¡No sé qué pudo suceder, pero yo te protegeré! ¡Ahora todo cambiará!», «¡Mis hermanas están solas! ¡Tengo miedo!»…

Tenía dos opciones. Esperar a que el hombre se fuera y actuar después, o llamar a la puerta y sorprenderlos a ambos juntos, para matar dos pájaros de un tiro. Las calibró sin prisas, mientras las voces se amortiguaban de nuevo, y decidió que la mejor alternativa era la primera.

Patro sola.

Mucho más vulnerable.

A fin de cuentas Niubó podía ser peligroso si es que estaba involucrado en todo aquello.

Ya no se escuchaban gritos. De hecho no se oía nada. Miquel Mascarell se imaginó a los dos besándose, o haciendo el amor, y la imagen le hizo daño. El dinero, o la comida frente al hambre, todavía podían comprar la voluntad y la juventud de una Patro o de todas las Patros dispuestas a entregarse para sobrevivir. Se retiró del rellano para subir un tramo más de escaleras y se sentó en la penumbra, dispuesto para la espera.

Cinco minutos después bajó y aplicó por segunda vez su oído a la madera.

Nada.

¿Y si Ernest Niubó pasaba horas allí?

Toda la tarde, hasta la noche.

Se dio quince minutos de margen. Pasado este tiempo llamaría y se enfrentaría a ambos. Esta vez sin embargo no regresó a su último peldaño para sentarse. En cada rellano había una ventana con un cristal opaco, tan oscuro que la luz apenas si penetraba en el interior de la escalera. Abrió la de aquel segundo piso un poco y miró al otro lado. Desde allí, además del patio interior, se veían dos de las ventanas del piso donde se encontraban ellos. No había cortinas, así que la visión era perfecta. Las dos ventanas daban a una sala espaciosa, vacía, al otro lado de la cual se abría la galería por la que penetraba la luz del día. Ernest Niubó y Patro Quintana se hallaban en otra parte del piso, fuera de su alcance.

—¿Cuántos pisos tenéis para vuestras historias? —musitó sintiéndose impotente.

Entornó la ventana, regresó a la puerta, intentó escuchar algo sin éxito y subió hasta el piso superior, dispuesto a mantener la vigilia.

Quince minutos. Ni uno más.

A los diez, medio amodorrado inesperadamente debido a la calma y el silencio, la puerta se abrió y él tensó los músculos recuperando la concentración de golpe.

Escuchó la voz del conservero, concluyendo lo que estaba diciendo en ese instante.

—... por lo que tú tranquila. ¿De acuerdo, gatita? No temas. Yo me ocuparé de todo.

El tono de ella era implorante.

—¿Estás seguro?

—Confía en mí. ¿Cuándo te he fallado, cariño?

Se asomó un poco. No vio a Patro. Se mantenía en el interior del piso, fuera de su visión. Ernest Niubó se acercó a ella y la besó. Las manos de la joven aparecieron por la espalda del hombre debido al abrazo. Fueron los últimos cinco segundos de silencio, antes de que él se despidiera y comenzara a bajar la escalera.

—¡No te olvides! —le despidió la voz de la muchacha.

—No, tranquila.

—¡Y trae algo, no queda nada!

—De acuerdo, de acuerdo. Cierra. Hace frío.

El hombre se perdió en las profundidades de la escalera, de regreso a la calle y a su casa. La puerta del piso se cerró y el silencio volvió a dominarlo todo. Miquel Mascarell ya no perdió más tiempo. El justo para sentirse seguro. Bajó los peldaños, despacio, y tomó aire al detenerse frente a su destino.

Golpeó la puerta con la aldaba y esperó.

29

La cara de Patro Quintana cambió al verle. De creer que se trataba de Ernest Niubó, que regresaba por haberse dejado algo o para decirle cualquier cosa, a encontrarse con su inesperado visitante medió un abismo. Pasó de la sonrisa al susto, y de este al miedo, exactamente lo mismo que había sucedido en la mercería de la señora Anna. Miquel Mascarell apenas si tuvo tiempo de verla con calma, admirar sus facciones de niña convertida en mujer o apreciar la parcial desnudez con que mostraba su cuerpo. La reacción de la joven fue tratar de empujarle y pasar por su lado, para correr escaleras abajo, aunque sólo llevaba una bata y unas zapatillas demasiado grandes para sus pies.

El policía casi cedió ante su ímpetu.

—Quieta... —Logró retenerla—. ¡Quieta, maldita sea!

—¡Déjeme! —La voz se convirtió en pánico—. ¡Por favor, déjeme! ¡Yo no he hecho nada!

La retuvo por la cintura. La bata se abrió con el forcejeo y la carne que tocaron sus dedos fue la de una piel tersa y dura, suave y cálida. Por segunda vez en menos de un momento pensó en el hombre que la poseía a cambio de comida y se sintió incómodo.

Porque lo odió.

—¿Quieres estarte quieta? —la tuteó obligándola a retroceder hacia el interior del piso.

—¡Voy a gritar! —lo amenazó ella.

—¡Sólo quiero hablar contigo! ¡No te haré nada, no me obligues a detenerte y a llevarte a rastras a comisaría!

Pareció disuasorio. Las fuerzas de Patro Quintana menguaron. Aun así, él no perdió la concentración ni su posición de fuerza. Ella era más joven, más ágil. Ya lo había sorprendido en la mercería. Su único recurso era el poder que ejercía sobre su persona y el hecho de sentirse atrapada.

—No, no... —gimió la muchacha doblándose sobre sí misma.

—¿Quieres calmarte? Te estoy salvando la vida.

—Usted no entiende... —sollozó.

Miquel Mascarell cerró la puerta antes de que el alboroto impulsara a otros vecinos a curiosear en lo que sucedía. El piso tenía luz eléctrica, así que el recibidor se hallaba iluminado con un tono rojizo, sobre todo porque incidía en unos cortinajes granates situados a ambos lados del acceso al pasillo. En medio de aquella coloración la imagen de Patro tenía un extraño matiz de diosa rota. Con su cabello negro por encima de los hombros, el rostro medio oculto también por ellos, inclinada hacia adelante, cubriendo su desnudez con la bata, destilaba una sensación de ternura que impulsaba a abrazarla y protegerla, no a interrogarla y castigarla. La guerra convertía a las personas en antítesis de ellas mismas. La guerra y los Ernest Niubó de turno.

Sin embargo, tampoco él se sintió mejor por lo que sentía.

No había estado cerca de nadie tan bonito en muchos años.

Ni había tocado una piel como aquélla, ni había visto un cuerpo como el suyo tan de cerca.

—Patro, vamos...

—No... —Movió la cabeza de lado a lado, dos, tres veces.

—He estado con María y con Raquel.

—¿Qué? —Ahora sí le miró, atravesada por el desconcierto, con los ojos arrasados por las lágrimas y el labio inferior temblando.

—Están bien, pero te echan de menos. ¿No quieres regresar a tu casa?

No respondió. Volvió a doblar la cabeza y permaneció donde estaba, inmóvil, con los pies ligeramente doblados hacia adentro de manera patética.

Miquel Mascarell dio un paso. Dos. La tomó entre los brazos y la empujó ligeramente hacia el interior del piso. La muchacha se dejó llevar sin ofrecer resistencia. Al final del pasillo, muy corto, se hallaba la sala que había visto a través de las dos ventanas del patio. Ningún mueble en ella. Por otra puerta medio abierta vio una habitación, una cama grande con sábanas y mantas revueltas, una mesa camilla con el brasero en la parte inferior. Patro debía de hacer toda su vida allí dentro, calentita, quemando todas sus horas muertas, esperando, esperando, esperando.

El policía no dejó de arrastrarla hasta que entraron allí y cerró también esa puerta.

Entonces la soltó.

Quería abrazarla, pedirle que llorara, que se vaciara, pero la soltó.

Recordó la foto de Mercedes Expósito, su juventud, casi la misma que la de Patro.

—Sólo quiero hablar contigo, nada más —se esforzó para que su voz sonase de la forma más amigable posible.

—Yo no sé nada.

—Lo sabes todo, Patro, y desde que Niubó ha estado aquí, mucho más.

—Él sólo cuida de mí. —Lo miró con rabia.

—Vamos, siéntate.

Le obedeció. Se sentó en la silla, la única silla, enfrente de la mesa con el brasero, aunque sin introducir las piernas bajo las faldas de la camilla. Miquel Mascarell sólo podía hacerlo ya en la cama, y no quiso. Prefirió seguir bloqueando la puerta de la habitación. Patro Quintana se agarró la parte superior de la bata con la mano derecha y se la cerró. Con la izquierda se apartó el pelo de la cara y se frotó los ojos. Brillaban como centellas.

Y eran turbadores.

—Merche era tu amiga, por Dios —dijo su visitante.

Ella tragó saliva.

—¡Ha muerto, y también su madre! ¿No te lo ha dicho Niubó?

Asintió con la cabeza, a cámara lenta.

—¿Fue él?

—¿Don Ernest? —Arrugó sus facciones—. ¡No!

—¿Jaume Cortacans?

El bufido de sarcasmo escondió su amargura bajo una capa de cinismo. Regresó al patetismo de inmediato y bajó la cabeza, decidida a refugiarse en sí misma.

Miquel Mascarell sabía que podía perderla.

—Son dos muertes, no puedes escaparte de eso.

—Yo también estoy muerta si…

—No, no lo estás. Te proteja o no te proteja Niubó, te guste o no te guste Jaume Cortacans, no lo estás. ¡Todavía eres una niña, por Dios! ¡Piensa en tus hermanas!

—Usted no entiende nada.

—Ayúdame a entenderlo.

—¿Cómo va a hacerlo?

—Tienes una oportunidad, no la desaproveches.

—Sólo la tengo con don Ernest —pronunció su nombre con devoción—. La guerra ya se ha acabado. Sé que él cuidará de mí para que yo pueda hacerlo de mis hermanas. Es todo lo que me importa.

—¿Y Jaume?

—No puede. —Hizo un gesto de indiferencia.

—¿Qué es lo que no puede?

—Es un tullido, y está su padre… —El gesto se trocó en amargura—. Él no soportará lo que viene a partir de ahora. A mí me da igual quien mande, pero a Jaume no.

—¿Sabes quién mató a Merche?

—Merche salía con muchos.

—No es verdad. Te conoció a ti y cambió.

—¿Así que es culpa mía?

—Si no me dices lo que sabes, sí.

—Don Ernest me ha dicho que usted está loco, que ya no queda nadie con un cargo en Barcelona, que es un solitario persiguiendo los últimos fantasmas del pasado.

—¿También te ha dicho que a tu amiga la golpearon y la forzaron hasta reventarla, y que murió desangrada?

No quería ser cruel, pero lo dijo con ánimo de herir.

Y la hirió.

Su semblante se tiñó de puro horror.

—¿Te lo ha dicho, Patro?

—No —musitó sin aliento.

—¡Entonces, maldita sea! ¿Quieres hablar?

El grito lo asustó casi tanto a él como a ella, porque fue un estallido de furia, una explosión apenas controlada. Abrió y cerró las manos en un gesto de impotencia, dio un paso hasta quedar casi encima de ella. Patro Quintana estuvo a punto de alzar la mano izquierda para protegerse. Un gesto que equivalía a una declaración de principios.

Una vida siendo la golpeada.

Instinto de supervivencia.

Cuando vio que no llegaba ningún golpe le replicó en la misma medida.

—¡No puedo hablar porque no sé nada! ¿Es que no lo entiende? ¡No sé nada, nada! ¡Déjeme en paz, por favor! ¡Váyase!

Ahora sí lo consiguió. Se incorporó con el último grito y cargó contra él con todo su cuerpo, como en la mercería. No era muy grande, no era muy fuerte, pero sí era muy joven y ágil. Miquel Mascarell chocó contra la pared. Lo único que sujetó con su mano extendida fue la bata de la muchacha. Y ella prescindió por completo de su protección.

Abrió la puerta y salió de la habitación.

Cuando logró reaccionar y seguirla ya no estaba a la vista.

Su primera idea fue ir al recibidor, en dirección a la puerta del piso. Cambió de parecer al escuchar el ruido de una ventana al abrirse justo en dirección contraria. Se encaminó a la sala y se la encontró, con la pierna derecha pasada por encima del alfeizar, desnuda, cabalgando entre dos mundos.

La vida y la muerte.

—¡Patro!

—¡Váyase o me tiro! —lo amenazó.

—¿Estás loca?

Se inclinó del otro lado y levantó el pie que la mantenía todavía en el suelo de la sala.

—¡Tú no quieres morir!

—Entonces váyase, por favor.

—¿A quién quieres proteger?

—¡A nadie! —gritó con todas sus fuerzas—. ¡Sólo quiero que me deje en paz! ¡Váyase, váyase, váyase!

—¿Por qué no me ayudas?

—¡Porque yo estoy viva y Merche no! ¿Lo entiende? ¡Se acabó todo, la guerra… todo! ¡Tengo a don Ernest y me basta! ¡Sus amigos…!

—¿Qué amigos? —preguntó al ver que se callaba de pronto.

Se inclinó más y más del otro lado.

La luz le daba a él en los ojos y a ella la cubría y la bañaba de esplendor. Sus dieciocho años eran un lujo, un grito, el despertar de los sentidos. Poco importaba su espíritu roto, el alboroto del pelo, el temblor de su cuerpo y las lágrimas de sus ojos enrojecidos. El pecho era vigoroso, firme; el triángulo púbico un océano negro y espeso. Tenía muy bonitos los pies.

Su carne era sonrosada.

Miquel Mascarell se la imaginó en el depósito de cadáveres, con Merche, y tan destrozada por la caída como lo estaba el cadáver de Reme.

No llegaría nunca a su lado para sujetarla. No era tan rápido.

Y Patro estaba histérica.

Saltaría.

—Está bien —se rindió el policía—. Está bien.

Levantó las dos manos.

La muchacha no hizo ni dijo nada más.

—Me voy —dijo él.

Dio un primer paso, de espaldas a la puerta, y un segundo, mirándola por última vez. Hasta el tercero no se volvió para enfilar el pasillo. Más que ira sentía frustración. Tal vez no fuera el único caso que no resolvería, pero sí el último.

Cuando abrió la puerta del piso escuchó su voz desde la sala:

—¡No trate de engañarme fingiendo que se va! ¡Me quedaré aquí hasta que lo vea salir a la calle!

Miquel Mascarell salió al rellano, cerró la puerta y comenzó a bajar las escaleras.

30

Miró hacia arriba al salir del vestíbulo del edificio. La mitad del desnudo cuerpo de Patro continuaba asomado al precipicio, cuatro pisos más arriba. Cruzó al otro lado, aunque la calle era estrecha, para que ella lo viera.

Necesitaría echar la puerta abajo si quería volver a hablar con la muchacha.

Sus ojos se encontraron.

Pareció transcurrir una eternidad antes de que la amiga de Merche retrocediera y abandonara su posición, a caballo del vacío y de la protección del piso en el cual se ocultaba del mundo. Cuando hubo desaparecido de su vista la ventana se cerró.

Una nube ocultó el sol en ese mismo instante.

Miquel Mascarell sintió una oleada de frío. Se subió las solapas del abrigo e introdujo ambas manos en los bolsillos. En uno tocó la fotografía de la hija de Reme junto a la carta inacabada de Roger y el mapa de su tumba. En otro la comida que le llevaría a Quimeta: la lata de atún, la mitad del jamón curado, la mitad del paquete de galletas.

Podían matarle para robarle aquello.

Vaciló, sin saber si volver a subir o no. Podía gastar una bala en la cerradura, pero nunca conseguiría detenerla. Y no quería verla morir, ni que su cuerpo sirviera de morbosa curiosidad a nadie. Otra posibilidad era que la portera tuviera una copia de sus llaves. Subir, abrir la puerta despacio, sorprenderla...

Pero no ahora.

Ella debía de estar observándolo desde la ventana.

Enfiló calle arriba, hacia Trafalgar, envuelto en sus pensamientos. Las últimas pistas quedaban circunscritas a Pasqual Cortacans y a Ernest Niubó. Ellos y «sus amigos».

Patro Quintana lo había dicho.

Los amigos.

Ni Cortacans ni Niubó hablarían. Para ellos volvían los tiempos de bonanza. Fin de la guerra. Caretas fuera. No era necesario ser muy listo para deducirlo.

Y a Patro...

Dobló la esquina de Trafalgar hacia la izquierda pero el susurro de unas voces procedentes del otro lado, un poco más allá de la esquina derecha, lo hicieron detenerse.

Un grupo de personas rodeaba un cuerpo tumbado en el suelo.

Instintivamente recordó a Reme.

Desde la breve distancia, por entre los cuerpos y las piernas de los curiosos, que hablaban en voz baja sin atreverse a romper el aire que los envolvía, vio aquella forma derrotada.

Su abrigo negro.

El sombrero caído a un lado.

Le costó entenderlo, reaccionar y moverse hacia allí. Le costó porque no lo esperaba, porque andaba inmerso en sus pensamientos, lleno del patetismo y la figura de Patro Quintana. Imaginaba a Ernest Niubó camino de su casa, de su mentira, soñando con el final de la guerra y el comienzo de su paz con la muchacha, su otra verdad.

Ernest Niubó.

Estaba boca abajo, con las manos extendidas hacia arriba y la cabeza vuelta sobre el lado izquierdo. Había muerto con los ojos abiertos, y su expresión era de total incomprensión, como si en el segundo final, percibiendo su fin, se hubiera quedado estupefacto. La mancha roja de su espalda, allá donde el cuchillo le acababa de atravesar el corazón, era visible desde cualquier distancia próxima al cadáver. La sangre manaba despacio.

—Pobre señor —susurraba una voz.

—¿Cuándo acabará esto, tanta venganza, tanta...? —se quedó a media protesta otra.

Un hombre se acercó por el otro lado, miró el sombrero con ojos ávidos, luego a los presentes en torno al muerto. Calculó cuánto le costaría agacharse, cogerlo y echar a correr. Decidió esperar.

—¿Alguien ha visto algo? —preguntó Miquel Mascarell.

Primero no hubo ninguna respuesta.

Después se agitaron al mostrarles su acreditación como agente de la ley.

Nadie dijo nada.

—¿Quién ha sido el primero o la primera en llegar?

—Yo —anunció una mujer—, aunque de eso hace ya unos minutos.

—¿Qué puede decirme?

—Nada. —Fue tajante—. Salía de mi casa, allí —señaló un portal, a unos cinco metros—, y lo he visto en el suelo, ya inmóvil. Entonces han aparecido estos dos señores —apuntó a una pareja de ancianos de rostro ceniciento.

Ya nadie gritaba al ver a un muerto en las calles.

—Quien lo haya matado, ha esperado a que no hubiera ninguna persona a la vista, está claro —manifestó otra mujer.

—Le seguía, seguro, aguardando su oportunidad —se animó otra.

Miquel Mascarell se estremeció.

«Le seguía, seguro.»

Si el responsable de aquello había seguido a Ernest Niubó desde su casa hasta el escondite de Patro, también le había seguido a él. Una doble persecución.

Se estremeció por segunda vez.

Porque eso significaba que el objetivo inicial no era Niubó, sino…

—¡Patro! —exhaló.

Lo habían matado al salir de su piso secreto, el nido de amor que compartía con la chica, mientras él hablaba con ella sin éxito y se retiraba bajo la amenaza de saltar por la ventana. Por lo tanto el asesino…

Seguía allí.

Su objetivo era ella.

Y después probablemente él, porque el asesino ignoraba lo que la muchacha hubiera podido contarle.

Miquel Mascarell echó a correr, de regreso a la casa de la calle Lluís el Piadós.

Y corrió como hacía años que no corría.

Con el corazón saliéndosele por la boca.

Cubrió la distancia en un tiempo que se le antojó excesivo, porque durante el trayecto lo imaginó todo, al asesino apostado en el mismo tramo de la escalera en el que había esperado la marcha del conservero, al asesino en la calle esperando verle salir, al asesino…

¿Quién?

En cualquiera de los casos sabía que podía ser demasiado tarde, demasiado tarde, demasiado tarde.

Cuando se precipitó sobre la boca oscura del portal ya sudaba, de miedo, y el frío insistía en agarrotarle los músculos. Se encontró con la portera barriendo el suelo, exactamente igual que unos momentos antes, al abandonarlo. Apenas se detuvo.

—¿Ha entrado alguien después de salir yo, un desconocido…?

—Sí —dijo la mujer—. Un hombre…

Dejó de correr. Tenía que pensar rápido, y no era sencillo.

—¿Tiene llaves de los pisos?

—De algunos. Los vecinos que…

—¿Tiene las del segundo primera?

—Sí, pero…

Volvió a interrumpirla.

—Démela, es una emergencia.

—Pero yo no puedo…

La credencial fue menos efectiva que la pistola, que empuñó ya con su mano derecha.

—¡Ay, Dios mío! —La mujer pareció a punto de desmayarse.

—¡Por favor, señora, hay una vida en juego! —la apremió.

La portera no dejó la escoba. Echó a correr hacia su vivienda, se introdujo por la puerta abierta y no tuvo que hacer mucho más. Las llaves de la escalera, los terrados y los pisos que depositaban su confianza en ella para lo que fuera menester se hallaban en un pequeño estante, a la izquierda. Descolgó un manojito formado por tres llaves y se lo entregó con un último apremio.

—El señor Niubó es muy buena persona, yo le limpio el piso y no me meto en…

Miquel Mascarell ya no estaba allí.

Eran cuatro tramos de escaleras. La carrera de la calle Trafalgar hasta allí había sido frenética. Pero la ascensión lo era más. Jadeaba en el entresuelo, resollaba en el principal, apenas si podía respirar en el primero y coronó el segundo piso sin alma y con una fuerte presión en el pecho, aunque era más debido al vértigo de la situación que al riesgo de un infarto.

Llevaba las llaves del piso en la mano izquierda y la pistola en la derecha.

No llegó a alcanzar la puerta.

Los vio por la ventana del rellano que daba al patio, la misma que él había dejado entreabierta. A poco más de tres metros, visibles a través de la otra ventana, en la sala del piso de Niubó en el que se refugiaba Patro Quintana, ella y un hombre forcejeaban yendo de un lado a otro.

Miquel Mascarell comprendió que nunca conseguiría abrir la puerta, llegar hasta ellos e impedir que la matara, porque el hombre ya tenía sus manos en la garganta de la muchacha, y no la soltaba a pesar de los desesperados esfuerzos de ella por liberarse, al límite de sus fuerzas.

Abrió un poco más la ventana del rellano y levantó su arma.

Dos balas.

Dos cuerpos moviéndose a unos metros y él agotado, aturdido, jadeando y llevando la imprecisión a su pulso.

Contuvo la respiración como pudo.

Hasta que, de pronto, ellos dejaron de moverse y Patro se rindió.

Entonces, una fracción de segundo antes de disparar, el asesino levantó la cabeza y pareció mirarle.

Fernando.

El perro de presa de Pasqual Cortacans.

El disparo de Miquel Mascarell hizo que el cristal del ventanal que daba al patio de luces saltara en pedazos y la cabeza del asesino estallara parcialmente, llenándose de una nube roja que flotó otra fracción de segundo en el aire antes de que él y Patro cayeran al suelo.

31

El disparo fue seco, rompió el silencio y estalló de un lado a otro con un eco mortecino, ahogando el fragor de los cristales cayendo hacia el interior del piso. Un petardo de San Juan en enero. Mientras algunas puertas se abrían y las primeras voces se elevaban en espiral por la escalera, el policía se apoyó en el quicio de la ventana para no caer al suelo.

Sus ojos estaban llenos de lucecitas.

Un disparo.

Con suerte, aprovechando su única oportunidad.

Asombroso.

—¿Qué ha sucedido?

—¿Qué ha sido eso?

La primera persona que llegó hasta el rellano se detuvo de inmediato al ver el arma. Instintivamente levantó las manos. Era un hombre de unos cincuenta años, con el rostro atravesado por alguna enfermedad, porque más parecía un cadáver ambulante que un ser humano. La segunda persona, procedente del piso superior, se llevó las manos a la boca y ahogó un grito. La tercera fue la portera, que había subido tras él después de darle las llaves.

—¡Señora Carme! ¿Qué pasa? —chilló una segunda mujer.

Miquel Mascarell se guardó la pistola. Extrajo una vez más su credencial y la elevó por encima de su cabeza.

—¡Vuelvan todos a sus casas! —ordenó con voz de mando—. ¡Esto es un asunto de la policía! ¡No ha pasado nada!, ¿entienden? ¡Nada!

—Pero el disparo...

Fue una insistencia inútil. El hombre se encontró con la mirada del representante de la ley y eso fue suficiente. Miquel Mascarell se sentía muy cansado, pero también irritado.

Quedaba Patro.

Tal vez estuviese ya muerta a pesar de todo.

—¡Vuelvan a sus casas! —gritó.

La desbandada fue general. La señora Carme, la portera, desapareció la última. Cuando se quedó solo miró las tres llaves en la palma de su mano, una muy grande, enorme, y dos más pequeñas. Respiró con profundidad, tratando de dominar el dolor en el pecho, y cerró los ojos para vencer aquel arco iris multicolor que se los poblaba. El precio de la carrera, la subida de las escaleras y la tensión le pasaban factura y hasta se dijo que sería una monumental incongruencia morirse allí con el corazón roto.

—Eres un aprensivo —buscó su propio aliento.

Llegó a la puerta del piso y probó con una de las dos llaves pequeñas. No era la buena. Lo fue la segunda. Eso le hizo exhibir una mueca de burla. Marcado por el destino. Cuando se coló en la casa cerró sin hacer ruido y entonces, por mera precaución, se guardó las llaves en el bolsillo del pantalón y tomó de nuevo su arma reglamentaria.

No tuvo que emplearla.

Fernando y Patro Quintana estaban caídos en el suelo de la sala, una sobre el otro, boca arriba ambos. El hombre tenía la frente borrada de sus facciones y la parte superior del cráneo astillada. El disparo había sido limpio, certero. Por supuesto que un alarde de fortuna. La muchacha seguía llevando la misma bata, abierta una vez más por la pelea y la caída, así que su desnudez era de nuevo una provocación.

Estaba empezando a cansarse de verla así, por mucho regalo que fuese para sus sentidos.

Se agachó y la tapó.

Luego le puso la mano en el cuello.

Encontró su pulso.

Y respiró aliviado.

Tuvo la tentación de dejarse caer a su lado, descansar unos minutos, pero la venció. Se incorporó y lo primero que hizo fue separarla de su fallido asesino. Le bastó con tomarla de los tobillos y tirar de ella, por el lado opuesto al de los cristales que llenaban el suelo, al pie de la ventana rota por su disparo. Cuando lo hubo hecho siguió arrastrándola hasta llevarla a la habitación. Más complicado fue subirla a la cama. Lo hizo en dos tandas, primero la parte superior del cuerpo, después la inferior. Cuando lo hubo logrado sí se sentó a su lado, asegurándose de que la bata seguía cerrada, y se reequilibró de nuevo. Un par de minutos después comprobó su pulso para asegurarse, se incorporó y buscó la cocina. Regresó al lado de la joven con un pequeño trapo mojado en agua.

Le bastó con pasárselo un par de veces por la frente y una por los labios para que ella moviera la cabeza, rompiera su catarsis y parpadeara. La marca de las manos de Fernando era visible en su garganta. Un cepo oscuro, rojizo, que pronto sería un collar cárdeno y un recuerdo que el tiempo se encargaría de desvanecer.

Patro Quintana exhaló un gemido.

—Tranquila —le susurró él.

La voz la hizo volver en sí mucho más rápido. Los primeros parpadeos habían sido reflejos. Con el último abrió los ojos y los depositó en él por primera vez.

Lo reconoció.

—¡Oh, no! —Hizo ademán de saltar hacia el otro lado.

Miquel Mascarell la detuvo con firmeza pero sin violencia.

—Vamos, Patro —le aconsejó—. Cálmate.

—¿Qué ha...? —De pronto pareció recordar algo.

Se llevó una mano a la garganta y sus ojos se dilataron por completo.

—Ya pasó —dijo él.

Tembló como una hoja, y al mirar en derredor se fijó en la puerta.

El cadáver de Fernando, sobre el charco de su sangre, era visible desde allí.

—¡Dios! —gimió aterrorizada.

—Ya no podrá hacerte daño.

—¿Está...?

—Muerto, sí.

Ahora le miró de otra forma. La mezcla de miedo y furia fue barrida por otra de incomprensión y sorpresa.

—Unos segundos más y la que estaría muerta serías tú. —Fue mordaz.

—No, no... —Empezó a llorar y bordeó la histeria.

Miquel Mascarell le sujetó las dos manos. La obligó a mirarlo.

—Respira.

—No... puedo...

—Respira. Estás a salvo. Ya pasó todo, ¿de acuerdo?

Ella asintió con la cabeza, aunque sin demasiado convencimiento. Sus ojos siguieron velados por aquella punta de locura. El cuerpo de Fernando era algo más que un testimonio.

—Ha llamado a la puerta, he preguntado quién era, sin abrir. Sabía que no era usted porque acababa de verle doblar la esquina hacía unos segundos y no podía haber vuelto tan rápido... Me ha dicho que era de parte de don Ernest, he abierto y...

—Relájate.

—¿Usted... cómo sabía?

—No hables ahora —le aconsejó—. Quédate aquí.

—Pero...

—Hay tiempo. Primero recupérate.

—¿Adónde va? —quiso retenerlo.

—No me iré, tranquila. Voy a registrarle. Descansa unos minutos, ¿de acuerdo? —La habitación seguía siendo cálida gracias a la presencia de la mesita con el brasero—. Aquí se está bien, aunque sería mejor que te vistieras.

Patro dijo que sí con la cabeza.

—Buena chica. —El policía suspiró.

Se levantó de la cama y salió de la habitación. Cerró a su espalda. Lo primero que hizo fue acudir a la puerta del piso, para echarle la llave, por si acaso a Patro se le ocurría escapar de nuevo. Más relajado, ya recuperado de su agitación, regresó a la sala y se arrodilló junto al cadáver del hombre de Pasqual Cortacans. Lo contempló con una mezcla de desprecio y asco. El registro fue minucioso aunque rápido. El cuchillo con el que había matado a Ernest Niubó lo llevaba en uno de los bolsillos. Una navaja de las que se cierran, como de bandolero. La documentación era mínima: Fernando del Collazo Pérez. Nada más. Ningún carnet, ninguna otra acreditación, nada que lo vinculara con entidades, partidos, empresas...

—Ya no puedes hablar, ¿verdad?

Caso cerrado.

La conexión con los Cortacans moría con él.

Y las piezas todavía no encajaban.

Le quitó los zapatos, por si llevaba algo en ellos. Palpó su cuerpo, bajo la ropa, hasta estar seguro de que estaba limpio. Al terminar el registro se incorporó y se dirigió a la ventana de la sala que daba a la calle, la misma por la que Patro había mostrado su intención de saltar para obligarlo a que se marchara.

Parecía haber pasado una eternidad.

Se asomó.

Desde allí no se veía la otra escena, la de la calle Trafalgar, con el cuerpo de Ernest Niubó y su coro de testigos paralizados.

Nunca le hablaba a Quimeta de su trabajo. Lo dejaba en la comisaría, en la calle. Su mundo era otro. Esta vez, sin saber muy bien por qué, deseó contárselo, explicarle cómo su marido se resistía a rendirse y caminaba de un lado a otro de Barcelona, con Franco a las puertas, salvando la vida de jóvenes disolutas y matando a asesinos irredentos.

El último héroe.

Él.

Necesitaba tanto una caricia y una palabra de amor...

Cerró la ventana y caminó despacio hasta la habitación de Patro. Llamó con los nudillos, quedamente.

—¿Estás visible?

—Sí, pase.

Abrió la puerta y se encontró con ella. Se había vestido muy rápido, pero no se había peinado ni arreglado la cara, así que su juvenil belleza se le antojó un grito salvaje, un canto desesperado. Llevaba un sencillo vestido gris, con un cinturón negro, medias y zapatos gruesos. Estaba sentada en la cama, mirando al suelo, con las manos unidas sobre su regazo.

No levantó los ojos ni siquiera cuando él se sentó a su lado.

Pero sí se estremeció cuando Miquel Mascarell puso una de sus manos sobre las suyas, y se las presionó, en un gesto de calor y humanidad.

Un gesto paternal.

32

El silencio sólo duró unos segundos.

—¿Qué quiere saber?

—Todo. Y desde el comienzo.

—No es fácil.

—Tengo tiempo —dijo con naturalidad.

—Es que todavía no entiendo... —Rozó una crispación que logró controlar.

—Sí lo entiendes, seguro —repuso él—. Con Merche muerta tú eres la conexión. Todavía no sé de qué, pero lo eres. Has estado a punto de morir por terca, por no confiar en mí.

—No le conozco.

—Soy policía. Debería bastarte.

Soltó un bufido que sonó a burla.

Miquel Mascarell casi la comprendió. Quizás lo más patético fuera aquello, su papel.

—¿Conocías tú a ese hombre? —señaló la puerta cerrada de la habitación.

—Sí.

—¿De qué?

—Nos avisaba cuando...

—¿Cuándo qué, Patro? —Mantuvo su mismo tono paciente, intentando ganarse su confianza, que no se le cerrara en banda ni se le escapara de entre las manos ahora que estaba tan cerca.

—Cuando nos necesitaban.

—¿Quién y dónde os necesitaba?

—Por favor... —Le ocultó su rostro y se dobló hacia adelante.

No quiso forzar el camino. El equilibrio de la muchacha era más que frágil. Dio un rodeo.

—¿Conoces a Pasqual Cortacans?

Patro se estremeció al escuchar el nombre.

—Ese hombre, Fernando, trabajaba para él —dijo el policía.

—Lo sé. —Suspiró ella recuperando un poco la entereza.

—¿Para qué os necesitaban?

—Para las... fiestas.

—¿En casa de Cortacans?

—No sólo era en ésa.

—¿Había más casas?

—Sí.

—¿La de Ernest Niubó?

—No, la suya no, por su mujer y su hijo. Salvo este piso no tenía ningún otro sitio al que pudiera acceder. El lugar de cada fiesta lo sabíamos siempre a última hora —farfulló con un hilo de voz.

—¿Qué clase de fiestas eran ésas? —volvió a intentarlo.

Patro movió la cabeza de lado a lado. Daba dos pasos pero retrocedía uno.

—¿Merche y tú ibais a esas fiestas?

—Merche no. Fue la última. Apenas si... Yo me salí gracias a don Ernest. Ya no estaba en eso, ¿comprende? Yo ya no...

—Sigue.

—Por Dios —exhaló—. Me duele tanto... —Se llevó una mano al pecho.

—Has de confiar en mí.

Se debatía entre la última cautela y el hecho de que él le acabase de salvar la vida. El policía intentó transmitirle serenidad.

Sus rasgos de hombre mayor siempre habían sido los de un caballero, una persona tranquila, de ojos tristes, expresión pacífica. Sin embargo ella seguía siendo una niña muy asustada.

—Escucha —intentó reconducirla él—. Ernest Niubó ha venido a verte, preocupado después de que yo le hablara de las muertes de Merche y de su madre.

—Sí.

—¿Qué más te ha dicho?

—Que no me preocupara de nada, que él me protegería y no dejaría que me sucediera ninguna cosa mala, que lo de Merche y su madre no iba conmigo y que lo único que tendría que hacer yo sería callar. Me ha dicho que hablaría con el señor Cortacans.

—¿Es quien manda en todo esto?

—Es el más poderoso, sí.

—¿Le has creído?

—Pues claro, ¿por qué no iba a hacerlo? Don Ernest es la mejor persona que he conocido en estos años. Se lo debo todo. —Cayó en la cuenta de algo evidente y levantó la cabeza para hundir en él sus ojos negros—. Aunque si han querido matarme a mí, sabiendo que le importo y me protege, él también puede que esté en peligro...

Miquel Mascarell sostuvo su mirada.

La idea la atravesó.

—¡Don Ernest! —se alarmó la muchacha.

No quería decírselo. Hubiera preferido esperar. Comprendió que ella no se abriría del todo si todavía confiaba en el cuidado de su mentor, o si temía por su vida creyéndole vivo.

Necesitaba acorralarla.

—Ernest Niubó ha muerto, Patro.

El primer disparo, el de su arma, fue seco y le había volado la cabeza a Fernando. El segundo, verbal, penetró como una masa blanda en la de la muchacha. Una vez en su interior, cuando la verdad se esparció por ella, la sacudió.

—¡No...! —gimió con un hilito de voz.

—Lo ha matado al salir de aquí, después de estar contigo. Por eso he regresado tan rápido. El objetivo eras tú, por lo que sabes o puedas contar, aunque él también podía ser un peligro una vez muerta, por si perdía la cabeza, así que mejor no dejar cabos sueltos. Y todavía quedo yo. Fernando habría ido por mí para completar el trabajo. Todo por mera precaución antes de que entren en la ciudad.

—No... no... Por favor... no... —Se aferró a su desesperación sin escucharle.

Entonces sí se vino abajo y tuvo que sostenerla, abrazarla, dejar que llorase para vaciarse y limpiarse, la mente, el corazón, el alma. La apretó con ternura y se olvidó de su desnudez anterior. Ahora era una niña. Volvía a ser el producto de una guerra. Sin su «don Ernest» estaba sola.

—Llora —le sugirió.

Sintió cómo las manos de la muchacha se aferraban a su abrigo, y cómo hundía su rostro en el hombro, apretándoselo con fuerza. Además de las lágrimas y los gemidos moqueó y babeó hasta empaparlo. Pero no le importó. La escena se congeló un minuto, dos, tal vez tres, hasta que ella recuperó un leve atisbo de serenidad. Al separarse de él su rostro era un cuadro. Miquel Mascarell se sacó el pañuelo del bolsillo trasero del pantalón. Él mismo la limpió, primero los labios, después la nariz. Acabó tendiéndoselo por si quería utilizarlo para rematar su obra.

Tenía ya una primera idea aproximada acerca de qué iba todo, pero aun así se lo preguntó.

—¿Qué sucedía en casa de Cortacans, o donde tuvieran lugar esas fiestas entre él y sus amigos?

—¿De verdad quiere saberlo? —Rehuyó sus ojos con vergüenza.

—Voy a ir a por él.

—No, no lo hará.

—¿Por qué no?

—Porque la guerra está acabada y perdida, y ellos han vuelto, están saliendo de sus escondites, vuelven a ser fuertes.

—Cuéntamelo desde el principio —la invitó.

—Como quiera. —Se encogió de hombros, ya tan rendida como la República y a merced de él—. Yo estaba sola, con mis hermanas, pasando hambre, ¿sabe? ¿Ha pasado usted hambre?

—Sí, como todos.

—Pero usted no tiene a dos niñas pequeñas a su cargo, me apuesto lo que quiera. —Ante la aprobación de su silencio continuó—: Entonces apareció Jaume Cortacans; se interesó en mí. Era distinto, tenía comida...

—¿Se interesó o se enamoró?

—Es lo mismo, ¿no cree?

—Tú tenías novio: Lluís.

—Sabe muchas cosas de mí.

—Bastantes.

—Exactamente no éramos... —vaciló insegura—. Aunque... bueno, sí, podía llamársele novio. Lluís es un buen chico. Pero Jaume era lo que necesitaba en esos días. ¿Qué quería que hiciese?

—No te estoy juzgando, Patro.

Volvió a mirarle a los ojos.

—Jaume y yo empezamos a vernos. Para mí fue una suerte, una bendición. Me veía ridícula a su lado, por su defecto, pero no me habría importado nada seguir con él. La necesidad obliga. —Fue categórica, y lo dijo como una vieja experta, no como una joven con poca experiencia de la vida—. Lo malo era su carácter depresivo, su cinismo, la manera en que hablaba de todo, su pesimismo constante, lo agrio de cada una de sus palabras. Era como si odiase al mundo entero, que lo culpara de su cojera, empezando por su propio padre, y también haciéndolo responsable del desenlace de la guerra o del futuro. A veces llegaba a ser... aborrecible.

—¿Jaume Cortacans te llevó a su casa?

—Sí, de manera discreta. Hasta que un día conocí a su padre.

—¿Qué pasó?

—Pasó que Pasqual Cortacans se fijó en mí, no precisamente como futuro suegro, sino como hombre, y como hombre poderoso y sin escrúpulos, porque para él yo no era una amiga de su hijo, ni siquiera alguien a quien respetar, sino una mujer necesitada, un pedazo de carne bonito y nada más. No tuvo que andarse con rodeos. Fue muy directo. Oh, sí. —Sonrió con amargura—. A ninguna de nosotras le hizo falta comprarnos muy caro. —Por un instante pareció que se perdía, que se anclaba en el recuerdo—. Me sorprendió una tarde que su hijo no estaba presente y me propuso formar parte de su pequeño club de amigos. Dijo que si yo era lista le haría caso y, además, me callaría. Dijo que me iría bien, muy bien... Y yo estaba desesperada, ¿comprende? Me habría aferrado a lo que fuera. Jaume no era nada comparado con su padre.

—¿Sabes si llevaba ya mucho tiempo en Barcelona?

—No, puede que desde cuando los que ocupaban esa casa se marcharon, no lo sé. Por lo visto habían estado todos fuera de Barcelona y ya iban regresando a la ciudad, aprovechando el final previsible de la guerra después de lo del Ebro. Todos ellos fascistas encubiertos, quintacolumnistas... —lo dijo con tanto asco que tuvo que pasarse la lengua por los labios, ahora secos—, pero a fin de cuentas la clase de gente con la que convenía estar a bien, y más yo, sola, con María y Raquel. No quería volver a pasar hambre. Sé lo que los hombres quieren, y es fácil dárselo.

—No hables así.

—Es la verdad —lo desafió.

—¿Qué clase de club tiene Pasqual Cortacans?

—Una vez a la semana llevan a unas chicas y... —Soltó un leve bufido—. Son hombres poderosos. Y están ávidos. Yo nunca había comprendido la palabra orgía.

—¿Hacen... orgías con chicas jóvenes?

—Por supuesto —le retó con una mirada dura—, aunque ellos las llaman fiestas —agregó con sorna—. Jóvenes y bonitas. ¿Para qué conformarse con menos? Tienen comida, bebida, prometen cosas para mañana, y pasado, y más allá. Por lo que les he oído hablar, creo que ya lo hacían antes de la guerra. La alegre vida de los adinerados. Misa diaria, sexo semanal. Para ellos, recuperar sus aficiones era igual que recuperar sus señas de identidad, su manera de ser y de vivir. Ninguna de nosotras es profesional. Ninguna es prostituta. Nos quieren limpias. Y ellos, en el fondo, son caballeros. Sólo sexo, juegos, una fiesta dentro del horror de la guerra. A cambio, comida, seguridad...

—¿Quiénes son los amigos?

—No hay nombres, aunque a veces se les escapa alguno, pero era fácil conocerlos o reconocerlos después, a poco que se hiciera memoria o se preguntara por ahí. Pomaret, Sallent, Villar, Creixell...

Miquel Mascarell tragó saliva.

—¿Siempre los mismos?

—Sí. Lo que cambian son las chicas. Y nunca faltan candidatas. Las que se salen, las que acaban sintiendo asco, las que no quieren seguir a pesar de todo, por inseguridad o por tener novios que sospechan; las que ya no gustan, porque la variedad es lo que cuenta, son sustituidas y en paz. Ellos por su parte también quieren ver caras nuevas constantemente. Todas tenemos a una prima, una amiga, alguien dispuesto a cambio de un pedazo de pan. El sexo forzado sólo da asco la primera vez. Después te acostumbras.

—Patro...

—¿Le escandalizo?

—No es eso.

—Usted es una buena persona, ¿verdad?

—No lo sé.

—Sí lo sabe, y sí lo es. Por eso sigue aquí, tratando de cumplir con su deber, buscando asesinos cuando ya no hay nada que hacer.

—Sigo aquí porque si hubiera escuchado a Reme el primer día tal vez ella continuara con vida.

La muchacha recuperó su halo de tristeza, abandonó el desprecio con que se había expresado durante los últimos instantes. Su mirada se hizo interior, acompañó sus pensamientos como un marco acompaña a un retrato.

—Pobre Merche…

—¿Tú la llevaste a ella?

—Sí.

—¿La conocías desde hacía mucho?

—No, no demasiado, unos pocos meses. Pero intimamos muy rápido a pesar de la diferencia de edad, porque era muy madura para la suya. Yo no le hablé de las fiestas hasta mucho después, cuando le pedía ropa prestada o me preguntaba de dónde sacaba la comida.

—¿Se ofreció a intervenir?

—Sí.

—¿Y hablaste con Niubó o con Cortacans?

—Con el señor Cortacans —musitó.

—¿Cómo fue?

—Don Ernest se fijó en mí desde el primer día que nos conocimos y me había pedido que lo dejara, que sólo fuera para él. Ya nos veíamos bastante al margen de las fiestas, y en ellas estábamos juntos siempre, aunque a alguno de los otros eso le molestaba porque yo… era de las más guapas —manifestó lo último bajando la voz hasta casi el límite de lo audible—. Así que Merche iba a ser casi como mi sustituta. Lo hablamos y ya está. Desde la primera vez que estuve con don Ernest me di cuenta de que era distinto. Me trataba con respeto, lloraba al hacer… bueno, ya sabe —no quiso expresarlo con palabras—. Decía que yo era un regalo, su último tren. Parecía un gran niño feliz. Me prometió que no me faltaría de nada, me enseñó este piso, para vernos y estar juntos, solos los dos, me juró que se ocuparía de mis hermanas. Al señor Cortacans no le hizo mucha gracia, se rió de don Ernest, porque fue como si tuviera que pedir permiso a los demás. Pero a fin de cuentas a él le daba igual yo u otra. Cuando le presenté a Merche sé que le gustó, y mucho. Aún era virgen. Lo que prefería ese hombre.

Miquel Mascarell apretó los puños.

—¿Virgen? —preguntó superando el efecto de sus palabras.

—Sí.

—Pero cuando registré el piso de Merche encontré mucha ropa, y también dinero. Pensé que ya antes había tenido alguna experiencia.

—No —afirmó Patro—. Salió con algunos, sí, pero sin llegar a lo último. Le pesaba el pasado de su madre y se sentía traumatizada por él. Ella no quería acabar en la prostitución. Lo de las fiestas no se le antojó que lo fuera, y si lo pensó es que al final aceptó la realidad y tiró la toalla. No me dijo nada. Creo que imaginó que una cosa era hacerlo cada día con hombres distintos y cobrando que tomar parte en unas… reuniones de amigos, gente de bien, de confianza, con garantías y seguridad. En cuanto a lo de la ropa, fue porque salió con un joven cuyo padre tenía una tienda y había muerto. El muchacho le hizo regalos para tratar de conquistarla. A mí me prestó muchas cosas. No era nada egoísta. Ella se dejaba querer por todos. Era muy dulce. Cualquiera desearía mimarla, acariciarla… Sabía cómo sacarles cosas a los demás sin dar apenas nada, una sonrisa, un beso… Nadaba y guardaba la ropa. También tuvo un medio novio que trabajaba en una perfumería. Se los buscaba adecuadamente. En este sentido he de reconocer que era lista, aunque en el fondo también un poco ingenua. A veces no se puede controlar todo, por guapa que seas.

—A mí lo de la ropa me despistó —reconoció el policía—. ¿Y el dinero?

—El dinero sí se lo dio el señor Cortacans cuando se la presenté y la aprobó, para que se comprara algo y se lavara antes de regresar. No servía de nada, pero ella dijo que eso no se sabía, que era mejor tenerlo. Dinero y comida.

—No tuviste que convencerla, ¿verdad?

—No. Le dije lo que se hacía allí y nada más. Se interesó enseguida. Encima, muchos de esos viejos apenas si podían ya con lo suyo. Si una era lista, jugaba y poco más. —Dejó de hablar unos segundos al darse cuenta de su tono, casi orgulloso.

—¿Y después?

—¿Después de qué? —Suspiró resignada.

—Después de presentársela.

—Ya no fue cosa mía.

—¿La dejaste allí o regresó el día de su primera fiesta?

—Ya le he dicho que nos fuimos juntas.

—¿Cuándo regresó?

—Al día siguiente, el sábado, pero no para una fiesta. Iba a estar sola con el señor Cortacans. Una especie de ritual de iniciación. Ya le he dicho que él se interesó mucho por ella. Se le notaba la avidez.

—¿Así que fue él?

No le respondió a la pregunta. Dejó que el silencio los arropara.

—¿Y Jaume Cortacans? —continuó Miquel Mascarell—. ¿También está metido en ese club?

—No, él no. —Fue terminante—. Ni siquiera sé si sabe todo esto. Cuando su padre me prohibió comentar nada con nadie, creí que iba por su hijo. Yo jamás le hablé de ello, ni me dijo nunca una palabra al respecto.

—¿No piensas que es muy raro que no lo supiera, estando en la misma casa?

—No lo sé. Tal vez. Jaume vive arriba, en una buhardilla, y las fiestas eran en el sótano. La casa tiene dos o tres accesos.

—Has dicho que estaba siempre amargado.

—Pensé que era por su padre, un odio que viene de mucho atrás.

—Los hombres como Pasqual Cortacans desprecian la inferioridad, a los débiles.

—Jaume no es débil, pero sí se siente… perdido, y en estos últimos días abatido, sin esperanzas.

—¿No luchó por ti?

—¿Qué quiere decir?

—¿No vio que desaparecías de su vida después de conocer a su padre?

—Le vi menos desde que pasé a formar parte del club y aún más desde que me quedé con don Ernest. Jaume no quería comprarme, ni intentó nada. Sólo estar a mi lado, sentirme cerca. Era una relación… extraña. En el fondo es tímido, inseguro. Una vez me dijo que tuviera cuidado con su padre. Nada más. Me dijo que era el diablo, y que no se podía luchar contra él.

—Sigo pensando que tiene que saber algo. Es imposible que ignore lo de las fiestas.

—Habla poco. Es reservado. Y muchas veces no entiendo lo que dice, su humor macabro, sus indirectas… Vive en su mundo. Va y viene, desaparece un día, dos, es como un gran misterio.

—¿No te dice a dónde va o qué hace?

—No.

—Pero su padre te apartó de él. Si intuyó o supo lo que tú hacías… —quiso insistir.

—Yo no le noté nada.

—Seguías viéndole.

—Ya le digo que menos, muy poco. Pero sí.

—¿Nunca se te declaró?

—No.

—¿Nunca te dijo «te quiero» en un momento de…?

—No.

—¿Ni te lo tropezaste al llegar o irte de las fiestas?

—No. —Fue sincera negando por tercera vez—. Y como le

he dicho, había otras casas, grandes, palaciegas, recuperadas algunas en estos días o incluso antes, como la del señor Cortacans, y también pisos como éste, mejores y más grandes, refugios secretos para ellos y sus queridas. Nada de hacerlo dos veces seguidas en el mismo lugar. Y de todas formas todo esto se ha producido en las últimas semanas, estos tres meses más recientes. Jaume no siempre estaba en la casa, él también pasaba noches fuera, se lo acabo de decir. Desaparecía. Su padre le desprecia ante todo por su cojera, le da igual lo que haga. Y él desprecia a su padre, aunque ese desprecio creo que esconde también un raro amor, la necesidad de sentirse querido, cosa que pienso que no ha logrado jamás.

—¿Y ellos, los miembros del club?

—¿Qué quiere que le diga? Un par son viudos, otro soltero, el resto casados. Don Ernest siempre fue el mejor, el más correcto y educado. Realmente me quiere... —recordó que estaba muerto y buscó aire para continuar, dominando su nueva realidad y reteniendo las lágrimas—, me ha querido —rectificó—, y ha sido sincero. Sacarme de las fiestas fue la mejor de las pruebas, sobre todo porque tuvo que soportar las burlas de los demás. Enamorarse de una como yo, ya ve —resopló fingiendo desprecio.

—No te castigues, Patro. No vale la pena.

—Ya —dijo sin demasiada convicción.

—¿Dónde guardan la comida?

—En casa de los Cortacans, creo que también en el sótano. Es increíble. Lo ha arreglado todo desde que ha vuelto, para las fiestas. Arriba no hay apenas nada, pero abajo...

—Entonces, la última vez que viste a Merche fue el viernes pasado.

—Sí.

—¿Fuiste a su casa después?

—Sí, el domingo por la tarde, para ver qué tal le había ido el sábado, pero no estaba. Yo pensé que se había quedado allá. La cara de señor Cortacans al conocerla había sido... —Abrió unos ojos como platos—. Le gustan como Merche. Las prefiere muy jovencitas y por estrenar. ¿Qué tenía de extraño? Merche ya era muy independiente, rebelde, y capaz de lo que fuera por salir del hambre y por tener algo con los nuevos tiempos que se avecinan. Me lo dijo así antes de que le hablase de las fiestas. Estaba cansada de mantener el tipo. ¿No bebían los vientos por ella todos? Guapa, risueña, con un cuerpo divino, capaz de dar vida —hablar de una muerta le hizo daño—. Yo no le comenté nada a su madre. Ni hablé de su hija cuando fui a buscarla. Callé y pensé que ya me diría algo. Pero el domingo por la noche volví, y al saber que seguía sin dar señales de vida... no sé, me inquieté.

—¿Hablaste con Ernest Niubó?

—No, este fin de semana pasado no le vi, con su hijo llamado a filas y su mujer muy nerviosa... Y de cualquier forma él nunca se metía con Cortacans. Pienso que le tenía miedo. Él y los demás. El más rico siempre es el más fuerte, y el más fuerte también es el más temido. No dejaba de repetirme que se trataba de nosotros, que no importaba nada más, que teníamos derecho a ser felices.

—Entonces aparecí yo.

—Cuando entró en la mercería de la señora Anna y me dijo que Merche había desaparecido y su madre estaba muerta... Bueno, me asusté, por eso eché a correr. Ya sentía algo raro aquí. —Se tocó la boca del estómago—. Y suelo fiarme de mis intuiciones. De pronto vi muy claro que si Merche había desaparecido era porque tenía que haberle pasado algo malo, que no se trataba de que se hubiera quedado en la casa, porque el señor Cortacans las usa, no se las queda, y que si yo la había llevado allí, para entregársela a aquella bestia...

—¿Viniste aquí?

—Tarde o temprano sabía que don Ernest aparecería y me ayudaría. Mis hermanas tienen comida de sobra, eso me tranquilizaba.

—Pero Pasqual Cortacans no sabía lo de este piso secreto de Niubó.

—No.

—Por precaución, con Mercedes y Remedios muertas, Fernando le espiaba para dar contigo; entonces aparecí yo, alarmé a Niubó para provocar su reacción, y mientras le seguía a él, Fernando nos seguía a los dos. Con Merche muerta y yo haciendo preguntas… aunque sólo fuera por seguridad…

—Don Ernest decía que el señor Cortacans no deja nunca nada a medias, que es un lince, despiadado, implacable.

—¿Y la muerte de Remedios? ¿Qué sentido tenía matarla a ella…? —Mientras lo decía en voz alta su propia mente se lo rectificó—. No, Remedios murió accidentalmente. Fernando fue a su casa, ella lo sorprendió, debió de golpearla con demasiada fuerza y al retroceder a causa del impacto atravesó la puerta acristalada y cayó por el balcón. Aunque pienso que si le sorprendió la habría matado igualmente y lo de que se despeñara fue mala suerte. —Miró a Patro—. ¿Para qué iría el lacayo de Cortacans a casa de Merche?

—Ella escribía un diario.

La pieza que cerraba el círculo.

—No encontré ningún diario en el piso cuando lo registré —suspiró Miquel Mascarell.

Patro Quintana ya no dijo nada más.

Mercedes Expósito, Remedios, Ernest Niubó, ella…

La primera muerte había desatado todas las demás.

«Pasqual Cortacans no deja nunca nada a medias. Es despiadado, implacable…»

Fin del caso.

O no.

—¿Qué pasará ahora? —preguntó Patro.

—Nada.

—¿Nada? —Estuvo a punto de echarse a reír, ofreciéndole la sorna de su incredulidad.

—Muerto el ejecutor, Fernando, Pasqual Cortacans no es de los que se ensucia con sus propias manos. Y cuando sepa que Niubó también ha muerto, sabrá que tú no dirás nada, que no eres tan valiente, ni tan tonta, especialmente cuando entren las tropas de Franco.

—¿Está seguro de eso?

Intentó que su voz sonara lo más aplomada posible.

—Sí.

—¿Por cuánto tiempo?

—El suficiente, tranquila.

—No entiendo…

—Vamos, querida. Te llevaré a tu casa. —Se puso en pie para que ella no viera su inseguridad.

—¿No puedo quedarme aquí?

—¿Y el cadáver de Fernando?

—Es cierto. —Tembló al recordarlo.

—Si consiguiéramos deshacernos de él entre los dos, podrías quedarte, por supuesto. Tienes la llave, las cosas tardarán todavía un poco en funcionar de nuevo… pero a fin de cuentas has de volver con María y Raquel.

—¿Y qué hago cuando se acabe la comida?

—Habla con Jaume, cuéntaselo todo. Está enamorado de ti y eso cuenta. O recupera a tu novio si no está muerto, no sé. Las tropas de los nacionales deben estar entrando ya en Barcelona, hoy o mañana, tal vez pasado. Tú aún tienes una oportunidad, Patro. Eres joven, y muy guapa. No te pierdas a ti misma.

—El diablo seguirá libre —desgranó con el alma rendida.

—Confía en mí.

—¿Va a detenerle, en serio?

—Confía en mí —le dijo por segunda vez.

—No puede ni tocarle…

Ya no habló, sólo dejó que sus ojos cerraran el diálogo empujándolos a la calma.

33

Se había hecho muy tarde, demasiado. Salieron de la habitación con el declinar del día camino de la oscuridad. El cadáver de Fernando presidía la sala con su charco de sangre bajo la cabeza. Parecía una alfombra. Sin cara era mucho más desagradable. Tal vez por ello Patro desvió la mirada.

Miquel Mascarell no.

Era el primer hombre que mataba en su vida policial.

Y había gastado en él una de sus dos balas.

Si llegaba lo peor, la que quedaba era para Quimeta.

Por la destrozada ventana que daba al patio de luces penetraba el frío del exterior. La muchacha tembló porque la habitación de la que salían estaba muy caldeada gracias al brasero. Los dos enfilaron el pasillo, la puerta del piso, y después la escalera, rumbo a la calle.

Le sorprendió no encontrar vecinos apostados, a la espera de noticias. Pero habían pasado mucho rato hablando después del disparo, así que probablemente se habrían cansado. La portera tampoco estaba a la vista. Vaciló con las llaves en la mano. Si se las devolvía, ella no perdería ni un segundo en subir y encontrarse con el muerto. Si se las llevaba…

Quizás pudiera hablar con Bartomeu Claret, explicarle lo sucedido.

Se guardó las llaves en el bolsillo derecho del abrigo, con la comida.

Al salir a la calle tomó a Patro del brazo, mitad por protección mitad por prevención. No subió Lluís el Piadós arriba, porque al llegar a Trafalgar ella vería el cuerpo de Ernest Niubó todavía tendido en el suelo de la esquina de la derecha. Prefirió bajar hasta la plaza de Sant Pere, caminar un trecho por la calle de Sant Pere Més Alt y subir de nuevo por el pasaje de Sert hasta alcanzar la calle Bruc. Significaba dar un rodeo absurdo, porque desde Trafalgar se cogía Girona directamente. Sin embargo Patro no dijo nada. Le seguía y punto. Probablemente ni siquiera se daba cuenta de dónde estaba o lo que hacía, todavía bajo los efectos de su shock anterior, su intento de asesinato, la noticia de que su don Ernest había muerto...

Tenían un breve camino juntos hasta el piso de la muchacha.

Tardaron un poco en hablar.

Y fue Patro la que rompió el silencio.

—Don Ernest tiene mujer. —Fue como si lo reflexionara en voz alta.

—Y un hijo escondido, ya sabes.

—Sí —admitió—. Antes le he comentado que no le vi este fin de semana pasado debido a ello. Lo han llamado para ir a pegar tiros siendo un crío.

—Jaume Cortacans quería ir a la guerra y no pudo. Un ex novio de Merche lo mismo. El de Niubó no quiere y se esconde. A veces las cosas son extrañas. Unos republicanos, el otro faccioso.

—Sólo cobarde.

—¿Te lo dijo él?

—Sí, pero no lamentándolo. Don Ernest quería mucho a su hijo pequeño. Las dos hijas están en Madrid, y del mayor no sabe nada desde hace meses. Buscaban protegerlo porque ya era todo lo que les quedaba.

—¿Hablaba mucho de su familia?

—Sí.

—¿No te molestaba?

—No. —Subió y bajó los hombros indiferente—. Decía que un día yo también tendría eso, una familia, porque era muy joven y no siempre estaría él. Hace una semana me dijo que me quería tanto que lo que más le importaba era mi felicidad, aunque fuese con otro, porque tarde o temprano estaba seguro de que me enamoraría de alguien de mi edad. Ya le he dicho que era una buena persona.

—Una buena persona que participaba en esas… fiestas con jovencitas.

—Eso no tiene nada que ver.

—Yo creo que sí.

—Todos los hombres son iguales, ¿no?

—Algunos, Patro. Algunos.

—Ya.

—Pareces una vieja experta, no una joven que empieza a vivir.

—El hambre te clarifica mucho las ideas.

¿Qué podía decirle? Llegaban tiempo peores, aunque para ella y todas las Patro Quintana, el fin de la guerra era la esperanza del futuro. Ya se lo había dicho: le importaba poco quién mandase. Lo único que pedía era paz, dignidad como persona. María y Raquel pesaban.

—¿Qué será ahora de la esposa y el hijo de don Ernest?

—Caerán de pie. Les devolverán la fábrica. Saldrán adelante.

Y muerto el esposo y padre, lo harían con una nueva dosis de odio sobre el pasado, porque ellos nunca sabrían nada de lo sucedido. Lo interpretarían como una venganza.

Salvo que él lo contara todo.

¿A quién?

No quería pensar en Pasqual Cortacans. Todavía no.

Ni siquiera sabía qué podía hacer, aunque le había dicho a Patro que sí.

Estaba solo.

—¿Está usted casado?

—Sí.

—¿Tiene hijos?

—Tenía.

—Lo siento.

—Yo también. Tú le habrías gustado.

—Ojalá mi padre hubiera sido como usted.

—No digas eso.

—¿Qué piensa de mí? —Hundió los ojos en el suelo, mirándose las puntas de sus zapatos al andar.

—Nada.

—¿Por qué miente?

—Hemos vivido tres años oscuros, Patro. No se puede juzgar a las personas en una guerra. Todos cambiamos a la fuerza.

—Usted no parece haber cambiado. ¿Por qué sigue haciendo de policía?

—Es mi trabajo.

—Pero ya no queda nadie en Barcelona. Don Ernest me lo dijo.

—Yo sigo aquí.

—¿Por qué?

—Por Merche, por su madre…

—No puede ser sólo por ellas. Es absurdo.

—Tampoco puedo marcharme. Mi esposa se está muriendo de cáncer.

—¿Y se ha sacrificado por ella? —Levantó los ojos del suelo de golpe.

—Es toda mi vida.

Percibió su relajación, o abandono. La forma en que suspiraba, la manera en que su cuerpo temblaba. Se había peinado un poco, pero aun así resultaba salvaje, exuberante. Algunos hombres se volvían para mirarla, y él la llevaba del brazo con cautela. Parecían un padre y su hija. Pero algunas miradas eran de otro signo. Nunca faltarían los suspicaces. Y el amor en tiempos de guerra era muy extraño.

Subían ya por Bruc. Por allí había más gente, vagando

como espectros por las sombras, hablando entre sí o formando corrillos expectantes. El tema era monocorde:

—¿Cuándo entrarán?

—¿Cómo?

—¿Habrá resistencia?

Personas hartas, agotadas, indiferentes.

Ya tanto les daba la República como la nueva España que se avecinaba.

¿Dónde estaban las masas de obreros que tenían que defender Barcelona a sangre y fuego?

El sentimiento de vacío los alcanzó a los dos. Algunas personas todavía salían de sus casas llevando sus enseres, colchones, mantas, maletas, dispuestos a marcharse a pie de la ciudad. Los que se movían rápido contrastaban con los que sólo miraban, sin hablar. Y en medio estaban ellos dos, caminando, caminando.

Patro parecía ajena a cuanto la rodeaba.

—Antes me ha dicho que hablara con Jaume, porque estaba enamorado de mí, o que esperase a Lluís por si volvía.

—Sí.

—Sabe que no sería feliz con ninguno de los dos, ¿verdad?

—Eso nunca puede darse por seguro.

—Jaume es el dolor, señor inspector. Y el Lluís que pueda volver de la guerra... Dios sabe cómo lo hará. Pero en ambos casos yo he estado con esa gente, en sus fiestas, y uno y otro me acabarían recordando el pasado aun sin saberlo.

Una vida nueva.

Quiso abrazarla, darle un beso en la mejilla para infundirle ánimos, pero no lo hizo. No necesitaba un padre, y su amante protector estaba muerto. Además seguía recordándola desnuda, pese a todo. Una imagen turbia, de inquietante y provocadora belleza incluso para sus años. No supo si se sentía humano o idiota, tan derrotado como todos o al límite de su resistencia. Fuera como fuese, Patro representaba el futuro.

Un extraño pensamiento.

—¿Por qué la mataría? —suspiró ella.

No tuvo que preguntarle de quién hablaba.

—Me has dicho que le gustaban jóvenes.

—Sí.

—No siempre resulta fácil, ni aun con hambre o desesperación. Puede que Merche se asustara en el último minuto y que eso lo enloqueciera y le hiciera perder el control. El poder somete a los débiles. Hay hombres que no admiten un no. Pudo transformarse en una bestia.

—Ya era una bestia. Alguna chica también me había comentado lo distinto que era hacerlo con el señor Cortacans. La forma casi cruel y salvaje...

—Entiendo.

—No, no creo que lo entienda —negó con la cabeza.

—¿Cuántas veces estuviste con Pasqual Cortacans?

—¿Quiere decir...?

—Sí.

Le dolió recordarlo.

—Dos.

—¿Qué pasó?

—Por favor...

—Necesito cerrar el cuadro y estar seguro de que mató a Merche. No es por morbosidad, te lo juro.

—¿Quién más pudo haberlo hecho?

Pensó en Jaume Cortacans una vez más, y en el hijo de la carbonera, Oriol, sin saber muy bien por qué.

No había más nombres.

—¿Te hizo daño?

—Hay muchas formas de hacer daño —consideró casi como si lo hiciera en voz alta para sí misma—. A mí exactamente... No sé, no puedo decir que fuera delicado ni amable, pero daño... Depende de lo que entienda por eso.

—¿Te pegó? ¿Te obligó a hacer cosas que tú no... querías hacer?

—Una se come el asco primero, señor. Después se lo quita en parte con la comida de verdad. Para hacerlo con Pasqual Cortacans tragué mucho asco. Quería que riera, que pareciera siempre feliz y contenta, deseosa y complaciente tanto como complacida. Me puso disfraces, ropas extrañas, se dejó llevar por fantasías, le gustaban las posturas raras, que yo maullara como una gata, que gritara de placer... —Se estremeció con repugnancia—. Don Ernest no era así, se lo aseguro. A él le gustaba mimarme, acariciarme... Pero con Cortacans...

—¿De haberte negado a satisfacerle...?

—Se habría enfadado mucho, eso seguro. Y puede que entonces sí me hubiese pegado, porque no admitía negativas. Mire... —Hizo un gesto de impotencia con la mano libre—. No había amor, ¿sabe? Sólo posesión, dominio... Le gustaban todas las formas del placer y a veces el placer incluye un poco de dolor, infringirlo, sentir su fuerza, el poder absoluto, sí, como acaba de decir. Los demás no eran como él; querían divertirse y punto, algo así como un grupo de niños grandes.

Niños grandes.

—¿Tenía favoritas?

—A veces.

—¿Le duraban mucho?

—Poco. Nunca se acostaba con la misma más allá de tres veces, eso como mucho. Actuaba casi como un rey, como si de hecho todas le pertenecieran. Los demás hacían lo que mandaba. Su voluntad era ley. A fin de cuentas, era su club. Las nuevas las probaba o estrenaba si le apetecía, y cambiaba como de camisa. Era el primero, siempre. Y, por supuesto, cuanto más jóvenes mejor. Ya le he dicho que Merche era virgen, o al menos eso me dijo ella, y yo la creí. No tenía por qué engañarme.

—Puede que no lo fuera y eso le molestara.

—Merche era muy especial, se lo juro.

—Sí, pura ambrosía —rezongó abatido.

—¿Qué es eso? —preguntó Patro.

—¿Sabes cuándo iba a tener lugar la próxima reunión? —obvió la respuesta.

—No, yo ya estaba fuera de eso, con don Ernest. Se lo he dicho antes.

Unos pocos pasos más, en silencio. La mano con la que ella se aferraba a su brazo a veces le hacía daño, por la crispación. Era más que un apoyo. Era un punto de contacto con el presente, a espaldas del pasado y lejos del futuro que volvía a ser incierto para ella.

—Irá a por Pasqual Cortacans, ¿verdad? —le preguntó de pronto.

—Sí —quiso sonar convincente pese a que no tenía ni idea de cómo hacerlo.

—Merche, don Ernest… —vaciló.

La vio apretar las mandíbulas, mirando al suelo, colgada de su brazo como si fueran una pareja regresando a casa en un día de paz después de haber ido al cine.

Una imagen cruel por fantástica.

—Sólo una pregunta más. —Le dolía exprimirla—. ¿Cómo se convocaban las fiestas?

—Ese hombre, el que usted ha matado, se encargaba de avisarnos y decirnos el lugar. Si una traía amigas nuevas esa noche, se llevaba un premio mayor, más comida o dinero o ropa o promesas para cuando la guerra acabase… Si se trataba de alguien especial, como lo era Merche, por ser tan joven y porque era virgen, había que avisar primero y el señor Cortacans siempre quería verla antes, en privado. Así que… —Ladeó la cabeza y lo cubrió con una mirada agotada—. Me parece que… en el fondo quien la mató fui yo, ¿verdad? La llevé allí y es como si…

—No pienses más en ello.

—¿Cómo quiere que no lo haga? —Volvió a llorar.

Habían muerto cuatro personas: una vieja ex prostituta, su hija adolescente, un hombre aferrado a su último sueño y el asesino de dos de ellas, aunque el inductor fuese su jefe y también el responsable de tanta locura. Un balance trágico. Y todo en los días en que la barbarie sustituía a la civilización en una ciudad sin ley.

—Las cosas suceden como suceden, Patro. Y no siempre somos responsables, y menos de los actos de los demás.

Su bajón anímico aumentó, y con él arreciaron sus nuevas lágrimas.

—No llores, por favor.

—No sé qué será de mí… —gimió.

—Has de encontrar un trabajo.

—Maldita guerra…

—Sí, maldita guerra —suspiró él.

Llegaron a casa de Patro no mucho después, apenas dos minutos más, envueltos finalmente en el silencio y cuando ya había oscurecido, llevando el día a las puertas de la noche. El suave desnivel de la ciudad entre el mar y las faldas del Tibidabo no era excesivo, pero sí para él, máxime después de haber pasado todo un día caminando de un lado a otro, subiendo escaleras a la carrera, dominando la rabia por lo que había descubierto y sometiendo sus miedos y sus últimas energías a una calma ficticia, falsa, porque todo lo que deseaba era ir a la mansión Cortacans y…

¿Y qué?

La guerra civil la tenía más y más en sí mismo.

Le dolía tanto el pecho desde su esfuerzo final, al subir la escalera para salvar a Patro.

—Por favor, suba conmigo —le pidió la muchacha.

La acompañó hasta su piso. Más escaleras. Ella extrajo las llaves y abrió la puerta con cautela. Ningún sonido provino del interior. Eso la hizo vacilar.

—¿María? —pronunció a media voz.

Miquel Mascarell rozó su arma con la mano. No fue necesario que la sacara. Patro le precedió por el lugar hasta la habitación en la que dormían las tres hermanas, juntas en la cama de matrimonio para darse calor. María y Raquel lo hacían hechas un ovillo, abrazadas, vestidas, con sus caritas de niña envueltas en una hermosa placidez.

Sus respiraciones eran acompasadas.

Patro Quintana se llevó una mano a los labios y se deshizo en lágrimas por última vez.

Ahora sí, el policía la abrazó.

Y ella se refugió bajo su corpachón, el tiempo suficiente como para conseguir algo más que serenarse.

La paz fue igual para ambos.

—Cuida de ellas —le dijo Miquel Mascarell.

—Cuídese usted también.

—Vendré a verte si puedo, para contarte cómo acaba esto.

—Gracias.

Ya no había más que decir.

Salvo separarse y regresar a casa.

Patro Quintana le dio un beso en la mejilla antes de cerrar la puerta.

34

No quería ir a ver a Pasqual Cortacans de noche.

Al menos sin saber qué hacer o decirle.

Ni siquiera estaba seguro de poder llegar hasta el paseo de la Bonanova, después de haber agotado todas sus fuerzas en un día tan duro.

Lo único que quería era llevarle a Quimeta las galletas, el jamón curado, la lata de atún.

Olvidar a su lado.

Ya no percibía el exacto peso de sus emociones. Tenía los sentidos embotados. Su mente era un caudal pero el paso de su razón se había convertido en un embudo. La fragilidad de Patro, la muerte de Ernest Niubó, la muerte de Fernando, aunque fuese una bestia, el descubrimiento de las orgías de algunos de los personajes más prominentes de la Barcelona eterna, el filo de la navaja por el que se movía, la espera final…

Demasiado.

Llegó a su piso, abrió la puerta y aunque lo hizo con su habitual silencio escuchó la voz de su mujer.

—¿Miquel?

Le dio por sonreír.

Y sin embargo era una pregunta dulce, habitual. Una forma de decir «ya estás aquí, qué bien, qué tranquilidad».

—Sí.

Se la encontró en el pasillo. Por su expresión supo que sucedía algo. De pronto se le antojó más fuerte que él pese a la enfermedad. Quedaron frente a frente, sin llegar a tocarse, besarse o abrazarse. Un mundo cómplice hacía que todo ello se produjera igual con sólo mirarse.

—Ha llamado Estanis por teléfono —le informó.

—¿Todavía funciona?

—Están volando puentes, pero sí, ya ves, el teléfono funciona. Puedes llamar a donde quieras.

No había ninguna parte a la que llamar.

—¿Qué quería el bueno de Estanis?

—Han cruzado el Llobregat. Salvo algunos brotes aislados, no hay resistencia alguna. Mañana estarán aquí.

El fin.

—¿Y él? —preguntó por decir algo.

—Sigue en su casa. Desde allí lo está viendo todo. Esto se termina.

—Mejor.

—Cállate.

No supo qué decirle, hasta que recordó lo que llevaba en los bolsillos del abrigo. La foto de Merche, la carta de Roger y el mapa de su tumba en el de la izquierda, y la comida, con las llaves del piso secreto de Niubó, en el de la derecha. Entonces la tomó de la mano y se la llevó a la cocina. La carta podía esperar. Un día. Una noche. O tal vez siempre. Dependía de cómo la viera y lo rápido que llegase el fin. La comida en cambio era inmediata.

La fue colocando sobre la repisa.

—¿Y eso?

—Han asaltado un almacén.

—¿Y tú…?

—No, yo estaba afuera —admitió—. Pero a una mujer se le ha caído esto al salir, mientras corría. Era imposible dejarlo allí. Me he comido la mitad.

—Yo he conseguido arroz, leche condensada y las dichosas lentejas.

—¿Leche condensada? —Le pareció asombroso—. ¿Quién está tirando la casa por la ventana?

—No he hecho preguntas.

Un prodigio.

La última cena sería un festín.

—¿Has ido tú a por ello?

—Sí, con la señora Hermínia.

—Ya veo que no has perdido el día.

—¿Y tú, qué has hecho tantas horas fuera de casa?

—Resolver un caso, creo.

—¿En serio?

—Ya ves.

—Bueno. —Le acarició la mejilla.

—Mañana…

Fue casi una burla. Pronunciar esa palabra y escucharse el estruendo de unas explosiones a lo lejos, hacia el sur, en la zona del Llobregat y un poco más arriba, en Collserola, fue todo uno.

Quimeta le rodeó con sus brazos y él le pasó el derecho por encima de los hombros.

No le dijo que había matado a un hombre.

Ella siempre había sido inocente.

—Este país no tiene remedio, ¿verdad? —susurró Quimeta.

—Seguirá, y dentro de unos años se revisará la historia y entonces vuelta a empezar —dijo él.

—Condenados al desacuerdo, porque siempre seremos los mismos, incapaces de entender nada, y menos a los que somos diferentes y que eso es lo que nos hace especiales.

—Habrías sido una buena *consellera*.

—¿De qué, de Cultura?

—O de lo que sea. —La besó en la frente.

Y al cerrar los ojos pensó en Patro.

En aquel otro beso en la mejilla.

—Mañana me iré temprano, pero volveré enseguida, te lo prometo —concluyó la frase abortada un poco antes a causa del lejano estruendo.

—Esta noche nadie va a dormir, Miquel.

Hubo otra tanda de explosiones, a modo de última palabra bélica. Quimeta se estremeció con ellas. Luego nada. Silencio.

No se movieron hasta que la presencia de la comida les hizo recordar el hambre que tenían.

Día 4

Jueves, 26 de enero de 1939

35

La mansión Cortacans seguía igual que dos días antes. Hacía el mismo frío y tenía el mismo aspecto. La diferencia era que ahora sabía algo muy importante, por lo menos en relación a cuando se marchó de allí la vez anterior: que Fernando ya no aparecería nunca más con su escopeta.

Rodeó el muro por la parte de la izquierda y encontró el acceso al interior del jardín, tal como lo recordaba. Imitó también sus movimientos anteriores, puso los pies en los mismos salientes y las manos en los mismos asideros. Saltó desde la breve altura y los zapatos hicieron crepitar aquella grava señorial.

No se ocultó. Caminó hasta la puerta principal por la vía directa aun sabiendo que, de todas formas, la escopeta de dos cañones seguía allí dentro. Una vez frente a ella llamó con la mano.

Después empleó los nudillos y, finalmente, el puño.

—¡Cortacans!

Se cansó de esperar un minuto después y caminó en dirección al ala derecha, por si todavía podía romper aquella ventana que había localizado el primer día. Luego pensó que, por la misma razón, quizás debiera de inspeccionar primero la puerta posterior, por la que habían entrado Pasqual Cortacans, Fernando y él.

No tuvo que probar si estaba abierta.

El dueño de la casa le esperaba en ella, apoyado en el quicio, con las manos cruzadas sobre el pecho y el semblante atravesado por una expresión átona.

—Inspector —lo saludó de una forma inquietantemente desapasionada.

Miquel Mascarell no pudo evitar ser correcto. Quizás demasiado. Trataba de infundir calma y serenidad.

—Buenos días —dijo.

—Lo son —asintió dándole la razón.

Ya no había máscaras.

—¿Puedo entrar? Hace frío.

Pasqual Cortacans lo evaluó. No parecía demasiado convencido. Pero se rindió. Lo acompañó por un encogimiento de hombros y una mueca de indiferencia en sus labios. Dio media vuelta, entró en su casa y dejó que su visitante le siguiera a unos pocos pasos.

Hicieron el mismo camino de la otra vez.

Hasta la pequeña habitación con paredes de madera que servía de retiro y refugio a su propietario.

Miquel Mascarell cerró la puerta.

Pasqual Cortacans vestía con mayor elegancia. Ropas recuperadas para el momento, acordes con la ocasión. Llevaba un batín tres cuartos, rojizo, anudado con una cinta del mismo color. Sobre la mesita destacaba una botella de coñac. Del caro.

Las últimas explosiones, ya no tan lejanas, habían cesado hacía rato, mientras Miquel Mascarell subía hasta el paseo de la Bonanova. Al llegar a él se encontró con cuatro carros de combate rusos y dos blindados rodando hacia Sarrià. La resistencia final. Una piedra en el camino de las botas facciosas. Los vio pasar como quien ve a los animales en el matadero. El interior de la mansión daba la impresión de ser una isla. O ya no había el menor combate y las tropas franquistas estaban allí o faltaba muy poco para el estallido póstumo.

Pasqual Cortacans se sentó en una de las butacas.

Miró a su visitante.

—De acuerdo, ¿y ahora qué? —le preguntó.

—Dígamelo usted —le propuso el policía.

—¿Habla en serio? —Hizo ver que contenía la risa.

—Siempre lo hago.

El notable prohombre lo evaluó con una mirada crítica.

—No sé si es usted ridículo o patético —manifestó.

—Probablemente las dos cosas a la vez, ya ve.

—¿Sabe que el Ejército está entrando por la Diagonal en estos momentos?

—No, aunque lo imaginaba.

—Y ha venido hasta aquí.

—Sí.

—¿Por qué?

—¿Cómo sabe que están entrando en Barcelona?

Ladeó la cabeza y cerró los ojos con lasitud. Al volver a abrirlos le brillaban. Miquel Mascarell no supo si había en ellos más desprecio que placer, más superioridad que orgullo.

—Usted y sus amigos siempre fueron quintacolumnistas, ¿verdad?

—Yo lo llamaría patriotas.

—Puede que incluso hayan tenido alguna emisora escondida, para dar informes, ¿me equivoco?

—Usted ha leído muchas novelas baratas.

Miquel Mascarell se apoyó en la madera de la puerta.

—¿No quiere saber qué ha sucedido, Cortacans?

—¿Es importante?

—¿Ni siquiera le interesa saber por qué su perro de presa no regresó anoche?

—Fernando sabe cuidarse.

—No esté tan seguro.

Le hizo moverse en la butaca, inquieto.

—Fernando mató a Niubó ayer, pero no pudo con la chica. Yo se lo impedí.

La inquietud se convirtió en sorpresa, pero de nuevo contenida.

—¿Usted?

—Maté a Fernando, sí.

—Vaya, me sorprende. —Su rostro se endureció sólo un poco.

—¿Por qué?

—Un viejo policía solitario, hasta el límite. Un fantasma en una ciudad fantasmal. No sé si es digno de admiración o patético.

—Ustedes, los de derechas, siempre se creen por encima del bien y del mal. —Fue como si lo considerara en voz alta, sin dirigirse a él en particular—. No entienden otras posturas, son monolíticos, nunca se cuestionan nada. Se aferran a lo que consideran eterno, a sus «valores universales», y de ahí no se mueven. Su gran ventaja con relación a nosotros es que son amorales. Comen mejor, tienen más dinero, más posibilidades, estudios, y eso les da una coartada. Nosotros en cambio nos pasamos el tiempo discutiendo, buscando verdades que nunca aparecen o no existen como tales. La derecha es única, monolítica, implacable. La izquierda es múltiple, está fragmentada. Su martillo contra la libertad y la independencia de las ideas. El fascismo es una lepra, la izquierda sólo socializa al pueblo, ya ve qué poca cosa. El pueblo no es más que eso: gente. Y la gente de a pie es prescindible. Ustedes siempre sobreviven.

—La República ha combatido con eso, con ideas. Por eso han perdido la guerra.

—Es más que eso, Cortacans, pero usted no lo entiende. Uno de los problemas de hoy es que los necios y los fanáticos están siempre seguros de sí mismos, mientras que los sabios están llenos de dudas.

—¿Y ustedes, los de izquierdas, son sabios? —No le dejó responder—. Déjeme decirle yo también algo: la indignación moral es la estrategia adecuada para revestir de dignidad al idiota. Y eso es lo que hacen los que se definen como «de izquierdas»: en lugar de pensar, lo cual es duro, hay que leer, lleva tiempo, se indignan por algo y eso les reviste de la dignidad que necesitan para defenderse de lo que consideran injusto.

—¿Quiere hablar de política?

—Ya no es necesario hacerlo.

—Usted lo ha dicho. Han ganado la guerra. Enhorabuena.

—Llevo tres años aguantando esta mierda, inspector Mascarell. Tres años dándolo todo a una República vendida al comunismo, fingiendo ser leal cuando he perdido casi todo. Tres años haciendo mi otra guerra. Me ha llamado quintacolumnista, sí. Nosotros, mis amigos y yo, lo hemos sido. Ahora este país tendrá paz y orden, a un Dios de nuestro lado. Todo volverá a ser como siempre debió ser, antes de que las ideas rojas nos carcomieran por dentro. ¿Sabe lo que es la libertad? Yo se lo diré: un líder fuerte y una masa obediente. Ésa es la libertad, inspector, porque la masa, de por sí, no puede ser libre, ni tomar decisiones. Carece de cabeza. La libertad se la da el que manda. Ustedes iban a vender España.

—Y ustedes la han comprado.

—No, la hemos recuperado, nada más. Este país tiene un destino universal, será la reserva moral de Occidente. Una vez tuvimos el mundo en nuestras manos. Estos días asistimos al comienzo de un nuevo orden.

—¿Ese nuevo orden implica destrozar a niñas de quince años?

Logró atravesarlo. Una flecha invisible. No le hizo daño, sólo le causó irritación.

—No sea estúpido.

—Lo sé todo, Cortacans.

—Usted no sabe nada.

—Sé lo de sus fiestas, sus orgías, con los Pomaret, Sallent, Villar, Creixell, Niubó... Un club selecto para pasar el rato entre vapores, antes de la guerra y ahora, cuando todos han ido volviendo a Barcelona. ¿Qué mejor cosa para matar el tiempo y esperar que dedicarse al placer? Tantas chicas jóvenes buscando un pedazo de pan...

Por primera vez, Pasqual Cortacans no dijo nada.

—¿Qué pasó con Mercedes Expósito?

Silencio.

—Puede que ni siquiera supiera su nombre. ¡Qué más da cómo se llamen! Era guapa, ¿verdad? Guapa y joven. Una niña y una mujer al mismo tiempo. —Sacó la fotografía del bolsillo izquierdo del abrigo y se la mostró desde la distancia—. ¿La recuerda? Claro que sí. Mírela. —Sostuvo el retrato frente a sus ojos—. A usted le gustan jóvenes, vírgenes, eso le da la medida de su poder y dominio sobre los demás. Pero Merche... —Volvió a guardarse la fotografía—. ¿Qué fue lo que sucedió con ella? ¿Se echó para atrás en el último momento? ¿Se puso a llorar? ¿Le expresó con su negativa y esas lágrimas el asco que usted le daba? ¿No quiso plegarse a sus perversiones? No creo que la matara sin más. Tuvo que tratarse de algo de eso. Usted la obligó, la violó y la destrozó. Varias veces, además. Después no hizo nada cuando se desangró. Nada. Sólo pedirle a su lacayo que se deshiciera del cuerpo. Un problema menos. Luego, para borrar todo posible rastro, Fernando fue a casa de la chica, encontró el diario de Merche, le sorprendió su madre y la empujó o en la pelea se cayó por el balconcito. ¿Me equivoco? —siguió hablando ante el repetido mutismo del dueño de la mansión—. Lo malo era que alguien sabía que Merche había estado aquí: Patro Quintana, su amiga. Y mejor prevenir que curar. No estaba en su casa, con sus hermanas... Pero tarde o temprano Niubó iría a verla, donde la tuviera escondida porque ya era su amante, así que Fernando espiaba al conservero y cuando aparecí yo...

—¿Usted? ¿Cree que le tengo miedo?

—No, ya sé que no. Pero este caso estaría cerrado, con Patro y Niubó muertos, de no ser por mí.

—Diga mejor a pesar de usted.

—¿Tan fácil lo ve?

—¿Qué va a hacer? ¿Detenerme? —manifestó con ironía.

—Sabe que ya no puedo, porque no hay dónde llevarlo.

Pasqual Cortacans abrió y cerró ambas manos haciendo un gesto expresivo.

—¿Por qué no es inteligente y lo deja así?

—¿Me voy a casa y eso es todo?

—Es lo que va a hacer, ¿no? Mire, podría ayudarle, ¿sabe?

—¿Hablaría en favor mío a las nuevas autoridades?

—Por ejemplo.

—¿Un buen puesto en la nueva policía?

—¿Por qué no? Es bueno.

—¿Cuánto tardaría usted en encontrar a otro Fernando y recordar que soy una persona incómoda?

—Entonces váyase. —Se movió hacia un lado, tomó la botella de coñac, una copa ya usada, se sirvió un dedo y se la llevó a los labios sin importarle lo temprano de la hora. Bebió un sorbo y estalló—: ¡Váyase y vea el advenimiento del nuevo mundo! ¡Contémplelo mientras pueda y luego muera por nada cuando puede vivir por todo! Vamos, ¡vamos! —lo invitó a marcharse por la puerta—. ¿A qué espera, héroe? ¡Usted se lleva su integridad y yo me quedo aquí con mis pecados! ¡Adelante!

Sostuvieron sus miradas mientras Pasqual Cortacans bebía un nuevo sorbo.

Un segundo, dos, tres.

Miquel Mascarell sintió todo el peso de su derrota.

El último policía de Barcelona.

Ninguna cárcel, ningún juez, nada.

Quería irse a vomitar fuera de allí.

Puso una mano en el tirador de la puerta y la abrió. Volvía a dolerle el pecho, como la tarde y la noche anterior. Volvía a sentir aquel zumbido, aquel vértigo, el colapso de las ideas, las sensaciones, las emociones rotas y convertidas en una fina arenilla que se desvanecía bajo el huracanado viento de la realidad.

Le había dicho a Quimeta que regresaría enseguida.

¿Qué estaba haciendo allí?

—Pensaré en usted la próxima vez, amigo mío —brindó el dueño de la casa a su espalda.

La próxima vez.

La siguiente Merche.

La nube roja se atravesó en sus ojos.

Entonces lo supo.

Supo qué estaba haciendo allí.

Se volvió sin decir una sola palabra, sacó su pistola y apuntó con ella a la cabeza de Pasqual Cortacans.

Fue muy rápido.

La bala le borró la expresión de asombro, aunque todavía tuvo un largo segundo de tiempo para saber que iba a morir.

36

Sus pasos resonaron por la casa vacía.

Tan vacía como, de pronto, estaba su mente.

Libre.

Primero pensó en irse, sin más, dándole un último portazo a la mansión.

Por Merche y por Reme.

Después recordó las palabras de Patro acerca de la comida. En el sótano. Y comprendió que irse sin más hubiera sido un desatino, la peor de las inmoralidades.

Ellos, los vencedores, todavía podían tardar algunos días en dar con él.

Bajó al sótano, encontró puertas cerradas, subió de nuevo hasta la habitación en la que había matado a Pasqual Cortacans y lo registró para dar con las llaves. No las llevaba encima, pero tampoco tuvo que buscar demasiado. Estaban con las fotografías, en la mesita. Regresó al sótano con ellas y abrió la primera de las puertas.

Encontró una sala lujosa, espaciosa, con braseros a punto para calentar el ambiente, butacas, sofás, hasta cinco camas repartidas por las esquinas, alfombras, bebida, ropas de mujer con un halo de provocación, ligueros, combinaciones de seda, bragas, un auténtico paraíso secreto.

El club.

La segunda puerta daba a una serie de habitaciones privadas en las que tampoco faltaba de nada. Incluso las camas estaban hechas. Un pequeño hotel. Una cárcel vacía.

La tercera puerta era la de la despensa. Primero no halló nada en ella. Estaba vacía. Después reparó en la falta de polvo y palpó en las diversas estanterías hasta dar con la apertura secreta. Al otro lado, la misma despensa era diez veces mayor. Y no es que estuviese llena de comida, al contrario, pero había la suficiente para que Quimeta y él subsistieran meses si la espera se prolongaba por espacio de tanto tiempo.

Algo de todas formas más que improbable.

La casa sería ocupada.

Y quedaba Jaume Cortacans.

Al pensar en él frunció el ceño. Lo había olvidado. Por completo.

Regresó por segunda vez arriba y buscó algo con lo que cargar cuanto pudiera de aquel tesoro, sin olvidar que tenía que regresar a pie con él hasta su casa. En la cocina halló varios cestos. Escogió los dos más grandes, y también unos trapos con los que cubrirlos. Volvió al sótano y escogió los alimentos más esenciales, pero también los menos perecederos, aunque casi todos lo eran. Arroz, garbanzos, alubias, leche condensada, latas de conservas, almendras, nueces, azúcar, pescado seco, carne soviética…

Las dos bolsas pesaban.

Le harían jadear, tardar, llegar a casa agotado, al límite.

Pero Quimeta y él podrían encerrarse hasta…

Cerró con llave todas las puertas del sótano, subió otra vez a la planta noble y dejó los cestos en la entrada de la parte posterior. Su última vacilación tuvo que ver con su instinto.

La casa.

Un mausoleo.

¿Y Jaume Cortacans?

Abrió todas y cada una de las puertas de la planta baja sin

encontrar nada, salvo una habitación con una cama, en la que debía de dormir Pasqual Cortacans. En ella también estaba el diario de Merche, con sus cubiertas azul cielo. Eso y un sinfín de retratos eróticos, mujeres desnudas, más prendas íntimas, el fetichismo de su propietario.

Se guardó el diario en el bolsillo de la foto, el izquierdo.

Esta vez puso la carta de Roger en el derecho.

Subió al piso de arriba e hizo lo mismo con las habitaciones de allí. La mayoría ya no cumplía su función de dormitorio o sala. Quienes habían ocupado la mansión las habían convertido en despachos. Al igual que abajo, por todas partes quedaban restos de la huida, papeles por el suelo, huellas de lámparas o muebles rotos, un muestrario de la última prisa en forma de miedo y desastre.

Cuando acabó con el piso miró la escalerita de madera que llevaba a la buhardilla.

Entonces recordó a Patro Quintana diciéndole:

—Jaume vive arriba, en una buhardilla...

Subió por ella y abrió la trampilla de madera. No pudo evitar que cayera del otro lado e hiciera temblar aquellas paredes silenciosas. Por las diversas ventanitas, huecos acristalados que daban al techo inclinado de la casa, penetraba la mañana con todas sus fuerzas, con un sol espléndido amortiguado por el frío gélido y persistente.

Primero vio el camastro.

Los libros.

Lo que quedaba de la vida de Jaume Cortacans.

Después le vio a él.

Debía de llevar muerto unas horas, no demasiadas. Colgaba de una de las vigas superiores igual que un muñeco de feria, inanimado, con la cabeza doblada sobre el nudo que envolvía su garganta y los pantalones aún con restos de su excreción final. Estaba vuelto hacia él, así que pudo verle el rostro.

Parecía sonreír, a pesar de todo.

La última ilusión.

Miquel Mascarell se acercó a su lado y le tocó. Estaba ya frío. Miró a su alrededor buscando algo y localizó el sobre encima del revuelto camastro. Se sentó en él, lo tomó, lo abrió y extrajo la hoja de papel, escrita a mano, con letra clara, minuciosa. La letra de una persona paciente, inteligente, que quería ser leída.

Tal vez respetada.

Leyó:

> Querido padre, espero que seas tú quien me encuentre aquí cuando me busques, porque tarde o temprano lo harás. Lo espero y lo deseo. Me gustaría ver tu cara. Me gustaría escuchar tu despedida. No confío demasiado, ni siquiera en que llores. Nunca he sido el hijo que querías, ni el que necesitabas, ni el que esperabas. No te diré que lo siento. Tú tampoco has sido el padre que quería, ni el que necesitaba, ni el que esperaba. Pese a lo cual te he querido siempre, ¿sabes? A mi modo, por encima de tu desprecio, tratando de comprender lo duro que habrá sido para el gran Pasqual Cortacans Morell haber tenido un hijo incapacitado y con ideas tan distintas a las tuyas.
>
> Quería a Patro, padre. La quería. Y tú me la quitaste. Te bastó con chasquear un dedo. ¿Crees que no lo sé? Supongo que eso ya no importa, pero necesito que sepas que moriré pensando en ella, en lo único bueno que le ha sucedido a mi vida en estos últimos tiempos. Será mi última imagen terrena. Sin embargo no me quito la vida por amor, ¡ojalá, qué romántico! Me la quito porque no me gusta lo que viene, porque no podré soportar el hedor de tanta mierda como nos van a echar encima, porque tú y los tuyos podéis quedaros con vuestra España, pero no con nosotros. Me voy, pero me consta que otros no lo harán, y volverán, y un día descubriréis que sois como los cuatro jinetes del Apocalipsis cuando os creéis los ángeles custodios del paraíso.
>
> Qué ciegos estáis.

Nos habéis quitado todo, pero mi vida me la quito yo.
No creo en el cielo, así que te espero en el infierno, padre.
Tu hijo, mal que te pese,

JAUME

La leyó dos veces. La primera para entenderla. La segunda para que lo atravesara. Se quedó en aquel camastro dos o tres minutos y luego guardó la hoja de papel en el sobre, lo dejó sobre la cama y se incorporó.

Pensó en bajar a Jaume de allí, por piedad.

No lo hizo.

Era su grito final.

Cuando dejó la casa, doblado por el peso de los dos cestos, comprendió que, pese a la comida del sótano, ya no iba a regresar a ella.

37

Al cruzar la Diagonal, al límite de sus fuerzas por el peso de los cestos y a muy pocos pasos de su casa, los vio.

El desfile de la victoria.

La entrada de las tropas franquistas en la ciudad.

Miquel Mascarell se detuvo, para descansar, para no renunciar al dolor, para no escapar de la realidad como había hecho Jaume Cortacans, para ser testigo de la historia, aunque la historia pronto comenzara a no dejar testigos.

Todavía llevaba la pistola encima. Sin balas.

Tenía que arrojarla a una cloaca.

Y su credencial.

Tenía...

Miró a los que saludaban a los vencedores, felices, no supo si por el fin de la guerra o por su éxito bélico. Allí, desfilando como héroes, estaban los que habían subvertido el orden constitucional y la democracia, traicionando a la República y al pueblo de España. Allí, con su arrogancia, el fascismo volvía a dominar por la fuerza. Y ese mismo pueblo los vitoreaba. Hombres, mujeres, niños... Rostros famélicos y rostros iluminados, rostros que cantaban y rostros que gritaban. Se sorprendió de las muchas chicas, como Patro, como Merche, que se abrazaban a los soldados. Se sorprendió de que después de dos años y medio años de incertidumbres, bombardeos y sangre derramada, alguien pretendiera hacer borrón y cuenta nueva.

Incluso Roger volvió a su mente.

«Vete a casa, papá», le dijo.

Miquel Mascarell no se movió.

Probablemente si hubieran aterrizado seres de otro planeta la recepción habría sido igual, entusiasta.

—Los primeros han sido fuerzas de la 5.ª Brigada de Navarra, apoyados por carros de combate de la 4.ª Compañía que han entrado por Vallvidrera —oyó decir a un enterado—. Luego han bajado hasta Pedralbes. También han entrado por Esplugues de Llobregat, Collblanc, La Torrassa y La Bordeta hacia Sants y Hostafrancs. La única resistencia ha corrido a cargo de unas secciones de máquinas del 125 batallón de ametralladoras y de cuatro carros de combate rusos y dos blindados en la Bonanova. En cuanto lleguen al Tibidabo y bajen por la Rabassada y suban a Montjuïc para alzar la bandera, esto habrá terminado.

—Estás tú muy informado —dijo otro hombre a su lado.

—Claro —se jactó el primero—. Si yo te contara…

Había banderas españolas.

¿Dónde las escondieron durante aquel tiempo?

Eran como los Cortacans, los Niubó y otros. El enemigo interior. Ni todas las purgas, ni toda la locura desatada en julio del 36 había podido con ellos. Los Cortacans ponían velas a Dios y al diablo. Nunca perdían.

Aunque siempre quedara una última bala para ellos.

«Ven», escuchó ahora la voz de Quimeta.

Las vanguardias de los cuerpos de ejército de Navarra y Marroquí seguían caminando por la Diagonal.

Miquel Mascarell contuvo las lágrimas cuanto pudo. Se agachó, recogió los dos cestos, tiró de ellos hacia arriba y le dio la espalda a los soldados, a la locura, al delirio de una Barcelona desconocida que se entregaba en cuerpo y alma a los vencedores.

Al llegar a la calle Còrsega no pudo contenerlas.

Siguió caminando.

Vio su casa, su mundo, y a Quimeta en el balconcito, esperándolo pese al frío.

Tenían comida para unos buenos días, y por la noche...

No sabía si era el último instante de su mundo o el primero de otro, para el que ellos dejaban de contar, pero acabó decidiendo que eso lo pensaría más adelante.

Después de todo ya no tenía ninguna prisa.

Agradecimientos

Gracias a Francisco González Ledesma por sus orientaciones y recuerdos, a Virgilio Ortega por su ayuda, a María Fabra Muntané y a María Ángeles Costa por su testimonio vivo. Gracias a los periódicos de la época, especialmente *La Vanguardia*, y también a *El Socialista*, *Frente Rojo* y *Solidaridad Obrera*. Muchos fragmentos históricos, declaraciones, palabras y frases puestos en boca de los personajes de la novela han sido extraídos tanto de documentos hallados en internet como del libro *La vida cotidiana durante la Guerra Civil. La España republicana* (Planeta, Barcelona, 1975, 2004), de Rafael Abella, y del libro *Memorias de un combatiente de las Brigadas Internacionales. El Frente Popular abrió las puertas a Franco* (Editorial PRT), de M. Casanovas, seudónimo de Mieczyslaw Bortenstein (1907-1942), este último escrito en marzo de 1939 (versión digital PRT-Izquierda Revolucionaria, España, edición web Marxist Internet Archive 2004).

El esbozo de esta novela fue preparado entre Amsterdam y Curaçao, sobre una idea nacida en algún momento de fines del siglo XX; fue escrita en Barcelona, en enero, febrero, marzo y agosto de 2006.